O FUNdO
é APENAS O COMEÇO

Uma poderosa jornada da mente humana,
um mergulho nas profundezas da doença mental.

PREMIAÇÕES

Vencedor do NATIONAL BOOK AWARD (Ficção Juvenil)

Vencedor do GOLDEN KITE da Society of Children's Book Writers and Illustrators

Medalha de Ouro no CALIFORNIA BOOK AWARD (Ficção Juvenil)

Finalista do MILWAUKEE COUNTY TEEN BOOK AWARD

Finalista do ABRAHAM LINCOLN AWARD

Vencedor do JAMES COOK BOOK AWARD

Top 10 no YALSA BEST FICTION FOR YOUNG ADULTS

Honra ao Mérito do *Boston Globe/Horn Book*

Melhor Livro do Ano (*Kirkus Review*)

Melhor Livro do Ano (*Publishers Weekly*)

Melhor Livro do Ano (*School Library Journal*)

Melhor Livro do Ano para Jovens (*New York Public Library*)

Melhor Livro do Ano para Jovens (*Chicago Public Library*)

Melhor Livro do Ano para Jovens da American Library Association (finalista)

Melhor Livro do Ano para Jovens (*Bookpage*)

Neal Shusterman

O FUNDO
É APENAS O COMEÇO

Tradução
Heloísa Leal

valentina

Rio de Janeiro, 2018
1ª Edição

Copyright © 2015 *by* Neal Shusterman (texto) e
Brendan Shusterman (ilustrações)
Publicado mediante contrato com HarperCollins Children's Books,
uma divisão da HarperCollins Publishers.

TÍTULO ORIGINAL
Challenger Deep

CAPA
Raul Fernandes com ilustrações de Brendan Shusterman

FOTO DA 2ᴬ ORELHA
Cortesia de Neal Shusterman

DIAGRAMAÇÃO
Kátia Regina Silva

Impresso no Brasil
Printed in Brazil
2018

CIP-BRASIL. CATALOGAÇÃO NA PUBLICAÇÃO
SINDICATO NACIONAL DOS EDITORES DE LIVROS, RJ
MERI GLEICE RODRIGUES DE SOUZA — BIBLIOTECÁRIA CRB-7/6439

S565f

Shusterman, Neal
    O fundo é apenas o começo / Neal Shusterman; [tradução Heloísa Leal]; ilustração Brendan
Shusterman. – 1. ed. – Rio de Janeiro: Valentina, 2018.
    272 p.: il.; 23 cm.

    Tradução de: Challenger deep
    ISBN 978-85-5889-062-5

    1. Romance americano. I. Leal, Heloísa. II. Shusterman, Brendan. III. Título.

CDD: 813
CDU: 821.111(73)-3

18-48117

Todos os livros da Editora Valentina estão em conformidade com
o novo Acordo Ortográfico da Língua Portuguesa.

Todos os direitos desta edição reservados à

EDITORA VALENTINA
Rua Santa Clara 50/1107 – Copacabana
Rio de Janeiro – 22041-012
Tel/Fax: (21) 3208-8777
www.editoravalentina.com.br

Para o Dr. Robert Woods

Agradecimentos

O fundo é apenas o começo foi uma obra de amor cuja criação se estendeu por alguns anos. Em primeiro lugar, gostaria de agradecer ao meu filho Brendan pelas contribuições; ao meu filho Jarred, pelos fantásticos trailers do livro; e a minhas filhas Joelle e Erin, por todos os insights e pelos seres humanos maravilhosos que são. Sou profundamente grato a minha editora, Rosemary Brosnan; à editora assistente, Jessica MacLeish; e a todos na HarperCollins, pelo apoio incrível que dedicaram ao livro. Agradeço também aos meus assistentes Barb Sobel e Jessica Widmer, por manterem minha vida e minha agenda de palestras em dia. Gostaria de agradecer ao Orange County Fictionaires pelo apoio e críticas ao longo dos anos; à NAMI (National Alliance on Mental Illness) por ser uma excelente fonte; e, finalmente, aos meus amigos, por me apoiarem durante os altos e baixos da vida.

Muito obrigado a todos! Meu amor por vocês não tem fundo!

1 Onde Está esse Abelhudo? Vou Comê-lo com Ossos e Tudo!

Há duas coisas que você sabe. A primeira: você esteve lá. A segunda: você não pode ter estado lá.

É preciso ser um malabarista e tanto para conciliar essas duas verdades incompatíveis. Obviamente, o malabarismo exige uma terceira bola para manter o ritmo. A terceira bola é o tempo — que fica pulando num frenesi muito mais louco do que qualquer um de nós gostaria de acreditar.

São cinco horas da manhã. Você sabe disso, porque o relógio de pilha na parede do quarto tiquetaqueia tão alto que às vezes é preciso abafá-lo com um travesseiro. E, ainda assim, embora sejam cinco da manhã aqui, são cinco da tarde na China — o que prova que verdades incompatíveis fazem perfeito sentido quando consideradas de uma perspectiva global. Mas você aprendeu que mandar seus pensamentos para a China nem sempre é uma boa ideia.

Sua irmã dorme no quarto ao lado; seus pais, no seguinte. Seu pai está roncando. Daqui a pouco sua mãe vai dar uma cutucada nele, que vai se virar e parar de roncar, talvez até o amanhecer. Tudo isso é normal, o que é um grande conforto.

Do outro lado da rua, os sprinklers do vizinho começam a funcionar, sibilando tão alto que chegam a abafar o tique-taque do relógio. Dá para sentir a bruma do sprinkler pela janela aberta — o leve cheiro de cloro, o forte cheiro de flúor. Não é legal saber que os gramados da vizinhança terão dentes saudáveis?

O sibilo dos sprinklers não é como o som das serpentes.

E os golfinhos pintados na parede do quarto da sua irmã não são capazes de elucubrar tramas mortais.

E os olhos dos espantalhos não enxergam.

Mesmo assim, há noites em que você não consegue dormir, porque essas coisas que te obrigam a fazer mil e um malabarismos tiram toda a sua concentração. Você tem pavor de que uma das bolas caia, porque, se isso acontecer, como é que vai ficar? Você nem se atreve a imaginar além desse momento. Porque quem está à sua espera nesse momento é o Capitão. Que é paciente. E espera. Sempre.

Muito antes de o navio existir, já existia o Capitão.

Essa viagem começou com ele, você suspeita que vai terminar com ele, e tudo o que resta entre uma coisa e a outra é a comida em pó dos moinhos de vento que podem ser gigantes triturando ossos para fazer o próprio pão.

Pise com cuidado, ou irá despertá-los.

2 Lá Embaixo É a Eternidade

— Não há como determinar a profundidade dela — afirma o capitão, e o lado esquerdo do bigode se retorce como o rabo de um rato. — Se alguém cair naquele abismo insondável, dias se passarão antes que chegue ao fundo.

— Mas a fossa já foi medida — ouso observar. — Há pessoas que estiveram lá. Por acaso, eu sei que ela tem quase onze quilômetros de profundidade.

— Sabe? — rebate o capitão, em tom sarcástico. — E como é que um filhotinho nanico e trêmulo como você pode saber de alguma coisa, a não ser que o próprio nariz vive molhado? — Então ri da descrição que fez de mim. O capitão tem o rosto curtido e coberto de rugas adquiridas ao longo da vida inteira passada no mar — embora muitas estejam escondidas pela barba escura e desgrenhada. Quando ri, as rugas se esticam, e dá para ver os músculos e os tendões do pescoço. — Sim, é verdade que aqueles que se aventuraram pelas águas da fossa afirmam ter visto o fundo, mas mentem. Mentem como um tapete, e por isso são espancados duas vezes, o que já basta para remover a poeira.

Já parei de tentar decifrar as coisas que o capitão diz, mas elas ainda me preocupam. Como se eu estivesse deixando passar alguma coisa. Alguma coisa importante e enganosamente óbvia que só vou compreender quando for tarde demais para fazer diferença.

— Lá embaixo é a eternidade — sentencia o capitão. — Não permita que ninguém o convença do contrário.

3 Melhor Assim

Tenho o seguinte sonho. Estou deitado na mesa de uma cozinha com luzes fortes demais, onde todos os eletrodomésticos são de uma brancura cegante. Não chegam a ser novos, apenas fingem ser. São de plástico, com detalhes em cromo, mas o plástico predomina.

Não consigo me mover. Ou não quero. Ou tenho medo. Toda vez que o sonho se repete, ele é um pouco diferente. Há pessoas ao meu redor, só que não são humanos; são monstros disfarçados. Entraram na minha cabeça e arrancaram várias imagens de rostos, transformando-as em máscaras de gente que amo — mas eu sei que é tudo uma farsa.

Eles riem e falam de coisas que não significam nada para mim, e eu fico paralisado entre todos aqueles rostos falsos, no centro das atenções. Eles me admiram, mas é do jeito como as pessoas admiram algo que estão prestes a devorar.

— Acho que você o tirou cedo demais — diz um monstro disfarçado com a cara da minha mãe. — Deveria ter ficado mais tempo na geladeira.

— Só há uma maneira de descobrir — responde o monstro disfarçado de meu pai. Sinto os risos ao meu redor — não das bocas, porque as bocas das máscaras não se mexem. Os risos estão nos pensamentos, que eles lançam dos olhos vazados sobre mim como dardos envenenados.

— Você vai ficar melhor assim — diz um dos outros monstros. De repente, seus estômagos soltam um ronco violento como o estrondo de uma montanha desabando, enquanto avançam para o prato principal e me despedaçam com as garras.

4 É Assim que Pegam a Gente

Não me lembro de quando a viagem começou. É como se eu sempre tivesse estado aqui, embora isso seja impossível, porque houve um Antes, na semana passada, no mês passado, no ano passado. Mas tenho certeza absoluta de que ainda estou com quinze anos. Mesmo que tenha passado anos a bordo da verdadeira relíquia de madeira que é este navio, minha idade ainda é de quinze anos. O tempo é diferente aqui. Ele não se move para frente; ele se move meio de lado, feito um caranguejo.

Não conheço quase nenhum dos tripulantes. Ou talvez me esqueça deles de um momento para outro, porque todos têm um ar de seres sem nome. Há os mais velhos, que parecem ter passado a vida inteira no mar. E também os oficiais, se é que se pode chamá-los assim. São piratas de Halloween, como o capitão, com dentes pintados de preto, pedindo doces à porta do inferno. Eu até acharia graça deles, se não acreditasse sinceramente que arrancariam meus olhos com seus ganchos de plástico.

Por fim, há os mais jovens como eu: rapazes que cometeram crimes e foram expulsos de lares amorosos, ou violentos, ou de lar algum, pela conspiração dos pais que tudo vê com mil olhos fixos de Big Brother.

Meus colegas de tripulação, rapazes e moças, cuidam dos seus afazeres e não me dirigem a palavra, a não ser para dizer coisas como "Você está na minha frente", ou "Não mexa no que é meu". Como se algum de nós possuísse algo digno de ser guardado. Às vezes, tento ajudá-los a desempenhar suas tarefas, mas eles me dão as costas, ou me empurram, irritados por eu ter me oferecido.

Não paro de imaginar que vejo minha irmã a bordo, embora saiba que ela não está aqui. Eu não deveria estar ajudando-a a fazer o dever de matemática? Na minha cabeça, vejo-a mofando de tanto esperar por mim, mas não faço ideia de onde ela esteja. Só sei que não chego a ir ao seu encontro. Como posso fazer isso com ela?

Todo mundo no navio é mantido sob supervisão constante pelo capitão, que me é vagamente conhecido e desconhecido ao mesmo tempo. Ele parece saber tudo a meu respeito, embora eu não saiba nada sobre ele.

— Minha atividade é manter o coração das *suas* atividades bem seguro entre os dedos — ele me disse.

O capitão tem um tapa-olho e um papagaio. O papagaio tem um tapa-olho e carrega um crachá pendurado no pescoço.

— Eu não deveria estar aqui — digo em tom suplicante ao capitão, tentando lembrar se já lhe disse isso antes. — Tenho provas e trabalhos escolares, e roupas sujas no chão do quarto que ainda nem peguei, e tenho amigos, um monte de amigos.

O capitão mantém o queixo rígido e não responde, mas o papagaio exclama:

— Você terá amigos, muitos amigos aqui também, aqui também!

Então, um dos outros rapazes sussurra ao meu ouvido:

— Não conte nada ao papagaio. É assim que pegam a gente.

5 Sou a Bússola

As coisas que sinto não podem ser traduzidas em palavras, ou, se podem, são palavras numa língua que ninguém pode compreender. Minhas emoções têm o dom bíblico de falar em idiomas desconhecidos. A alegria vira raiva e a raiva vira medo e o medo vira uma ironia divertida, como quem salta de um avião de braços abertos, sem ter a menor dúvida de que pode voar, para então descobrir que não pode, e que não apenas pulou sem paraquedas como também está nu, e todos lá embaixo assistem de binóculos, às gargalhadas, enquanto a pessoa despenca em direção a uma morte vergonhosamente trágica.

O navegador diz que não devo me preocupar com isso. Ele aponta para o bloco de pergaminho em que costumo desenhar para passar o tempo.

— Fixe seus sentimentos com linhas e cores — aconselha. — Cores, dores, pendores, esplendores: seus desenhos contêm esplendores que me cativam, gritam comigo, me obrigam a enxergar. Meus mapas nos mostram a rota, mas suas visões nos mostram o *caminho*. Você é a bússola, Caden Bosch. Você é a bússola!

— Se eu sou uma bússola, deve ser alguma totalmente inútil — respondo. — Nunca sei onde fica o norte.

— Claro que sabe — rebate ele. — É que nestas águas o norte vive correndo atrás do próprio rabo.

Isso me lembra de um amigo que achava que o norte era qualquer direção em que ele estivesse virado. Agora, estou achando que era capaz de ter razão.

O navegador pediu ao capitão que me deixasse ser o seu companheiro de cabine quando o meu anterior, de quem mal me lembro, desapareceu sem maiores explicações. Dividimos uma cabine pequena demais para um, que dirá para dois.

— Você é o mais decente entre os indecentes a bordo deste navio — afirma ele. — Seu coração não se deixou enregelar pela frieza do oceano. Além disso, você tem talento. Talento, talão, talar, falar: seu talento levará o navio inteiro a falar mal de você por inveja, escreva o que estou lhe dizendo!

Ele é um rapaz que já participou de muitas viagens. E é míope. O que faz com que olhe para a pessoa mas não a veja, e sim algo atrás dela, numa dimensão muito distante da nossa. Mas ele raramente observa alguém, pois vive ocupado demais criando cartas de navegação. Ou, pelo menos, é assim que as chama. São cheias de números, palavras, setas e linhas que conectam os pontos das estrelas em constelações que eu nunca tinha visto.

— Os céus são diferentes por aqui — observa ele. — É preciso ver novos padrões nas estrelas. Padrões, perdões, perdições, medições: tudo se resume a medir o dia enquanto passa. Entendeu?

— Não.

— Da costa para cá, de cá para o Capricórnio. Essa é a resposta, estou lhe dizendo. O Capricórnio. Ele devora tudo, digere o mundo e faz dele parte do seu DNA, para então cuspi-lo, reivindicando seu território. Território, escritório, escrutinar, escutar: escute o que estou lhe dizendo.

O signo de Capricórnio tem a resposta para o nosso destino. Tudo tem um propósito. Procure o Capricórnio.

O navegador é brilhante. Tão brilhante que a minha cabeça dói só por estar na presença dele.

— Por que estou aqui? — pergunto. — Se tudo tem um propósito, com que fim estou neste navio?

Ele volta para suas cartas, escreve palavras e adiciona novas setas sobre o que já está lá, deposita em camadas seus pensamentos tão densos que só ele é capaz de decifrá-los.

— Fim, delfim, golfinho, golfada, entrada, porta: você é a porta para a salvação do mundo.

— Eu? Tem certeza?

— Tanto quanto de estarmos neste trem.

6 É uma Mão de Obra

Porta, entrada, golfinhos dançando nas paredes do quarto da minha irmã enquanto observo parado diante da soleira. São sete golfinhos. Sei disso porque fui eu mesmo que os pintei para ela, cada um representando um dos *Sete Samurais* de Kurosawa, pois queria que ela ainda os apreciasse mesmo quando fosse mais velha.

Mas hoje à noite os golfinhos estão me fuzilando com os olhos, e, embora sua falta de polegares torne um duelo de espadas bastante improvável, estou achando os bichos muito mais ameaçadores do que de costume.

Papai está pondo Mackenzie para dormir. Já é tarde para ela, mas não para mim. Fiz quinze anos há pouco tempo; ela vai fazer onze em breve. Vou demorar horas para pegar no sono. *Se* pegar. Porque posso muito bem passar a noite em claro.

Mamãe está na sala conversando com vovó ao telefone. Escuto sua voz falando sobre o tempo e os cupins. Nossa casa está sendo devorada pelos cupins.

— ... mas esse tipo de dedetização em que a casa é coberta por uma câmara de lona é uma mão de obra — escuto mamãe dizer. — Tem que haver alguma solução melhor.

Papai dá um beijo de boa-noite em Mackenzie, e então se vira e me vê ali parado, nem exatamente dentro, nem fora do quarto.

— O que é, Caden?

— Nada, é que... esquece.

Ele se levanta e minha irmã se vira para a parede de golfinhos, deixando claro que está pronta para sonhar com os anjos.

— Se há alguma coisa errada, pode me contar — diz papai. — Você sabe disso, não sabe?

Respondo em voz baixa para que Mackenzie não me escute:

— Bom, é que... tem um garoto lá na escola.

— Sim?

— Claro que não posso ter certeza...

— Sim?

— Bom... acho que ele quer me matar.

7 Abismo Caridoso

Tem uma espécie de urna no shopping. Um túnel enorme, amarelo, onde são coletados os donativos para não sei que instituição beneficente que atende crianças, e eu acho muito desagradável de lembrar — "Crianças Amputadas de Guerras no Exterior", ou algo assim. A pessoa tem que pôr a moeda na fenda e soltar. A moeda gira em mil voltas pelo túnel amarelo por um minuto inteiro, fazendo um som metálico e rítmico que vai ficando cada vez mais rápido, mais intenso, mais desesperado, à medida que ela se aproxima do buraco. E continua girando depressa — toda aquela energia cinética forçada a percorrer o tubo inteiro até fazer a barulheira de um alarme — para então ficar em silêncio, quando finalmente cai no abismo negro do túnel.

Eu sou essa moeda descendo, gritando no tubo do túnel, sem nada além da energia cinética e da força centrífuga para me impedir de cair na escuridão.

8 Sacudida para Cair na Real

— Como assim, "quer matar você"? — pergunta papai.

Ele sai do quarto de Mackenzie para o corredor e fecha a porta. O ângulo da luminosidade fraca que vem da porta do banheiro metros adiante me deixa em estado de alerta.

— Caden, isso é sério. Se há um garoto na escola ameaçando você, precisa me contar o que está acontecendo.

Ele fica esperando, e eu me arrependo de ter aberto a boca. Mamãe ainda está na sala falando com vovó ao telefone, e começo a me perguntar se é mesmo vovó ou se mamãe está só fingindo que é ela — falando com outra pessoa, talvez sobre mim, talvez usando um código. Mas por que ela faria isso? Que ideia absurda. Não, ela está só conversando com vovó. Sobre cupins.

— Você falou sobre esse garoto com seus professores?

— Não.

— O que ele fez? Ameaçou você abertamente?

— Não.

Papai respira fundo.

— Tá, então, se ele não chegou ao ponto de ameaçá-lo, talvez a coisa não seja tão séria assim quanto você pensa. Ele costuma levar algum tipo de arma para a escola?

— Não. Bom, talvez. Costuma, sim... costuma. Acho que ele é capaz de ter uma faca.

— Você já a viu?

— Não, mas eu sei. Ele é o tipo de garoto que carrega uma faca, entende?

Papai torna a respirar fundo e coça os cabelos, que estão ficando ralos.

— Me conte exatamente o que esse garoto disse a você. Tente se lembrar de tudo.

Procuro desesperadamente as palavras para me explicar, mas não consigo encontrá-las.

— O problema não é o que ele disse, é o que *não* disse.

Papai é contador: um tipo altamente racional e lógico, portanto não me surpreende que responda:

— Não entendi.

Eu me viro e fico mexendo num retrato da família na parede até entortá-lo. Isso me incomoda, por isso me apresso a endireitá-lo.

— Deixa pra lá. Não tem importância. — Tento fugir para a escada, louco para ouvir a conversa que mamãe está tendo, mas papai segura meu braço com gentileza. É o bastante para me impedir de ir embora.

— Espere aí. Vamos ver se entendi. Esse garoto que o está preocupando tem aulas de alguma matéria com você, e há algo no comportamento dele que você acha ameaçador.

— Na verdade, eu não tenho nenhuma aula com ele.

— Então, como é que o conhece?

— Não conheço. Mas, às vezes, passo por ele no corredor.

Papai abaixa os olhos, fazendo cálculos mentais, e então torna a olhar para mim.

— Caden... se não conhece o garoto, se ele nunca o ameaçou e tudo o que já fez foi passar por você no corredor, o que o leva a pensar que ele quer lhe fazer mal? Provavelmente, nem sabe quem você é.

— Sim, tem razão. Estou só estressado.

— E fazendo uma tempestade num copo d'água.

— Claro, uma tempestade num copo d'água. — Agora que eu disse isso em voz alta, percebo como devo ter parecido bobo. Afinal, o garoto nem sabe que existo. E nem mesmo sei o nome dele.

— O ensino médio pode ser bem estressante — diz papai. — Há muitas coisas para deixar o adolescente ansioso. Lamento que você tenha sofrido em silêncio todo esse tempo. Que coisa para se pensar! Mas, às vezes, todo mundo precisa de uma sacudida para cair na real, não é?

— É, sim.

— E então, está se sentindo melhor agora?

— Estou, sim. Obrigado.

Mas ele continua me estudando enquanto me afasto, como se talvez soubesse que estou mentindo. Meus pais têm notado como ando ansioso ultimamente. Papai acha que eu deveria começar a praticar algum esporte para liberar a tensão. Já mamãe acha que eu deveria fazer ioga.

9 Você Não É o Primeiro e Nem Será o Último

O mar se estende em todas as direções. Para frente, para trás, para estibordo, para bombordo e para o fundo, infinitamente para o fundo. Nosso navio é um galeão, bastante envelhecido pelos milhões de viagens que datam de eras muito mais tenebrosas do que a nossa.

— Ele é a melhor embarcação do seu tipo — disse o capitão, certa vez. — Confie nele, e jamais ficará à deriva.

O que é ótimo, porque nunca há ninguém por trás do leme.

— Ele tem nome? — perguntei certa vez ao capitão.

— Dar nome a um navio é afundá-lo — respondeu ele. — Uma embarcação batizada carrega um peso maior do que o volume de água que desloca. Pergunte a qualquer náufrago.

Na madeira acima do arco da escotilha principal, há os seguintes dizeres gravados a fogo: *Você não é o primeiro e nem será o último*. Fico surpreso ao constatar o quanto esse aviso me faz sentir insignificante e predestinado ao mesmo tempo.

— O navio fala com você? — pergunta o papagaio, empoleirado acima da escotilha, me observando, sempre me observando.

— Não — respondo.

— Pois bem, se falar, anote tudo o que disser — instrui o papagaio.

10 Na Cozinha dos Horrores

Visito a Cozinha de Plástico Branco quase todas as noites. E, a cada vez, os detalhes mudam o suficiente para que eu possa prever o desfecho do sonho. Se fosse sempre o mesmo, pelo menos eu saberia o que esperar — e, se soubesse, poderia me preparar para o pior.

No sonho de hoje, estou escondido. Não há praticamente nenhum canto para eu me enfiar nesta cozinha. Estou espremido dentro de uma geladeira cara, do último tipo. Estou tremendo, e penso no capitão, como ele me chamou de filhotinho trêmulo. Alguém abre a porta; uma máscara de que não me lembro. Ela balança a cabeça.

— Coitadinho, você deve estar com frio. — Despeja café de uma garrafa cheia, mas, em vez de me oferecer, enfia a mão pelo meu umbigo e pega a garrafa de leite atrás de mim na geladeira.

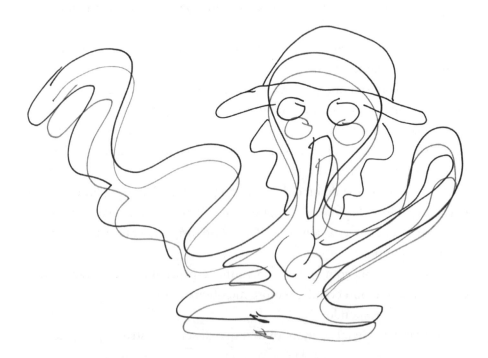

11 Não Há Nada Feio que Não Tenha um Lado Belo

Os aposentos da tripulação ficam atrás do convés principal. O convés da tripulação é muito maior do que o navio parece ser por fora. De uma extensão impossível. Há um longo corredor que se estende por metros a fio, parecendo jamais chegar ao fim.

As pranchas de madeira que compõem o casco e os conveses do navio são vedadas por um piche negro e fedorento que impede a entrada da água. Em nenhuma parte, o cheiro é mais pungente do que aqui embaixo, um odor penetrante e orgânico, como se as formas de vida que foram destiladas pelo tempo no alcatrão não houvessem terminado totalmente de se decompor. É um cheiro que mescla suor concentrado, bodum corporal e aquela sujeira que se acumula nas unhas dos dedos dos pés.

— O cheiro da vida — respondeu o capitão, orgulhoso, quando lhe perguntei sobre o fedor. — Da vida em transformação, talvez, mas, ainda assim, da vida. É como a fetidez limosa de uma poça de maré, garoto: pungente e pútrida, mas, ao mesmo tempo, refrescante. Por acaso, quando uma onda quebra na praia, enchendo suas narinas de bruma salgada, você a maldiz? Não! Porque se lembra do quanto ama o mar. Aquele aroma que perfuma a orla no verão e o leva ao recanto mais sereno da sua alma não é nada além do sutil odor da putrefação marinha. — Em seguida, ele soltou um profundo suspiro de satisfação para provar o que dizia. — Eis aí uma grande verdade: não há nada feio que não tenha um lado belo.

12 Massacre

Quando eu e meus amigos éramos mais novos e batia o tédio no shopping, nós jogávamos esse jogo, que chamávamos de O Massacre do Psicopata. Escolhíamos uma pessoa ou um casal, às vezes uma família inteira — embora, para os propósitos do jogo, o ideal sempre fosse alguém que estivesse sozinho. Então, inventávamos uma história sobre o objetivo secreto do consumidor escolhido. Geralmente envolvia um machado e/ou uma serra elétrica, e um porão e/ou um sótão. Certa vez, escolhemos uma velhinha que transitava pelo shopping com um ar tão determinado na cara enrugada, que decidimos que ela era a serial killer perfeita do dia. A história era a seguinte: ela compraria mil coisas, não teria como carregar tudo e mandaria entregar em casa. Em seguida, renderia o entregador e o mataria com o próprio objeto que ele acabara de entregar. Ela possuía uma coleção inteira de armas recém-compradas e cadáveres de entregadores no porão e/ou no sótão.

Depois, resolvemos segui-la durante uns vinte minutos, achando tudo isso hilário... até que ela entrou numa loja de facas, e ficamos só espiando enquanto comprava um novo facão de cozinha. O que tornou o jogo ainda mais hilário.

Só que, quando ela saiu da loja, meus olhos encontraram os dela — até porque eu tinha me desafiado a fazer isso. Sei que foi uma coisa totalmente imaginária, mas havia um olhar cruel e malévolo naqueles olhos de que nunca vou me esquecer.

Ultimamente, ando vendo esses olhos em toda parte.

13 O Fundo Não Existe

Estou parado no meio da sala, afundando os dedos dos pés no nosso tapete luxuoso, mas de um bege sem alma.

— O que está fazendo? — Mackenzie me pergunta ao chegar da escola, atirando a mochila no sofá. — Por que está aí parado?

— Estou escutando.

— Escutando o quê?

— Os cupins.

— Você consegue escutar os cupins? — A ideia a horroriza.

— Talvez.

Ela mexe de um jeito nervoso nos botões azuis do casaco de pele amarelo, como se tentasse impedir os cupins de entrarem, como o frio. Em seguida, meio hesitante, encosta o ouvido à parede, acho que por imaginar que seria mais fácil escutar os cupins desse jeito do que parada no meio de uma sala silenciosa. Ela fica escutando por alguns momentos, e então diz, num tom um pouco ansioso:

— Não ouvi nada.

— Não se preocupe — respondo no tom mais tranquilizador possível. — Cupins são apenas cupins. — E embora seja a afirmação mais neutra do mundo, é o suficiente para dissipar todos os medos entomológicos que eu possa ter infundido nela. Satisfeita, Mackenzie entra na cozinha para fazer um lanche.

Não saio de onde estou. Não posso escutar os cupins, mas posso senti-los. E, quanto mais penso neles, mais os sinto, o que me distrai. Estou muito distraído hoje. Não pelas coisas que vejo, mas pelas que não vejo. As coisas nas paredes, as que estão sob meus pés, que sempre me inspiraram um fascínio estranho. E esse fascínio me infestou hoje como os cupins roedores de madeira que pouco a pouco vão destruindo a nossa casa.

Digo a mim mesmo que essa é uma boa distração, porque me impede de ser assaltado por pensamentos sobre coisas desagradáveis que podem ou não estar acontecendo na escola. É uma distração útil, por isso me deixo levar por algum tempo.

Fecho os olhos e sinto, empurrando os pensamentos pelas solas dos pés.

Meus pés estão em terreno sólido e seguro, mas isso é apenas uma ilusão. Somos os proprietários da nossa casa, não somos? Na verdade, não, porque o banco tem a hipoteca. Então, somos donos de quê? Do terreno? Também não, porque, embora tenhamos a escritura do terreno em que a casa foi construída, não temos os direitos de mineração. E o que são os minerais? Tudo o que está no chão. Basicamente, se tem valor ou pode se tornar valioso algum dia, nós não possuímos. Só possuímos o que não tem qualquer valor.

Então, o que existe sob os meus pés, para além da mentira de que a casa nos pertence? Quando me concentro, posso sentir o que está lá no fundo. Embaixo do tapete há um bloco de concreto pousado sobre a terra que foi compactado há vinte anos por maquinaria pesada. E embaixo dele há vidas perdidas que ninguém jamais descobrirá. Pode haver até vestígios de civilizações dizimadas por guerras, feras ou sistemas imunológicos que levaram pau numa prova-surpresa bacteriana. Sinto os ossos e os cascos de criaturas pré-históricas. E então meus pensamentos vão ainda mais fundo, em direção ao leito de pedras onde fervilham e borbulham bolsões de gás expelidos pela flatulência da Terra, que tenta digerir sua longa e triste biografia. O lugar onde todos os filhos de Deus terminam sendo destilados por entre rochas numa gosma negra que sugamos do solo e queimamos nos automóveis, transformando essas coisas outrora vivas em gases causadores do efeito estufa, o que me parece melhor do que passar a eternidade em estado de lodo.

Descendo ainda mais fundo, sinto o frio da Terra sendo substituído pelo calor, até chegar às cavernas de magma incandescente, primeiro vermelho, depois branco, girando sob uma pressão inimaginável. A crosta externa, em seguida a interna, até o centro da gravidade e o ponto onde ela se inverte. O calor e a pressão começam a diminuir. A rocha derretida torna a se solidificar. Atravesso o granito, o lodo, os ossos, o húmus, as minhocas e os cupins, até irromper em meio a um arrozal na China, provando que o lado de baixo não existe, pois sempre chega um ponto em que ele se transforma no lado de cima.

Abro os olhos, quase surpreso por me encontrar na sala, e então me ocorre que há uma tubulação perfeita indo da minha casa até algum lugar na China, e me pergunto se forçar os pensamentos a descer por esse túnel, como acabei de fazer, seria perigoso. Será que eles se dilatariam sob o efeito do calor e da pressão da Terra e irromperiam do outro lado como um terremoto?

Sei que é só uma ideia bizarra e absurda, mas, na manhã seguinte, e na outra, e em todas as manhãs a partir desse momento, assisto ao noticiário, com medo de descobrir que houve um terremoto na China.

14 Daqui Não se Pode Chegar Lá

Embora vários tripulantes apavorados tenham me avisado para não me aventurar pelos meandros desconhecidos do navio, não consigo me conter. Algo me compele a procurar as coisas que deveriam ser deixadas em paz. Pois, como alguém pode se encontrar a bordo de um grande galeão e resistir à tentação de explorá-lo?

Certa manhã, em vez de comparecer à chamada no convés, acordo bem cedo para dar início à exploração. E me dirijo pelo longo e mal-iluminado corredor do convés da tripulação. Levo comigo o bloco de pergaminho, onde faço esboços rápidos.

— Com licença — digo a uma tripulante que nunca tinha visto, escondida entre as sombras da sua cabine. Ela tem olhos grandes, borrados de rímel, e usa uma gargantilha de pérolas que parece capaz de estrangulá-la. — Para onde vai esse corredor?

A garota me olha com ar desconfiado.

— Ele não vai, ele fica aqui, onde está. — Então, ela se afasta e bate a porta. Memorizo seu rosto e o desenho no bloco, do jeito como o vi quando ela fugiu para as sombras.

Continuo caminhando, enquanto conto o número de escadas para calcular a distância percorrida no interminável corredor. Uma, duas, três. Chego até a décima, mas o corredor continua à minha frente. Por fim, desisto e subo a décima escada, apenas para sair de novo no convés pela escotilha da parte central do navio e me dar conta de que cada uma das escadas, não importa onde se situe no convés da tripulação, vai dar naquela mesma escotilha. Caminhei pelo corredor durante vinte minutos, e não cheguei a parte alguma.

Vejo o papagaio empoleirado na amurada acima, como se tivesse me observado apenas para poder debochar de mim.

— Daqui não se pode chegar lá — diz ele. — Não sabia? Não sabia?

15 Sem Sentir a Passagem do Espaço

Meu emprego no navio é de "estabilizador". Não me lembro de quando me deram essa incumbência, mas me lembro do capitão explicando-a para mim.

— Você deve sentir o balanço do navio de um lado para o outro no mar e se posicionar em oposição a esse movimento, de estibordo para bombordo, de bombordo para estibordo — instruiu.

Em outras palavras: meu trabalho, como também da grande maioria dos tripulantes, é ficar correndo de um lado para o outro do convés, a fim de contrabalançar o movimento ondulante do mar. Uma coisa totalmente inútil.

— Como nosso peso pode fazer alguma diferença num navio deste tamanho? — perguntei a ele, certa vez.

Ele me fuzilou com seu olho injetado.

— Ah, então prefere trabalhar como lastro?

Isso fez com que eu me calasse. Já tinha visto o "lastro": marinheiros espremidos feito sardinhas no porão de carga, para abaixar o centro de gravidade do navio. Quando não há nenhum trabalho disponível para um tripulante, ele se torna lastro. Eu deveria ter tido juízo bastante para não me queixar.

— Quando nos aproximarmos do nosso destino — disse o capitão, certo dia —, selecionarei um grupo especial para a grande missão. Faça o seu trabalho com o máximo empenho e vigor, e talvez a sua quase imprestável pessoa conquiste um lugar nesse grupo.

Embora não saiba se estou interessado, talvez seja melhor do que ficar me arrastando à toa de um lado para o outro do convés. Certa vez, perguntei ao capitão quão longe ainda estávamos da Fossa das Marianas, porque todos os dias são idênticos no mar: não parecemos estar nem mais perto nem mais longe de nada.

— Faz parte da natureza de um horizonte líquido obliterar a sensação da passagem do espaço — afirmou ele. — Mas saberemos quando nos aproximarmos da fossa, porque haverá sinais e portentos sinistros.

Não vou me atrever a lhe perguntar que portentos sinistros serão esses.

16 Faxineiro

Às vezes, quando o mar está calmo e não tenho que ficar correndo para lá e para cá, faço companhia a Carlyle no convés. Carlyle é o faxineiro do navio — um cara com a cabeça coberta por uma penugem ruiva e um sorriso mais simpático do que o de qualquer outro tripulante. Ele não é nenhum garoto, já tem certa idade, como os oficiais, mas não é um deles. Parece definir seu próprio horário e estatuto, com pouca interferência do capitão, e é o único no navio cujo discurso faz sentido.

— Sou faxineiro por escolha — contou-me, certa vez. — Lavo o navio porque é necessário. E porque vocês não passam de um bando de moleirões.

Hoje, vejo ratos fugindo da água do seu esfregão, até desaparecerem pelos cantos escuros do convés.

— Malditos sejam — resmunga Carlyle, mergulhando o esfregão num balde de água turva e lavando o convés. — Nunca nos livraremos deles.

— Sempre há ratos em navios velhos — observo.

Ele arqueia uma sobrancelha.

— Ratos? É isso que você pensa que são? — Mas não chega a me oferecer qualquer teoria alternativa. A verdade é que as criaturas correm tão depressa e se escondem tão fundo nas sombras, que não dá para ter certeza do que sejam. Isso me deixa nervoso, então resolvo mudar de assunto.

— Me conte alguma coisa sobre o capitão que eu não saiba.

— Ele é o seu capitão. Qualquer coisa que valha a pena saber já deve ser do seu conhecimento.

Pelo jeito como ele diz isso, percebo que tem uma intimidade com o capitão que poucos desfrutam. E me ocorre que, se quiser obter respostas, vou precisar ser bem específico nas perguntas.

— Me conte como ele perdeu o olho.

Carlyle suspira, dá uma olhada ao redor para ter certeza de que não há ninguém nos observando e começa a sussurrar:

— Tenho a impressão de que o papagaio perdeu o olho antes do capitão. Por tudo que ouvi dizerem, o bicho vendeu o olho a uma bruxa, a fim de que ela fizesse uma poção para transformá-lo numa águia. Mas a bruxa o enganou, bebeu ela mesma a poção e saiu voando. O papagaio, que não queria ser o único a usar tapa-olho, arrancou a butuca do capitão com as garras.

— Isso não é verdade — digo, com um sorriso.

Carlyle mantém a expressão solene enquanto joga água ensaboada no convés.

— É tão verdade quanto precisa ser. — O piche entre as pranchas parece se retrair do dilúvio.

17 Eu Pagaria para Ver Isso

O navegador afirma que a vista do cesto da gávea vai me trazer "conforto, claridade, caridade, castidade".

Se é uma questão de múltipla escolha, vou marcar tanto a alternativa "A" como a "B", embora, considerando a tripulação, também possa marcar a "C" com meu lápis número 2.

O cesto da gávea é um pequeno cilindro no alto do mastro principal com espaço para um tripulante, no máximo dois, vigiar. Concluo que seria um bom lugar para ficar sozinho com meus pensamentos, mas já deveria saber que meus pensamentos nunca ficam sozinhos.

À tardinha, subo os degraus de corda da enxárcia esfrangalhada que cobre o navio como uma teia de mortalhas. O último vestígio do crepúsculo desaparece no horizonte e, na ausência do sol, as estrelas esdrúxulas são seduzidas a brilhar.

A treliça de cordas da enxárcia vai se estreitando à medida que me aproximo do cesto, o que torna a subida cada vez mais traiçoeira. Finalmente, consigo trepar no pequeno tubo de madeira que abraça o mastro — apenas para descobrir que está longe de ser pequeno. Como o convés da tripulação, pode parecer assim visto de fora, mas, no interior, o espaço circular aparenta ter uns trinta metros de diâmetro. Há membros da tripulação reclinados em poltronas de veludo, bebericando martínis de néon com olhares distantes, enquanto ouvem uma banda tocar ao vivo um jazz suave.

— Festa para um? Por aqui — diz uma hostess, conduzindo-me até uma poltrona de veludo voltada para o cintilante rastro de luar na água.

— Você é um saltador? — indaga um homem pálido na poltrona ao lado, bebericando uma bebida azul e possivelmente radioativa. — Ou está aqui apenas para observar?

— Estou aqui para clarear as ideias.

— Experimente um desses — diz ele, apontando para a sua bebida radioativa. — Até descobrir o seu próprio coquetel, pode beber do meu. Todo mundo aqui deve descobrir o próprio coquetel, ou será violentamente chicoteado e mandado para a cama. É assim que todas as canções de ninar terminam por aqui. Como *canções de finar.*

Olho ao redor para as aproximadamente doze pessoas que curtem um barato vagamente psicodélico.

— Não entendo como tudo isto cabe num cesto de gávea.

— A elasticidade é um princípio fundamental da percepção — explica meu companheiro. — Mas, assim como os elásticos arrebentam quando ficam muito tempo ao sol, desconfio que, com o tempo, o mesmo acontecerá com o cesto, que voltará ao tamanho apropriado. Quando isso acontecer, quem estiver aqui dentro será esmagado; sangue, ossos e entranhas sairão pelos buracos da madeira como massinha de modelar. — Ele ergue o copo. — Eu pagaria para ver isso!

A alguns metros, um tripulante usando um macacão azul sobe na borda do cesto, abre bem os braços e pula para a morte. Eu me levanto e olho pela borda, mas ele desapareceu. Todos os presentes aplaudem educadamente, e a banda começa a tocar "Orange-Colored Sky" [*céu laranja*], embora o crepúsculo seja roxo como uma equimose.

— Por que continuam aí sentados? — grito. — Não viram o que acabou de acontecer?

Meu companheiro beberrão dá de ombros.

— É isso que os saltadores fazem: saltam. Nosso papel é aplaudir sua coragem e celebrar suas vidas. — Ele lança um olhar casual para o lado. — Mas o convés fica tão longe que nunca dá para vê-los se esborracharem. — Arremata o resto da bebida. — Eu pagaria para ver isso!

18 Cinzeiro Misterioso

Não há ninguém na escola desejando me fazer mal.

É o que digo a mim mesmo todas as manhãs, depois de dar uma olhada no noticiário para ver se houve algum terremoto na China. E continuo repetindo enquanto vou de uma sala de aula para outra. E nas ocasiões em que passo pelo garoto que quer me matar, e, mesmo assim, parece nem saber que eu existo.

"Você está fazendo uma tempestade num copo d'água", foi o que papai disse. O que pode ser verdade — mas isso implica que havia um copo d'água para a tempestade ser feita. Nos meus melhores momentos, sinto vontade de bater em mim mesmo por ser estúpido a ponto de achar que o garoto quer acabar comigo. E o que diz a meu respeito o fato de que sentir vontade de bater em mim mesmo é um dos meus melhores momentos?

"Você precisa ser mais centrado", diria mamãe. Ela curte meditação e comida vegana crua, acho que como uma maneira de contrabalançar a raiva que sente por ganhar a vida limpando fiapos de carne dos dentes das pessoas.

É muito fácil falar em ser centrado; ser, no duro, é que são elas. Isso eu aprendi numa aula de cerâmica que tive certa vez. A professora fazia com que modelar uma moringa parecesse fácil, mas o fato é que exige muita precisão e habilidade. Você joga a bolota de argila no centro exato do prato giratório e, com mãos firmes, pressiona os polegares no meio, afastando-os um centímetro de cada vez. Mas, sempre que eu tentava, só chegava ao ponto em que a moringa saía do ponto de equilíbrio e se entortava, e cada tentativa de consertá-la só piorava as coisas, até que a borda embeiçava, os lados desmoronavam e eu tinha em mãos aquilo que a professora chamava de "cinzeiro misterioso", que voltava a ser jogado no balde de argila.

O que acontece quando o seu universo começa a sair do ponto de equilíbrio e você não tem a menor experiência em reconduzi-lo ao centro? Só pode dar murro em ponta de faca, esperando que as paredes desmoronem e a sua vida se torne um grande cinzeiro misterioso.

19 Desconstruindo Xargon

De vez em quando, nas sextas, meus amigos Max, Shelby e eu nos reunimos depois da aula. Acreditamos que estamos desenvolvendo um RPG, mas já estamos nisso há dois anos, e o bendito game parece nunca chegar perto do fim. Principalmente porque, à medida que cada um de nós vai ficando melhor e mais experiente na sua especialidade, acabamos tendo que chutar o pau da barraca e começar tudo do zero, por considerar o material anterior infantil e amadorístico.

Max é quem dá força ao projeto. É quem fica na minha casa por muito mais tempo do que meus pais têm paciência para aturar, porque, embora seja o gênio da informática do trio, seu computador é um bagulho que dá tilt só de você sussurrar a palavra "gráficos" num raio de um metro.

Shelby é quem desenvolve os conceitos.

— Acho que descobri quais são os problemas na história — anuncia ela na tarde de hoje. Como faz sempre que trabalhamos no game. — Acho que precisamos limitar o armamento biointegrado dos personagens. Senão, cada batalha vai ser um banho de sangue, o que é um tédio.

— Quem disse que banhos de sangue são um tédio? — pergunta Max. — Eu me amarro neles.

Shelby olha para mim em busca de apoio, mas está olhando para a pessoa errada.

— Para ser franco, eu também — respondo. — Acho que é coisa de homem.

Ela me olha com raiva e atira para mim algumas páginas com as descrições dos novos personagens.

— Você só precisa desenhar os personagens e dar a eles armamento suficiente para que nem todo golpe seja mortal. Principalmente Xargon. Tenho grandes planos para ele.

Abro o bloco de rascunhos.

— Nós não combinamos que pararíamos de fazer isso se começássemos a falar como nerds? Acho que a conversa de hoje marca oficialmente esse momento.

— Ah, por favor! Esse momento já aconteceu no ano passado — observa Shelby. — Se você é tão imaturo a ponto de ter medo de ser rotulado por babacas, então cai fora, que nós arrumamos outro artista.

Sempre gostei do jeito como Shelby diz à pessoa exatamente o que pensa. Não que role ou jamais tenha rolado qualquer clima romântico entre nós. Acho que esse navio encalhou em pedras secas para nós dois. Gostamos demais um do outro para nos envolvermos num lance constrangedor desses. Além disso, nosso triunvirato tem as suas vantagens. Como, por exemplo, Max e eu ficarmos sabendo de mil coisas sobre as garotas que nos interessam, e podermos contar a ela tudo que queira saber sobre qualquer cara que lhe interesse. Enfim, a nossa amizade funciona às mil maravilhas, e não se mexe em time que está ganhando.

— Olha só — diz Shelby —, nós não vivemos esse troço, é só um hobby, uma coisa que a gente faz por prazer alguns dias do mês. Eu, por exemplo, não me sinto socialmente prejudicada por causa disso.

— Claro — diz Max. — Porque você tem mil outras coisas pra te prejudicarem.

Ela bate nele com tanta força que o mouse sem fio sai voando da sua mão pelo quarto.

— Ei! — grito. — Se esse troço quebrar, meus pais vão me fazer pagar por ele. São muito radicais em matéria de responsabilidade pessoal.

Shelby me lança um olhar gelado, quase feroz.

— Não estou vendo você desenhar.

— Talvez eu esteja esperando que a inspiração chegue. — Mas, inspirado ou não, respiro fundo e leio as descrições que ela fez dos personagens. Em seguida, olho para a folha em branco do bloco.

Foi esse problema que tenho com o espaço vazio que me levou à arte. Vejo uma caixa vazia, tenho o impulso de enchê-la. Vejo uma folha em branco, não posso deixá-la nesse estado. Folhas em branco gritam comigo, exigindo serem preenchidas com o lixo do meu cérebro.

No começo, eram só rabiscos. Depois, os rabiscos se transformaram em desenhos, os desenhos viraram peças e, agora, as peças são "trabalhos". Ou "obras", segundo os pretensiosos, como alguns garotos na aula de artes que usam boinas, como se tivessem cérebros tão criativos que precisassem de uma cobertura mais original que os dos outros. Na maioria das vezes, minhas "obras" são quadrinhos no estilo dos mangás, mas nem sempre. Ultimamente, a minha arte tem se tornado cada vez mais abstrata, como se as linhas puxassem a mão, e não o contrário. Agora, basta eu começar para ser dominado pela ansiedade. Uma necessidade urgente de ver aonde as linhas estão me levando.

Trabalho com o máximo empenho possível nos esboços dos personagens de Shelby, mas estou sem a menor paciência. No momento em que tenho um lápis de cor na mão, fico louco para soltá-lo e pegar outro. Vejo as linhas que estou desenhando, mas não o conjunto. Adoro desenhar personagens, mas neste momento é como se o prazer estivesse correndo metros adiante dos meus pensamentos, e não consigo alcançá-lo.

Mostro a ela meu desenho de Xargon, seu novo e melhorado líder do time de batalha à prova de banhos de sangue.

— Medíocre. — É a opinião dela. — Se não vai levar isso a sério...

— É o melhor que posso fazer hoje, tá? Tem dias em que estou inspirado, tem outros em que não estou. — E acrescento: — Talvez sejam as suas descrições incompletas que estão deixando os meus personagens incompletos.

— Você tem que se esforçar mais — responde Shelby. — Seus desenhos eram tão... concretos.

Dou de ombros.

— E daí? O estilo dos artistas se desenvolve. Picasso, por exemplo.

— Tudo bem. Quando Picasso desenhar os personagens de um game de computador, eu te aviso.

Embora nem todos os nossos encontros terminem em discussão, que é metade da graça deles, a tarde de hoje é diferente, porque, no fundo, sei que Shelby tem razão. Meu estilo não está se desenvolvendo, está se desconstruindo, e ignoro a razão.

20 Papagaios Sempre Sorriem

O capitão me chama para uma reunião, embora eu tenha procurado ficar o mais quieto possível no meu canto.

— Você entrou pelo cano — diz o navegador enquanto saímos da cabine. — Cano, cana, caniço, canibal: o capitão já devorou homens como um canibal.

Isso me lembra do sonho recorrente na Cozinha de Plástico Branco — mas o capitão nunca aparece nesse sonho.

O "escritório" do capitão se situa na popa, nos fundos do navio. Ele diz que é para poder refletir sobre onde esteve. No momento, ele não está refletindo. Nem se encontra no escritório. Só o papagaio está lá, acomodado num poleiro entre a escrivaninha atulhada do capitão e um globo terrestre com os continentes em formatos e locais errados.

— Foi muito gentil da sua parte ter vindo, foi muito gentil da sua parte ter vindo — diz o papagaio. — Sente-se, sente-se.

Eu me sento e espero. O papagaio fica andando de um lado para o outro do poleiro.

— E então, por que estou aqui? — pergunto a ele.

— Exatamente — responde o papagaio. — *POR QUE* você está aqui? Ou devo perguntar: Por que *VOCÊ* está aqui? Ou talvez: Por que você está *AQUI*?

Começo a perder a paciência.

— O capitão vem ou não vem? Porque, se não vier...

— O capitão não mandou chamar você — diz o pássaro. — Fui eu, fui eu. — Então, meneia a cabeça, indicando um pedaço de papel sobre a mesa. — Por favor, responda ao questionário.

— Com o quê? Não tem caneta.

O papagaio pula para a escrivaninha, empurra uma parte da bagunça e, como não encontra nenhuma caneta, rói com o bico uma pena verde-azulada das costas. Ela cai sobre a escrivaninha como uma daquelas penas de escrever de antigamente.

— Muito esperto, mas não tem tinta.

— Basta mergulhar a ponta no piche que veda as pranchas — sugere o papagaio. Estendo a mão à parede mais próxima, encosto o bico da pena na matéria escura que preenche a fresta entre duas pranchas de madeira, e algo mais escuro do que tinta é aspirado para o interior oco da pena. A vista disso me faz tremer. Enquanto respondo ao questionário, tomo cuidado para que nem uma gota sequer caia na minha pele.

— Todos têm que fazer isso? — pergunto.

— Todos, sem exceção.

— Tenho que responder a todas as perguntas?

— Todas, sem exceção.

— Mas que importância têm essas coisas?

— Têm importância.

Quando termino, apenas olhamos um para o outro. E me ocorre que os papagaios sempre parecem exibir um sorriso simpático, como os golfinhos, por isso nunca se sabe o que estão pensando. Um golfinho pode estar louco para arrancar seu coração ou surrá-lo com o focinho até a morte, como é capaz de fazer com um tubarão, mas, como está sempre sorrindo, você pensa que é um amigo. O que me lembra dos golfinhos que pintei na parede do quarto da minha irmã. Será que ela sabe que eles podem querer matá-la? Será que já a mataram?

— Está se dando bem com os tripulantes, com os tripulantes? — pergunta o papagaio.

Dou de ombros.

— Acho que sim.

— Conte-me algo que eu possa usar contra eles.

— Por que eu faria isso?

O papagaio solta um suspiro assoviado.

— Ai, ai, não quer cooperar hoje. — Quando percebe que não vai conseguir arrancar nada de mim, ele torna a saltar no poleiro. — Já terminamos por hoje, por hoje. Agora, vamos jantar. Cuscuz e filé de dourado.

21 Questionário do Tripulante

Favor responder a cada pergunta dando-lhe uma nota de um a cinco da escala abaixo.

1 *Concordo plenamente*   **2** *Concordo totalmente*   **3** *Concordo enfaticamente*

4 *Concordo sem sombra de dúvida*   **5** *Como foi que você adivinhou?*

Às vezes, tenho medo de que o navio afunde. ① ② ③ ④ ⑤

Meus companheiros de tripulação escondem armas biológicas. ① ② ③ ④ ⑤

Bebidas energéticas me fazem voar. ① ② ③ ④ ⑤

Sou Deus, e Deus não responde a questionários. ① ② ③ ④ ⑤

Gosto da companhia de aves de plumagem colorida. ① ② ③ ④ ⑤

A morte tende a me deixar com fome. ① ② ③ ④ ⑤

Meus sapatos estão muito apertados, e o coração, dois números abaixo do normal. ① ② ③ ④ ⑤

Acredito que todas as respostas se encontram no fundo do mar. ① ② ③ ④ ⑤

Vivo sendo assediado por zumbis sem alma. ① ② ③ ④ ⑤

Às vezes, ouço vozes de locutores de comerciais. ① ② ③ ④ ⑤

Consigo respirar debaixo d'água. ① ② ③ ④ ⑤

Tenho visões de universos paralelos e/ou perpendiculares. ① ② ③ ④ ⑤

Preciso de mais cafeína. Agora. ① ② ③ ④ ⑤

Sinto cheiro de cadáveres. ① ② ③ ④ ⑤

22 O Colchão Não o Salvou

Minha família e eu vamos passar dois dias em Las Vegas, enquanto dedetizam a casa para matar os cupins. Fico desenhando no bloco durante a viagem inteira, até o balanço do carro me deixar nauseado. A um passo de vomitar. Coisa que, imagino, me faz gostar de tudo mais em Las Vegas.

Nosso hotel é uma pirâmide de trinta andares com elevadores diagonais. Os habitantes de Las Vegas têm muito orgulho dos seus elevadores de vidro, espelhados, com lustres que tremulam e tilintam como se cada subida ou descida fosse um terremoto. Os hotéis competem para ver qual consegue atrair mais depressa os hóspedes para o cassino. Um deles tem até caça-níqueis nos elevadores, para os que não aguentam esperar tanto.

Estou nervoso, mas não consigo atinar com a razão.

Minha mãe diz que preciso me alimentar. Eu me alimento, e a sensação não passa. Meu pai diz que preciso dar uma dormida, como se eu fosse um bebê, mas o problema também não é esse, e os dois sabem disso. *Você precisa superar essa fobia social, Caden*, é o que dizem mais de uma vez. Mas a verdade é que eu nunca tinha sofrido de fobia social antes — era sempre superconfiante e extrovertido. Eles ainda não sabem — e nem eu — que este é o começo de algo maior. É apenas a ponta escura de uma pirâmide muito maior, mais funda e mais tenebrosa.

Meus pais passam metade do dia jogando, até decidirem que já perderam dinheiro bastante. Então, começam a discutir, trocando acusações.

— Você não sabe jogar Blackjack!

— Eu te disse que prefiro roleta!

Todo mundo precisa de alguém para culpar. Marido e mulher se culpam. É mais fácil assim. O que agrava a situação é o fato de mamãe ter quebrado o salto esquerdo do sapato vermelho favorito e ter tido que voltar mancando para o hotel, porque andar descalça pelas ruas de Las Vegas é impensável: até caminhar sobre brasas deve ser menos doloroso.

Enquanto nossos pais se consolam com tratamentos em spas, vou dar uma volta com a minha irmã pelo Strip, uma área de quase sete quilômetros do Las Vegas Boulevard, e assistimos ao show dos chafarizes do Hotel

Bellagio. Acho meio chato estar com Mackenzie, porque ela resolveu chupar uma de suas balas favoritas, uma Ring Pop azul, aquela em formato de anel de brilhante que fica parecendo uma chupeta na boca da pessoa, o que a leva a parecer muito mais nova do que é — uma menina de quase onze anos — e faz com que eu me sinta uma babá. E também é constrangedor ficar na companhia de alguém que está com a boca inteira azul.

Enquanto caminhamos, vou recolhendo cartões oferecendo serviços de acompanhantes, distribuídos por sujeitos mal-encarados que os estendem a quem quiser pegá-los. Não que eu pretenda ligar para os números nos cartões, mas é um item para colecionar. Como cartões de beisebol. Só que esses têm fotos de mulheres com lingerie. Que valem por um time inteiro da primeira divisão.

Sei que um desses prédios no Strip era o MGM Grand, que foi destruído por um incêndio há muito tempo. O carma do lugar era tão pesado que a companhia o vendeu para outra rede de hotéis e construiu um novo — uma imensa catedral verde dedicada ao jogo, uma construção digna de *O mágico de Oz*. Mas agora o velho hotel está camuflado por um novo nome. Muita gente morreu no incêndio. Teve um cara que se jogou com um colchão de uma janela alta para escapar das chamas. Mas o colchão não o salvou.

Agora estou pensando no nosso hotel e no que aconteceria se pegasse fogo. Como é que se sai de uma pirâmide de vidro em chamas onde as janelas não abrem? Minha cabeça começa a dar mil voltas. E se um daqueles sujeitos mal-encarados na rua decidir que já está cheio de distribuir cartões indecentes e que provocar um incendiozinho não lhe faria mal algum? Quando dou uma olhada num deles — uma boa olhada — é exatamente o que vejo, e então sei que vai ser ele. Tenho uma premonição fortíssima, quase como uma voz, dizendo que não posso voltar para o nosso hotel. Porque o cara está me vigiando. Porque talvez todos eles estejam. Talvez todos aqueles tipos pinta-braba distribuindo cartões estejam trabalhando juntos. E eu não posso voltar para o hotel, porque, se fizer isso, vai ser verdade. Portanto, convenço a minha irmã, que está se queixando de dor nos pés, a continuar caminhando, mas não explico por quê. De repente, sinto que a responsabilidade de protegê-la desses cafajestes é toda minha.

— Vamos dar uma olhada no Caesars Palace — sugiro a Mackenzie. — Todo mundo diz que é o máximo.

Quando entramos, começo a me sentir um pouco mais seguro. Gigantescos centuriões de pedra, armados com lanças e usando couraças, guardam a entrada. Sei que são apenas decorativos, mas fazem com que eu me sinta a salvo daqueles incendiários pinta-braba mancomunados.

No interior do hotel, entre as lojas que vendem perfumes, diamantes, artigos de couro e casacos de mink, há um nicho onde se vê mais uma escultura de pedra. É uma réplica perfeita em mármore do *Davi* de Michelangelo. Tudo em Las Vegas é uma réplica perfeita. A Torre Eiffel, a Estátua da Liberdade, metade da cidade de Veneza. O mundo real falsificado para o seu divertimento.

— Fala sério, um cara pelado?! — pergunta Mackenzie.

— Não seja estúpida, é o *Davi*.

— Ah — diz ela, felizmente sem perguntar "Davi de quê?". Em vez disso, indaga: — O que é aquilo na mão dele?

— Um estilingue.

— Não parece um estilingue.

— É um estilingue bíblico — explico. — O que ele usou para matar Golias.

— Ah — diz Mackenzie. — Podemos ir agora?

— Só mais um segundo. — Ainda não posso ir embora porque fui hipnotizado pelos olhos de pedra de Davi. O corpo parece relaxado, como se o reino já fosse seu, mas a expressão no rosto é... carregada de preocupação, uma angústia que ele tenta esconder. Começo a imaginar se Davi era como eu. Vendo monstros em toda parte e se dando conta de que não há estilingues suficientes no mundo para matá-los.

23 Oito Segundos e Meio

Meus pais resolvem ficar de pileque na primeira noite da nossa aventura em Las Vegas.

A discussão sobre quem foi o culpado pelas perdas no jogo já está encerrada. E eles decidem pôr uma pedra sobre o assunto. Aliás, várias. De gelo.

Todo hotel em Las Vegas exibe alguma bizarrice, e a mais notável de todas é a Torre da Estratosfera, que eles afirmam ter cento e treze andares, embora eu ache que devam ter calculado a altura pelo sistema métrico de Las Vegas, que estica e encolhe os fatos à vontade para se encaixarem em qualquer mentira que queiram vender. Mesmo assim, é impressionante essa coroa de vidro circular no alto do elegante pináculo de concreto. O ascensorista afirma que eles têm os elevadores mais rápidos da civilização ocidental. Esse pessoal de Las Vegas e seus elevadores...

A coroa circular de quatro andares dispõe de um restaurante giratório e um saguão com música ao vivo. Os clientes se sentam em poltronas de veludo vermelho e bebericam drinques em cores de néon que parecem ser radioativos. A torre também conta com brinquedos de parque de diversões. Um deles permite que a pessoa despenque por cento e oito andares, suspensa de um cabo, quase em queda livre, sem um mísero colchão sequer para lhe fazer companhia enquanto desce. Só uma câmera acompanha a descida, gravando a morte simulada, para que o aventureiro possa levá-la para casa e reviver aqueles oito segundos e meio no conforto da sua sala de estar.

— Está a fim? — pergunta papai. — Não tem fila.

No começo, acho que ele está brincando, mas, pelo brilho nos seus olhos, percebo que não. Meu pai raramente fica bêbado, mas, quando isso acontece, ele se torna um súbito especialista em más ideias.

— Não, obrigado — respondo, tentando me esquivar, mas ele segura meu braço, dizendo que é um evento de família. Tem cupons de desconto. Dois saltos pelo preço de um. Quatro pelo preço de dois. Uma oportunidade imperdível.

— Relaxe, Caden. Entregue-se ao universo.

Meu pai não viveu na década de sessenta, mas o álcool faz com que ele passe de republicano de carteirinha a hippie de Woodstock.

— Do que tem medo? — pergunta ele. — É cem por cento seguro.

À nossa frente, um sujeito de macacão azul, todo preso no equipamento de segurança, salta no vazio e desaparece na lateral da torre para nunca mais ser visto. Os presentes aplaudem, e meus dedos começam a ficar dormentes.

— Alguém já se esborrachou lá embaixo? — pergunta um bêbado pálido, com uma bebida de néon, aos encarregados do brinquedo e então ri para os amigos beberrões. — Eu pagaria para ver isso!

— Ou vamos todos juntos, como uma família, ou não vamos — decreta papai, o que faz com que Mackenzie comece a me atazanar, reclamando que eu sempre estrago a diversão dela. Mamãe fica só rindo feito uma boba, porque as margaritas a transformam numa garotinha de doze anos no corpo de uma mulher de quarenta.

Papai recomeça:

— Vamos lá, Caden. Viva o momento, filhão. Vai ser uma emoção de que você se lembrará pelo resto da vida.

Tá. Cada um dos oito segundos e meio.

Desisto de protestar, porque são três contra um. Então, quando olho nos olhos de papai, eu vejo. O mesmo que vi no sujeito mal-encarado que distribuía cartões e sei que quer incendiar o nosso hotel. Afinal, quem é o meu pai? E se ele for membro de alguma sociedade secreta? E se tudo na minha vida tiver sido uma farsa, como a Veneza do Strip, só com a finalidade de me trazer para cá e me convencer a saltar para a morte? Quem são essas pessoas? Embora uma parte de mim saiba que essas ideias são totalmente ridículas, outra parte dá a maior força a esse horrível "E se?" — a mesma parte que olha em segredo debaixo da cama e nos armários depois de assistir a um filme de terror.

Antes mesmo de perceber o que está acontecendo, já estamos vestindo os macacões azuis, e pela primeira vez me ocorre a razão de serem chamados de *jumpsuits [trajes de salto]* e de estarmos parados numa plataforma de lançamento como uma equipe de astronautas. Mackenzie é a primeira, porque quer provar que é a garota mais corajosa do planeta; em seguida, mamãe é presa ao cabo e salta, os risinhos se transformando num grito ecoante; e papai espera atrás de mim, fazendo questão de que eu vá antes dele, porque sabe que vou tomar o elevador se tiver chance.

— Vai ser divertido, você vai ver.

Mas não tenho como me divertir com aquilo, porque a nuvem viva no canto do olho que espia debaixo da cama se transformou numa neblina baixa que se espalha pelo cérebro como o anjo da morte sobre os primogênitos do Egito.

Pela parede de vidro da coroa da Estratosfera, os clientes assistem com certo interesse — gente bem-vestida degustando escargots e bebericando radioatividade, enquanto a plataforma do restaurante gira devagar — e eu me dou conta de que sou parte do entretenimento da noite. Como num circo, o desejo secreto de todos é ver alguém se esborrachar lá embaixo.

E o meu terror não se traduz numa mera sensação de sobe e desce no estômago. Nem na adrenalina da expectativa diante da primeira descida num pico de montanha-russa. Tenho certeza absoluta — ABSOLUTA — de que estão só fingindo prender o meu cabo. Que a minha vida está prestes a acabar numa explosão de alta velocidade e dor. A verdade está toda nos olhos deles. A angústia de saber está me matando mais do que a morte faria, por isso pulo de uma vez para acabar com ela.

Gritando, gritando, gritando na descida pela lateral da torre em direção ao escuro poço sem fundo, tão real, que sempre, sempre acreditarei que foi verdade — e ainda assim, oito segundos e meio depois, a velocidade da queda diminui e sou amparado por uma equipe na base da torre. Fico tão surpreso por ainda estar vivo, que não consigo parar de tremer, e a minha única vitória nessa noite horrível é o fato de papai, que salta depois de mim, vomitar durante toda a descida — mas nem mesmo isso é capaz de anular a sensação infernal, abissal, de que ainda estou à beira de algo inimaginável.

24 Não Pense que Ela É Só Sua

O balanço violento do navio me acorda de um pesadelo que não consigo lembrar. A lanterna pendurada no teto baixo da cabine se agita freneticamente, lançando sombras trêmulas que se erguem e quebram com a agitação das ondas do mar. O navio inteiro estala como se soltasse um lamento de dor, e as tábuas transpirantes do convés se distendem e se contraem, lutando contra o infeliz piche negro que as mantém unidas. O próprio piche parece gemer com o esforço.

O navegador dá uma espiada do leito do beliche acima do meu, sem parecer se importar que o navio esteja prestes a ser destroçado pelo oceano enfurecido.

— Pesadelo? — pergunta ele.

— Foi.

— Estava na cozinha?

Isso me pega de surpresa. Nunca tinha contado a ele sobre o sonho.

— Você conhece aquele lugar?

— Todos nós vamos de vez em quando para a Cozinha de Plástico Branco — diz o navegador. — Não pense que ela é só sua, porque não é.

Vou para o banheiro, que fica no corredor. É como se os meus pés tivessem sido acorrentados ao chão e os braços à parede. O que, junto com o balanço do navio, torna a ida ao banheiro um suplício de quinze minutos.

Quando finalmente volto para o beliche, o navegador me atira um pedaço de papel rasgado com linhas e setas curvas em todas as direções.

— Saída, fique fora de casa, fique em casa, caminho para casa — explica. — Leve isso com você da próxima vez que for à cozinha, segue o meu conselho. Ensina a encontrar a saída.

— Não posso levar um pedaço de papel para um sonho — argumento.

— Bem, nesse caso — diz ele, em tom insultado —, você está frito.

25 Não lhe Dei Permissão

— Me desenha — ordena o papagaio, espiando meu bloco. — Me desenha. — Não me atrevo a recusar.

— Faz uma pose — respondo. Ele se ajeita na amurada, ergue o bico majestosamente e eriça as penas. Trabalho sem pressa. Quando termino, mostro o resultado. O desenho de um cocô fumegante.

Ele o observa por alguns segundos, e então diz:

— Parece mais o meu irmão. Depois de ter sido devorado por um crocodilo, é claro.

Isso me faz abrir um sorriso sincero. Faço um segundo desenho que se parece de fato com ele em cada detalhe, tapa-olho e tudo.

Só que o capitão estava vigiando, e, quando o papagaio sai voando, muito satisfeito, ele confisca o lápis e o bloco. Mas, pelo menos, não me condena a ter a mão direita decepada. Correm boatos de que os tripulantes com pernas de pau ficaram nesse estado por jogar futebol no convés.

— Não lhe dei permissão para ter talento — diz o capitão. — Pode ofender os outros tripulantes, que não têm nenhum.

Embora o talento seja uma coisa de que a pessoa é dotada mesmo que não peça permissão, curvo a cabeça e pergunto:

— Por favor, senhor... Será que me permite ter talento para o desenho?

— Vou pensar no assunto. — Ele dá uma olhada no retrato do papagaio, franze o nariz e o atira ao mar. Em seguida, observa o desenho do cocô fumegante e sentencia: — Um retrato muito bem-feito. — E o atira ao mar também.

26 Bichos e Restos Nojentos

Pela manhã, o bartender me chama para ir ao cesto da gávea, a fim de preparar meu coquetel. Não há saltadores hoje, portanto o local está quase deserto.

— Este coquetel deve ser seu e somente seu. — Ele me crava um longo olhar, até eu assentir com a cabeça. Satisfeito, ele pega várias garrafas e vidros de poções na prateleira, as mãos se movendo tão depressa que até parecem ser mais de duas. Ele agita a mistura numa coqueteleira enferrujada.

— Quais são os ingredientes? — pergunto.

Ele me olha como se eu fosse um imbecil por perguntar. Ou por achar que vou receber uma resposta.

— Lixo e condimentos, bichos e restos nojentos.

— Que restos, especificamente?

— Cartilagem de vaca e espinha de besouro preto.

— Besouros não têm espinha — observo. — São invertebrados.

— Exatamente. É por isso que são tão raros.

O papagaio chega lá de baixo, batendo as asas, e se empoleira na máquina registradora. Ao vê-la, lembro que não posso pagar e digo isso ao bartender.

— Não tem problema — responde ele. — Podemos cobrar a despesa do seu plano de saúde.

Ele despeja a poção numa taça de champanhe de cristal e a entrega para mim. A mistura borbulha, vermelha e amarela, mas as duas cores não se misturam. Meu coquetel é uma lâmpada de lava.

— Bebe tudo, bebe tudo — ordena o papagaio. Vira a cabeça um pouco e me observa com o olho bom.

Dou um gole. A bebida é amarga, mas não chega a ser ruim demais. Um leve sabor de banana e amêndoa.

— Tintim — digo, esvazio o copo de um gole e o recoloco no bar.

O papagaio balança a cabeça, profundamente satisfeito.

— Excelente! Você vai visitar o cesto da gávea duas vezes por dia.

— E se eu não quiser fazer isso? — pergunto a ele.

O papagaio me dá uma piscadinha.

— Nesse caso, o cesto da gávea vai visitar você.

27 Povão de Mãos Limpas

Há muito tempo, minha família viajou para Nova York. Como todos os hotéis convenientes estavam lotados ou cobravam os olhos da cara, acabamos nos desviando do circuito turístico padrão.

Nosso hotel ficava enfurnado no sovaco esquerdo de um sujeito gordo no Queens. Numa zona do bairro com o nome infeliz de "Flushing".★ Como a maioria dos nova-iorquinos, os colonos que fundaram a cidade tinham um senso de ironia finíssimo.

Para encurtar a história, tivemos que tomar o metrô para ir a todos os lugares, o que era sempre uma aventura. Acho que numa dessas conseguimos a proeza de ir parar em Staten Island, e olha que nem tem linha de metrô para lá. Fomos torrando toda a nossa grana com os cartões magnéticos que vomitam dinheiro digital cada vez que a gente passa pela catraca, e papai lamentou o fim dos anos dourados em que o metrô tinha fichas de metal e a pessoa podia contar o número de trajetos que fazia na palma da mão.

Mamãe foi muito clara em relação às REGRAS DO METRÔ: muito antisséptico nas mãos e nunca fazer contato visual com ninguém.

Durante aquela semana, eu me tornei um estudioso das multidões, observando o povão de mãos sujas. Nas ruas, por exemplo, descobri que os nova-iorquinos nunca levantam os olhos para os prédios assombrosos

---

★Palavra que (em inglês) remete ao verbo *to flush*, dar descarga no vaso. (N.T.)

que se erguem acima deles. Caminham com rapidez e eficiência no meio dos piores formigueiros humanos, como se fossem impermeabilizados com Teflon, raramente esbarrando uns nos outros. No metrô, quando todos devem ficar imóveis enquanto o trem sacoleja de uma estação à outra, não só não fazem contato visual, como permanecem em seu universo extremamente apertado, como se usassem um traje espacial invisível. É parecido com andar de carro numa estrada, só que o espaço pessoal não vai um centímetro além das roupas, se é que chega a tanto. Fiquei pasmo de ver como as pessoas podem viver assim tão próximas, como é possível estar literalmente cercado por milhares de seres humanos a apenas centímetros uns dos outros — e ainda assim, completamente isolado. Eu achava difícil imaginar uma coisa dessas. Agora, não acho mais.

28 Arco-Íris de Manteiga de Amendoim

Nossa casa está finalmente livre dos cupins, e as maravilhas da Cidade do Pecado são lembranças que é melhor enterrarmos. Mas não me sinto mais confortável em casa. Tenho uma necessidade incontrolável de ficar andando. De um lado para o outro, de um lado para o outro. É inútil. Quando não estou andando, estou desenhando; quando não estou desenhando, estou pensando — o que me faz recomeçar a andar e a desenhar. Talvez seja efeito dos resíduos do pesticida.

Eu me sento à mesa da sala de jantar. Tenho um mar de lápis de cor, de cera e de carvão diante de mim. Resolvo trabalhar com os lápis de cor, mas seguro cada um com tanta força, fazendo tanta pressão, que eles vão se quebrando um atrás do outro. Não só as pontas, os lápis em si. Jogo-os por cima do ombro, pois não tenho tempo a perder.

— Você parece um cientista louco — observa mamãe.

Só escuto suas palavras dez segundos depois de ela dizê-las. É tarde demais para responder, então me calo. Seja como for, estou muito ocupado para responder. Tenho uma coisa na cabeça e preciso vomitá-la no papel antes que mude o formato do meu cérebro. Antes que as linhas coloridas o fatiem como um cortador de queijo. Meus desenhos perderam todo o senso de forma. São só rabiscos e sugestões, tudo aleatório, mas, ao mesmo tempo, não. Fico pensando se os outros verão o mesmo que vejo neles. Essas imagens têm que significar alguma coisa, não têm? Por que outro motivo seriam tão intensas? Por que aquela voz silenciosa dentro de mim exigiria tão irredutivelmente que eu as ponha para fora?

O lápis magenta se quebra. Jogo-o para trás e pego o vermelho-escuro.

— Não gostei — diz Mackenzie ao passar por mim lambendo uma colher cheia de manteiga de amendoim como se fosse um pirulito. — É assustador.

— Só desenho o que é necessário — explico a ela. De repente, tenho um laivo de inspiração: estendo o braço, enfio o polegar na colher e traço na folha um arco em tom de ocre.

— Mamãe! — grita Mackenzie. — O Caden está desenhando com a minha manteiga de amendoim!

A resposta de mamãe:

— Bem feito. Você não deveria estar comendo manteiga de amendoim antes do jantar.

Mesmo assim, mamãe lança um olhar da cozinha para mim e meu projeto. Sinto sua onda de preocupação como o calor daqueles aquecedores de pátio: fraco e ineficaz, mas constante.

29 A Maioria dos meus Amigos Tem um Jeitão Meio Circense

Eu me sento com meus amigos na hora do almoço. Mas sem estar na companhia deles. Ou seja, fico entre eles, mas não me sinto *com* eles. Até algum tempo atrás, eu me relacionava facilmente com qualquer galera. Algumas pessoas precisam de uma patotinha para se sentir seguras, formam uma bolha protetora de amigos e raramente se aventuram a sair dela. Nunca fui assim. Sempre passava livremente de uma mesa para outra, de um grupo para outro: os atletas, os nerds, os hippies, os roqueiros, os skatistas. Sempre fui querido e bem-aceito por todos, e sempre me enturmei com eles feito um camaleão. Como é estranho que agora eu me veja preso num grupo de uma pessoa só, mesmo estando no meio de um grupo de verdade.

Meus amigos devoram seus almoços, enquanto riem de algo que não escutei. Não estou saindo do ar voluntariamente, apenas não consigo me concentrar na conversa. Os risos parecem tão distantes, que é como se meus ouvidos estivessem cheios de algodão. Isso vem acontecendo cada vez mais. É como se eles não estivessem falando em inglês — e sim naquela língua inventada bizarra que os palhaços usam no Cirque du Soleil. É isso: meus amigos estão conversando em cirquês. Normalmente, eu entro no jogo e rio também, para poder me manter camuflado e parecer sintonizado com a galera. Só que hoje não estou a fim de fingir. Meu amigo Taylor, que é um pouco mais observador do que os outros, percebe minha ausência e me dá um tapinha no braço.

— Ei, Terra chamando Caden Bosch. Onde você está, cara?

— Na órbita de *Soturno*, a anos-luz daqui — respondo, o que faz todo mundo cair na risada e soltar mil piadas com nomes de planetas, mas todas em cirquês, porque já saí do ar novamente.

30 Os Movimentos das Moscas

Enquanto cuido dos meus afazeres junto com os outros marinheiros, indo de um lado para o outro do convés sem que esse esforço faça qualquer sentido, o capitão fica acima de nós, ao leme do navio. Como um pregador, ele nos doutrina com seu tipo muito especial de sabedoria.

— Contem suas bênçãos — exorta ele. — E, se contarem menos de dez, cortem os dedos que faltarem.

Vejo o papagaio examinar cada membro da tripulação, pousando no ombro ou se empoleirando no alto da cabeça por alguns momentos antes de voar para o próximo. E me pergunto o que estará aprontando.

— Queimem todas as suas pontes — ordena o capitão. — De preferência, antes de atravessá-las.

O navegador está sentado num barril que, no passado, já esteve cheio de comida, mas agora, devido ao vazamento, exala um fedor que testemunha a decomposição dos alimentos. Ele está criando uma nova carta de navegação baseada nos movimentos das moscas que enxameiam ao redor do barril.

— Os movimentos delas são mais verdadeiros do que as estrelas — afirma —, porque as moscas comuns têm olhos multifacetados.

— E que diferença isso faz? — ouso perguntar.

Ele me observa como se a resposta fosse óbvia.

— Olhos compostos, engodos expostos.

Posso ver por que ele e o capitão se dão às mil maravilhas.

O papagaio pousa no meu ombro enquanto me arrasto num interminável vaivém pelo convés.

— Marinheiro Bosch! Fique quieto, fique quieto! — Então, ele dá uma espiada no meu ouvido com o olho descoberto, movendo a cabeça para os lados. — Ainda está aí — sentencia. — Que bom para você, que bom para você!

Imagino que esteja se referindo ao meu cérebro.

Ele voa para verificar o ouvido de outro marinheiro. Seu assovio baixo trai a decepção diante do que encontra — ou deixa de encontrar —, entre as orelhas do rapaz.

— Não há nada a temer a não ser o próprio medo — sentencia o capitão, ainda atrás do leme —, e um ou outro monstro carnívoro de vez em quando.

31 É Só Isso que Eles Valem?

Embora os resíduos do pesticida já tenham se evaporado de nossa casa, não consigo parar de pensar nos cupins. Se os sabonetes bactericidas criam supergermes como dizem, quem garante que a dedetização não cria superinsetos? Eu me sento com o bloco na cadeira de balanço de design New Age que temos na sala — um móvel dos tempos em que Mackenzie e eu éramos bebês e mamãe nos amamentava. Tenho certeza de que devo possuir alguma lembrança sensorial antiga, porque, toda vez que me sento naquela cadeira e me balanço, eu me sinto um pouco mais relaxado e contente — embora, felizmente, a lembrança do leite materno já tenha se perdido nos túneis do tempo.

Hoje, no entanto, não estou me sentindo nem um pouco relaxado. Não consigo parar de pensar naqueles bichos asquerosos se desenvolvendo. Começo a desenhar o que vejo na cabeça, como se ao fazer isso pudesse exorcizar os superinsetos do cérebro.

Algum tempo depois, levanto os olhos e vejo mamãe parada me observando. Não sei há quanto tempo está ali. E, quando torno a abaixar os olhos, vejo que a folha ainda está em branco. Não desenhei nada, nada, nada. Chego até a virá-la para ver se fiz o desenho na anterior, mas não. Os insetos ainda estão na minha cabeça e se recusam a sair.

Ela deve ter visto algo preocupante no meu rosto, porque diz:

— Um *penny* pelos seus pensamentos.

Não estou a fim de compartilhá-los com ela, por isso devolvo a pergunta:

— Sério? É só isso que eles valem? Um *penny*?

Ela suspira.

— É só uma expressão, Caden.

— Bom, então descubra quando a expressão foi criada e calcule os juros da inflação.

Ela balança a cabeça.

— Só você para ter uma ideia dessas, Caden. — E sai da sala, me deixando a sós com o caos de pensamentos que me recuso a vender.

32 Menos do que Nada

Li em algum lugar que qualquer dia desses vão acabar com os *pennies* de uma vez por todas, porque acho que eles só servem mesmo para comprar pensamentos. Os valores nas contas bancárias serão arredondados à moeda mais alta. Os caça-níqueis vão recusá-los. Por lei, será proibido fazer uma compra que termine com zero ou cinco. Nenhum valor entre um e outro será permitido. Só que *há* valores entre um e outro, mesmo que todos neguem.

É como as fichas do metrô que se tornaram obsoletas quando Nova York começou a usar cartões magnéticos. Ninguém sabia o que fazer com elas. Eram como o tesouro de quinquilharias de um dragão que nem mesmo o irmão malsucedido de Smaug quereria — e com os imóveis caros do jeito que são na cidade, o custo de guardá-las devia ser astronômico. Aposto que contrataram a Máfia para jogá-las no East River, além do corpo do planejador que implantou esse lance dos cartões magnéticos.

Se os *pennies* deixassem de ter valor, será que isso reduziria o valor dos nossos pensamentos a menos que nada? Fico triste por pensar nisso: bilhões de moedinhas de cobre girando no túnel amarelo rumo ao esquecimento. E me pergunto para onde irão. Todos aqueles pensamentos têm que ir parar em algum canto.

33 A Fraqueza Saindo do Corpo

Decido entrar para a equipe de corrida, pois assim não deixo que a cabeça fique ociosa, e me reconecto aos outros seres humanos. Papai está eufórico. Sei que secretamente está considerando o fato como uma guinada para mim. O fim dos meus dias de ansiedade. Acho que deseja tanto isso que nem parece notar que ainda estou ansioso — mas só o fato de ele pensar que estou bem já basta para eu me sentir assim. A energia solar não está com nada — se fosse possível usar a negação como combustível, ela abasteceria o mundo por gerações.

— Você sempre foi um corredor rápido — diz ele — e, com essas pernas compridas, aposto que poderia saltar obstáculos.

Papai participou da equipe de tênis no ensino médio. Temos fotos dele usando um shortinho Adidas ridículo, que não deixava nada para a imaginação, e uma bandana prendendo os cabelos para trás — cabelos que já desceram pelo ralo há muito tempo.

— O técnico quer que a gente caminhe ou corra todos os dias — conto aos meus pais. Agora, vou e volto a pé da escola. Meus pés estão ficando cheios de calos e bolhas. Os tornozelos doem o tempo todo.

— Não deixa de ser uma dor saudável — diz papai, e então cita um guru do esporte: — "A dor é a fraqueza saindo do corpo."

Saímos para comprar tênis de corrida caros e meias mais adequadas. Meus pais dizem que vão tentar comparecer ao primeiro treino, mesmo que tenham de pedir licença no trabalho. Tudo isso seria ótimo, se não fosse por um único motivo: eu não estou na equipe de corrida.

Não cheguei a mentir — pelo menos no começo. Eu me encontrei mesmo com a equipe, mas só cheguei a praticar durante três dias. Por mais que tentasse, não conseguia me sentir motivado. Ultimamente há uma bolha de isolamento ao meu redor como a do metrô, e, quando me vejo num lugar onde há um clima de camaradagem, como um time, isso só piora as coisas. *Nunca desista de nada*, é o que papai sempre me disse; fui criado assim. Mas será que o que fiz pode ser considerado como desistência, se eu nem cheguei propriamente a entrar na equipe?

É por isso que agora volto para casa caminhando em vez de correr. Antes, caminhar era só um meio de ir de um lugar a outro, mas nos últimos tempos parece ser tanto um meio quanto um fim. É como aquela ânsia de encher de desenhos os espaços em branco. Quando vejo uma calçada vazia, tenho que ocupá-la. Caminho por horas a fio. Os calos e os tornozelos doloridos são todos de caminhar. E eu vejo coisas. Quer dizer, não vejo exatamente, mas sinto. Padrões de conexão entre as pessoas por quem passo. Entre os pássaros que revoam das árvores. Há um sentido nas coisas do mundo, ainda que só eu possa encontrá-lo.

Certo dia, caminho por duas horas debaixo de chuva, o agasalho enso-pado, o corpo enregelado até os ossos.

— Preciso ter uma conversa com o seu técnico — diz mamãe, prepa-rando um chá bem quente para mim. — Ele não deveria obrigar você a correr debaixo de um temporal desses.

— Não faz isso, mãe — peço a ela. — Não sou nenhum bebê! Todo mundo na equipe corre, e eu não quero ser expulso!

Quando será que mentir se tornou tão fácil para mim?

34 Pelas Costas Dela

— Caden, tenho um desafio para você — diz o capitão —, que deverá pro-var se tem ou não tutano para esta missão.

Põe a mão no meu ombro e o aperta com tanta força que chega a doer, depois aponta para a proa do navio.

— Está vendo o gurupés? — Ele indica uma estaca semelhante a um mastro que se projeta da proa, como o nariz de Pinóquio depois da segunda ou terceira mentira. — O sol o envelheceu e o mar o maltratou. Está mais do que na hora de lustrá-lo. — Ele coloca um pano em uma das minhas mãos e uma lata de cera na outra. — Mãos à obra, garoto. Se não perecer e for bem-sucedido, poderá ficar entre os primeiros ao meu redor.

— Estou muito bem entre os últimos — respondo.

— Você não entendeu — diz o capitão, severo. — Isso não é uma escolha.

Analisando minha relutância contínua, ele rosna:

— Você esteve no cesto da gávea, não esteve? Andou participando daquelas libações odiosas. Posso ver nos seus olhos!

Dou uma espiada no papagaio pousado em seu ombro, mas o pássaro apenas nega com a cabeça, deixando claro que devo ficar de bico calado.

— Não minta para mim, garoto!

Nem tento fazer isso. Digo com sinceridade:

— Se quer que o serviço saia bem-feito, senhor, vou precisar de outra lata de cera e de um pano maior.

Ele me fuzila com os olhos por mais um momento, então cai na gargalhada e ordena a outro marinheiro que me abasteça melhor.

Felizmente, é um dia de calmaria no mar. A proa se alteia e tomba apenas levemente, cavalgando as ondas. Não me dão nenhuma corda, portanto não tenho como me prender. Vou ter que me esgueirar até a pontinha da estaca sem qualquer proteção além do meu próprio equilíbrio para impedir que caia no mar, onde acabaria debaixo do navio, estraçalhado pela quilha coberta de cracas.

Com o pano em uma das mãos e a lata de cera na outra, monto na estaca, apertando bem as coxas para não cair no azul sem fundo. O único jeito de fazer isso é começar pela ponta e depois vir deslizando de volta — porque, quando a madeira já estiver polida, ela vai ficar escorregadia demais para as mãos poderem se firmar, por isso vou avançando com cuidado até a frente, e começo, fazendo o possível para me esquecer das águas que passam abaixo. Os braços doem do trabalho, as pernas doem de tanto apertar as coxas. A tarefa parece demorar uma eternidade, mas finalmente estou de volta ao ponto de partida na proa.

Dou meia-volta com todo o cuidado, até ficar de frente para o navio, onde vejo o capitão sorrindo de orelha a orelha para mim.

— Realizou o trabalho com grande competência! — exclama ele. — Agora, saia daí, antes que o mar ou alguma criatura marinha devore a sua carcaça inútil. — Em seguida, ele se afasta, satisfeito por eu ter sido suficientemente atormentado.

Talvez seja porque fiquei meio prosa com o meu sucesso, ou porque o mar está despeitado por não ter me pego — mas o fato é que, quando torno a subir na proa, o navio aderna, atingido por um súbito vagalhão. O que me faz escorregar e deslizar do gurupés.

Esse deveria ter sido o fim da minha infeliz existência, mas alguém me apanha, e eu fico pendurado por um único braço acima da morte.

Levanto a cabeça para ver quem me salvou. A mão que me segura é marrom, mas não coberta por uma pele dessa cor. É de um tom acinzentado, com dedos ásperos e duros. Meu olhar segue seu braço até ver que estou sendo segurado pela carranca do navio — uma donzela de madeira entalhada na proa, abaixo da viga do gurupés. Não sei se devo me sentir agradecido ou apavorado — mas o terror se dissipa no instante em que percebo como ela é linda. As ondas esculpidas dos cabelos se dissolvem entre as madeiras do navio. O torso perfeito se afina na proa, como se o resto da embarcação fosse apenas uma parte do seu corpo. E o rosto... não é exatamente de alguém que conheço, apenas uma reminiscência dos rostos de meninas que vi em fantasias secretas. Meninas que me fazem corar quando penso nelas.

Ela me observa enquanto me mantém pendurado, os olhos escuros como mogno.

— Eu deveria soltá-lo por me olhar como se eu fosse um objeto — diz ela.

— Mas você *é* um objeto — observo, logo percebendo que foi a coisa errada a dizer, a menos que eu queira morrer.

— Talvez — concorda ela —, mas não gosto de ser tratada como um.

— Por favor, será que não pode me salvar? — peço, envergonhado por estar implorando, mas sentindo que não tenho escolha.

— Estou pensando.

Suas mãos me seguram com força e firmeza, e sei que, enquanto estiver pensando, ela não me deixará cair.

— Há coisas acontecendo pelas minhas costas, não há? — pergunta, por fim.

Como ela é a carranca do navio, a resposta, obviamente, é "sim".

— Eles falam mal de mim? O capitão e seu papagaio? Os marinheiros e aqueles demônios deles que se escondem entre as frestas?

— Eles não dão uma palavra sobre você — respondo. — Pelo menos, não desde que cheguei.

Isso não a deixa satisfeita.

— Então deve ser mesmo verdade que "longe dos olhos, longe do coração" — sentencia a donzela, com a amargura viscosa da seiva do carvalho. E me observa por mais alguns momentos. — Vou salvá-lo — diz, por fim —, se me prometer contar tudo o que acontece pelas minhas costas.

— Combinado.

— Muito bem. — Ela aperta a minha mão com mais força, mas, mesmo sabendo que vai ficar muito dolorida, não me importo. — Venha me visitar, então, para distrair os meus dias. — Esboça um sorriso. — E talvez, em algum deles, eu permita que você faça o *meu* polimento, em vez de polir apenas o gurupés.

Em seguida, ela me balança de um lado para o outro, tomando impulso, e finalmente me atira de volta à proa, em cujo convés caio pesadamente.

Olho ao redor. Não há ninguém por perto. Todos no convés estão ocupados com suas obsessões particulares. Resolvo manter nosso encontro em segredo. Talvez a donzela de madeira venha a ser minha aliada quando eu precisar.

35 Conhecidos & Estranhos

A equipe da missão foi escolhida. O capitão reúne meia dúzia de nós na sala dos mapas — uma espécie de biblioteca ao lado do seu escritório, cheia de mapas enrolados, alguns dos quais já mostram sinais de que o navegador andou mexendo neles. Há seis cadeiras, três de cada lado da mesa de tampo arranhado. Ao meu lado, estão o navegador e a garota com cara de grito e gargantilha de pérolas. À nossa frente, sentam-se uma garota com um cabelo tão azul como uma baía taitiana, um rapaz mais velho com um rosto sofrido, ao qual Deus se esqueceu de dar zigomas, e um garoto gordo, como não poderia faltar.

O capitão está de pé à cabeceira da mesa. Não há cadeira para ele. Isso é intencional. Ele fica parecendo um gigante perto de nós. A luz bruxuleante de uma lanterna atrás dele projeta sua sombra por cima da mesa — uma ameba instável, que quase, mas não exatamente, repete seus gestos. O papagaio está empoleirado sobre alguns rolos, as garras cravadas no papel pergaminho.

Carlyle, o faxineiro, também está aqui, sentado numa cadeira no canto, desbastando o cabo do esfregão com um canivete, como se o transformasse num totem fininho. No começo, ele apenas observa, sem dizer nada.

— Singramos acima de muitas coisas desconhecidas — começa o capitão. — Montanhas de mistério jazem nas entranhas das profundezas tenebrosas e esmagadoras... Mas, como todos vocês sabem, não são as montanhas que nos obcecam, e sim as depressões.

Então, seu único olho se crava em mim. Sei que ele está fazendo contato visual com todos enquanto fala, mas não consigo me livrar da impressão de que me distingue dos outros durante esse arroubo poético de pirata.

— Sim, as depressões e as fossas. Principalmente uma delas. A Fossa das Marianas... e o local que se encontra em suas profundezas, denominado Challenger Deep.

O papagaio voa até seu ombro.

— Observado vocês nós temos — diz o pássaro. Hoje, resolveu falar como Yoda.

— Sim, temos analisado o comportamento de cada um — acrescenta o capitão —, e acreditamos plenamente que são os que desempenharão um papel crucial nesta missão.

Reviro os olhos ao ouvir esse piratês artificial. Não duvido nada que ele escreva as palavras com três *rrr*.

A sala fica em silêncio por um momento. No canto, sem levantar os olhos dos dedos que afilam o cabo do esfregão, Carlyle diz:

— Sei que sou apenas uma mosca na parede, mas acho que tudo correria muito melhor se todos vocês compartilhassem suas opiniões.

— Falem — ordena o papagaio. — Todos devem falar o que sabem a respeito do lugar que estamos buscando.

O capitão não diz nada. Parece um pouco irritado com o fato de sua autoridade ter sido desrespeitada pelo papagaio e pelo faxineiro. Ele cruza os braços numa demonstração de poder, esperando que cada um de nós diga alguma coisa.

— Bem, vou ser a primeira — anuncia a garota da gargantilha de pérolas. — É um lugar fundo, escuro, terrível, e há monstros de que não quero mesmo falar... — Então, ela começa a nos contar dos monstros sobre os quais nenhum de nós quer ouvir... até ser interrompida pelo garoto gordo que não poderia faltar.

— Não — discorda ele. — Os piores monstros não estão *dentro* da fossa, são os guardiões dela. Os monstros vêm antes de se entrar.

Obviamente, a garota da gargantilha mentiu ao afirmar que não queria falar sobre os monstros, pois parece zangada por ter sido interrompida. Agora, todos estão prestando atenção ao garoto gordo.

— Continue — ordena o capitão. — Estamos aqui para ouvir.

— Bem... os monstros afugentam os exploradores porque matam todos os que se aproximam. Se o sujeito não é pego por um deles, é pego por outro.

— Excelente — diz o capitão. — Muito bem falado! Você conhece a tradição.

— Mestre da tradição — diz o papagaio. — Faça dele o Mestre da tradição.

— Uma escolha indiscutível — concorda o capitão. — De agora em diante, você será o nosso especialista em tradição.

O gorducho entra em pânico.

— Mas eu não sei nada... Só ouvi vocês conversando certa vez.

— Então aprenda. — O capitão estende a mão para uma prateleira que eu não tinha visto lá segundos atrás, pega um volume do tamanho de um dicionário e o chapa na mesa diante do pobre garoto.

— Obrigado por compartilhar — diz Carlyle do seu canto, sacudindo do canivete uma lasca de madeira no chão.

O capitão fixa os olhos na garota de cabelos azuis, esperando por sua contribuição. Ela olha para o lado enquanto fala, como se a falta de contato visual fosse o máximo em termos de rebelião contra a autoridade.

— Deve haver tesouros perdidos por lá, ou, de repente, alguma outra coisa — observa. — Do contrário, por que o senhor quereria ir para lá?

— Sim — concorda o capitão. — Todos os tesouros perdidos no mar buscam o ponto mais baixo do mundo. Ouro, diamantes, esmeraldas e rubis roubados pelo mar zeloso são arrastados por seus tentáculos líquidos pelo leito dos oceanos e depositados nas profundezas insondáveis de Challenger Deep: a Depressão do Desafiador. Valem os olhos da cara, sem que se tenha o trabalho de arrancá-los de ninguém.

— Olhos da cara, caravela, caradura, criatura — diz o navegador. — Criaturas jamais vistas pelo olho humano estão à espera de um desafiador.

— Então, quem será o desafiador? — pergunta o garoto desprovido de zigomas.

O capitão fixa o olho nele.

— Já que fez a pergunta, terá de profetizar as respostas. — E se vira para o papagaio. — Traga os ossos para ele.

O papagaio voa para o outro lado da sala e volta com um saquinho de couro preso no bico.

— Nós o chamaremos de profeta, e você interpretará os ossos para nós — decreta o capitão.

— Estes — diz o papagaio — são os ossos do meu pai.

— Que devoramos em certo Natal — acrescenta o capitão —, já que ninguém quis ser o peru.

Engulo em seco e penso na Cozinha de Plástico Branco. Então, o capitão olha para mim, e percebo que todos já falaram, menos eu. Reflito sobre o que cada um disse e me encho de raiva. O capitão, com seu único olho injetado; o papagaio, meneando a cabeça ansiosamente para me ouvir acrescentar algum absurdo a toda essa loucura.

— A Fossa das Marianas — digo. — Quase onze quilômetros de profundidade, o lugar mais fundo da Terra, a sudoeste da ilha de Guam, que nem se encontra no seu globo terrestre.

O olho do capitão se arregala tanto que chega a parecer desprovido de pálpebra.

— Continue.

— Foi explorada pela primeira vez por Jacques Picard e o tenente Don Walsh em 1960, num submersível chamado *Trieste*. Eles não encontraram monstros, nem tesouros. E, mesmo que haja tesouros por lá, o senhor jamais chegará até eles. Não sem um sino de mergulho pesado — um batiscafo de aço com vinte centímetros de espessura, no mínimo. Mas, como estamos a bordo de um navio pré-industrial, não creio que isso vá acontecer, porque o senhor não dispõe desse tipo de tecnologia, dispõe? Portanto, essa expedição é um desperdício de tempo para todos nós.

O capitão cruza os braços.

— Quanto anacronismo — comenta. — E você crê nisso porque...

— Porque fiz um trabalho escolar com esse tema — respondo. — Aliás, tirei nota dez.

— Não aqui. — Dirigindo-se a Carlyle: — Faxineiro! Este tripulante acabou de receber nota zero. Ordeno que seja marcado na testa com um ferro em brasa.

O profeta dá uma risadinha, o mestre da tradição geme e os outros esperam para ver se a ameaça foi em falso ou não.

— Estão dispensados — anuncia o capitão. — Todos, menos o Nota Zero insolente.

Os outros se arrastam da sala, e o navegador olha para mim, solidário. Carlyle sai em passos apressados e volta em segundos com um ferro em brasa fumegante, como se já estivesse à espera lá fora. Dois oficiais sem nome me seguram contra o casco do navio, e, embora eu me debata, não consigo me soltar.

— Me perdoe por isso — diz Carlyle, segurando o ferro incandescente, cujo calor posso sentir a meio metro de distância.

O papagaio sai voando, sem querer olhar, e o capitão, antes de dar a ordem de execução, inclina-se para mim. Sinto seu bafo fedorento, uma mistura de carne velha temperada com rum.

— Este não é o mundo que você pensa que é — revela.

— Então, que mundo é? — pergunto, recusando-me a ceder ao medo.

— Não sabe? É um mundo de risos, um mundo de lágrimas. — Ele ergue o tapa-olho, revelando um buraco horrível, tapado por um caroço de pêssego. — Principalmente de lágrimas.

E faz um sinal para que Carlyle marque o zero do meu trabalho.

36 Sem Ela, Estaríamos Perdidos

Na esteira do castigo, o capitão se mostra mais gentil, parecendo até arrependido, embora em nenhum momento chegue a se desculpar. Senta-se ao lado do meu leito no beliche, refrescando a ferida com um pano umedecido. Carlyle e o papagaio aparecem de vez em quando, mas não se demoram por mais do que um momento: assim que percebem a presença do capitão, batem em retirada.

— A culpa é toda do papagaio — diz o capitão. — E de Carlyle. Os dois ficam botando ideias na sua cabeça que o deixam agitado quando não estou por perto.

— O senhor sempre está por perto — relembro a ele. O capitão me ignora, tornando a refrescar a ferida com o pano umedecido.

— Essas idas ao cesto da gávea também não estão lhe fazendo nenhum bem. Já basta de bebidas; para o inferno com a sua poção! Escreva o que estou lhe dizendo, essas beberagens malditas farão com que apodreça de dentro para fora!

Não conto a ele que foi o papagaio quem insistiu para que eu tivesse um coquetel pessoal.

— Você só vai para lá porque quer se enturmar — diz o capitão. — Conheço essas coisas. O melhor a fazer é despejar o copo no mar quando não houver ninguém olhando.

— Vou me lembrar disso — respondo. Penso na donzela solitária decorando a proa, e no pedido para que eu seja seus olhos e ouvidos no navio. Imagino que, se algum dia o capitão se mostrasse receptivo a perguntas, este seria o momento, por se sentir culpado em relação ao meu zero excruciante.

— Quando eu estava no alto do gurupés, vi a carranca do navio. É muito bonita.

Ele concorda.

— Uma obra de arte, com certeza.

— No passado, os marinheiros acreditavam que as carrancas protegiam os navios. O senhor acredita nisso?

O capitão me lança um olhar curioso, que não chega a ser de desconfiança.

— Foi ela quem lhe contou isso?

— Ela é só uma peça de madeira — apresso-me a dizer. — Como poderia me contar alguma coisa?

— Certo. — O capitão remexe na barba, e então diz: — Ela nos protegerá dos desafios que enfrentaremos antes de chegarmos ao nosso destino: os monstros em direção aos quais estamos navegando.

— Ela tem algum poder sobre eles?

O capitão escolhe as palavras com cuidado.

— Ela vigia. Vê coisas que ninguém mais vê, e suas visões ecoam pelos desvãos do navio, fortalecendo-o contra o ataque. Ela traz boa sorte, e, mais do que isso, seu olhar tem o poder de encantar todos os tipos de criaturas aquáticas.

— Fico feliz por termos proteção — digo. E resolvo não forçar mais a barra, pois ele poderia desconfiar do excesso de perguntas.

— Sem ela, estaríamos perdidos — afirma o capitão, e então se levanta. — Espero você na chamada de amanhã. Sem reclamações. — Em seguida, sai a passos largos da cabine, atirando o pano umedecido para o navegador, que não está nem um pouco interessado em cuidar da minha ferida.

37 Cego do Terceiro Olho

Minha dor de cabeça é como um ferro em brasa na testa. Fica difícil me concentrar no dever de casa — para dizer a verdade, em qualquer outra coisa. A dor vem e vai, e cada vez que volta é um pouco pior. Quanto mais penso, mais a cabeça dói, e ultimamente meu cérebro tem andado numa hiperatividade constante. Estou toda hora tomando banho para esfriar a cabeça, como quem atira água numa máquina superaquecida. Geralmente, só me sinto melhor depois da terceira ou quarta chuveirada.

Depois dos múltiplos banhos de hoje, desço para a sala e peço uma aspirina a mamãe.

— Você toma aspirinas demais — diz ela ao me entregar um vidro de Tylenol.

— Tylenol é uma porcaria.

— Abaixa a febre.

— Não estou com febre. É que tem um olho horroroso crescendo na minha testa.

Ela olha para mim, analisando a seriedade da resposta, o que me irrita.

— Estou brincando.

— Eu sei — diz ela, dando as costas. — Estava só olhando para o jeito como você franze a testa. É por isso que vive com dor de cabeça.

— E aí, posso tomar a aspirina?

— Que tal um Advil?

— Tudo bem. — Geralmente funciona, embora eu fique extremamente nervoso quando o efeito começa a passar.

Vou até o banheiro com uma garrafa de refrigerante e tomo três comprimidos; estou me sentindo rebelde demais para tomar a dose recomendada de dois. No espelho, vejo as rugas na minha testa de que mamãe falou. Tento relaxar, mas não consigo. Meu reflexo parece preocupado. Estou preocupado? Não é exatamente como me sinto hoje — se bem que, ultimamente, minhas emoções estejam tão fluidas que passam de uma para outra sem eu notar. Agora, percebo que *estou* preocupado. Preocupado por estar preocupado.

38 Ah, Aí Está a Probóscide!

Tenho um sonho. Estou pendurado no teto, os pés a centímetros do chão. Mas então, quando abaixo a cabeça, vejo que não tenho pés. Meu corpo vai se afinando até terminar num toco de carne parecendo um verme que se contorce, como se eu fosse uma versão larval de mim mesmo, suspenso acima do chão escuro. Mas suspenso pelo quê? Então percebo que estou preso em alguma coisa semelhante a uma rede, só que mais orgânica. Uma teia, aderente e densa. Sinto um calafrio ao pensar no tipo de criatura capaz de tecer uma teia dessas.

Posso mover os braços, mas é preciso uma força de vontade tão descomunal para fazer o menor gesto, que o esforço não vale a pena. Acho que há outros aqui comigo, mas não posso vê-los, pois estão atrás de mim, no cantinho da minha visão periférica.

Está escuro ao redor, embora não seja a palavra exata; é mais propriamente uma ausência de luz. Como se os conceitos de luz e escuridão ainda não tivessem sido criados, deixando tudo numa persistente penumbra cinzenta e sombria, e me pergunto se o vazio anterior à criação era assim. Nem mesmo a Cozinha de Plástico Branco aparece nesse sonho.

O papagaio emerge da ausência de luz, caminhando em passos altivos na minha direção, e está da altura de um homem. É apavorante ver uma ave desse tamanho. Um dinossauro coberto de penas e dotado de um bico que poderia arrancar minha cabeça com uma simples mordida. Ele me olha com aquele sorriso que nunca sai do seu rosto, parecendo aprovar a minha situação de impotência.

— Como está se sentindo? — pergunta ele.

Como se estivesse esperando que alguém venha sugar meu sangue, é o que tento dizer, mas tudo que sai é: "Esperando."

O papagaio olha para trás de mim. Tento virar a cabeça, mas não posso me mover o bastante para ver o que ele está olhando.

— Ah, aí está a probóscide! — exclama ele.

— O que é isso? — pergunto, compreendendo, tarde demais, que é uma palavra cuja definição prefeririá jamais ter conhecido.

— O ferrão. A picada é a única dor que você vai sentir. Em seguida, vai apagar tão suavemente como se estivesse adormecendo.

E não dá outra. Sinto a picada, forte e dolorosa. Não sei exatamente onde a criatura invisível me pica. Nas costas? Na coxa? No pescoço? Então, percebo que é em todos os lugares ao mesmo tempo.

— Pronto, não doeu tanto assim, doeu?

Antes que o sentimento de terror me assalte, o veneno faz efeito e, num instante, já não me importo mais. Com nada. Fico lá, suspenso, numa paz absoluta, enquanto sou devorado.

39 Múltipla Escolha de Estrelas

Estou prestes a fazer prova de ciências, e, pela primeira vez, não estudei. Então me ocorre que não tenho que fazer a prova, porque sei mais do que o professor. Muito, muito mais. Sei de coisas que nem estão no livro. Conheço o funcionamento interno de todas as formas de vida até o nível celular. Porque já decifrei tudo. Eu SEI como o universo funciona. Estou praticamente estourando com esse conhecimento. Como pode uma única pessoa ter tanta informação espremida no cérebro sem que a cabeça exploda? Agora sei qual era a razão das dores de cabeça. Esse conhecimento não é nada específico que eu possa descrever. As palavras são totalmente ineficazes. Mas posso desenhar. E *tenho* desenhado. Só preciso tomar cuidado em relação a quem permito que saiba o que eu sei. Nem todo mundo quer que a informação se espalhe.

— Vocês terão quarenta minutos para fazer a prova. Sugiro que usem o tempo sensatamente.

Dou uma risadinha. Alguma coisa no que ele disse me pareceu engraçada, mas não entendo por quê.

No instante em que recebo a prova e viro a página, percebo que as palavras no papel não são, de fato, a verdadeira prova, e que esta é algo muito mais profundo. O fato de estar tendo problemas para me concentrar nas perguntas impressas é uma clara indicação de que devo procurar mais respostas significativas.

Começo a encher os pequenos círculos da múltipla escolha com o lápis número dois, e o mundo desaparece. O tempo desaparece. Encontro padrões escondidos nos buraquinhos da folha. A resposta-chave para tudo, e de repente é...

— Lápis na mesa! O tempo acabou. Passem as folhas adiante.

Não me lembro de terem se passado quarenta minutos. Olho para os dois lados da folha e vejo constelações insólitas que não existem no céu, e ainda assim são mais verdadeiras do que as estrelas visíveis. Só fica faltando unir os pontos entre elas.

40 Inferno em Alto-Mar

A garota de cabelos azuis é designada Guardiã do Tesouro e recebe um baú cheio de manifestos recolhidos em navios naufragados. Seu trabalho é lê-los de ponta a ponta e encontrar indícios de um tesouro perdido, baseando-se nas listas de objetos da carga de cada navio. Poderia não ser tão mal assim, se todas as folhas não tivessem se esfarinhado até virar confete, o que exige que ela as restaure. A coitada trabalha nisso dia após dia.

O garoto gordo, que todo mundo agora chama de mestre da tradição, está ralando para aprender o que puder do enorme volume que o capitão lhe infligiu. Infelizmente, o livro inteiro está escrito em runas de um idioma que suspeito estar morto ou nunca ter chegado a existir.

— É o inferno na terra — declara o mestre da tradição, frustrado. E o papagaio, que parece ouvir as coisas antes mesmo de serem ditas, observa que, como não há terra à vista, "inferno em alto-mar" seria uma descrição mais apropriada.

A garota da gargantilha está encarregada de motivar o grupo — o que é muito estranho, porque ela é extremamente baixo-astral.

— Vamos todos morrer, e vai ser doloroso — já anunciou diversas vezes, embora sempre encontre uma forma diferente de enunciar basicamente a mesma coisa. Grande motivação.

O garoto com o saquinho de ossos se tornou habilidoso em ler a sorte. Ele segura o saquinho de couro contendo os restos mortais do pai do papagaio, pronto para lançá-los como dados e interpretá-los sempre que o capitão pede.

O osteomante me confidencia que inventa a maior parte das interpretações — usando palavras bem vagas para que possam ser interpretadas como verdadeiras por quem deseje muito isso.

— Como você sabe que eu não vou entregar o seu segredo? — pergunto. Ele sorri e responde:

— Porque eu poderia facilmente profetizar que você vai ser atirado ao mar por um tripulante destinado a ficar rico e famoso.

O que, naturalmente, faria com que qualquer membro da tripulação quisesse me atirar ao mar. Tenho que admitir: esse cara não é nenhum idiota.

O navegador continua a fazer o mesmo que faz desde que o conheci: criar cartas de navegação, em busca de sentido e direção para nos guiar durante a ida e a volta de Challenger Deep.

— O capitão concebeu esquemas espetaculares para você — conta o navegador. — Acho que gostará deles. — De repente, em quatro passos, ele transforma "esquemas espetaculares" em "problemas glandulares" e começa a apalpar o pescoço, preocupado.

— Você, meu Zero insolente, será o nosso artista oficial — decreta o capitão. A menção à queimadura é o bastante para me lembrar de que a dor na testa nunca passa por completo. Felizmente, como não há espelhos a bordo, não posso ver a ferida, apenas senti-la. — Sua função será documentar a nossa jornada em imagens.

— O capitão prefere imagens a palavras — cochicha o navegador para mim —, porque não sabe ler.

41 Nada de Interessante

Sei que deveria odiar de morte o capitão, mas não consigo. Nem sei explicar por quê. A razão deve ser tão profunda quanto a fossa em direção à qual rumamos — escondida num local que nenhuma luz pode alcançar, exceto a interior que cada um tem em si, e nesse momento estou me sentindo totalmente no escuro.

Dou uma espiada na lateral do navio, sondando as profundezas, imaginando que mistérios incognoscíveis jazem abaixo de nós. Quando olho para o mar ondulante por algum tempo, vejo coisas na aleatoriedade das ondas. Há olhos em toda parte nessas águas, olhos que me escrutinam, que me julgam.

O papagaio também me vigia. Ele se move com ar altivo pela amurada na minha direção.

— *Se olhar para o abismo, ele olhará para você* — sentencia. — Esperemos que o abismo não encontre nada de interessante.

Apesar do desdém do capitão pelo cesto da gávea, ainda subo até lá duas vezes por dia para tomar meu coquetel e confraternizar com os companheiros de tripulação — embora poucos sejam sociáveis quando têm um copo na mão.

Hoje, o mar está uma verdadeira montanha-russa, só faltando fazer parafusos e loopings, e o balanço do navio é sempre pior no cesto da gávea, que fica oscilando no mastro principal como a ponta de um metrônomo. Enquanto tento manter a bebida bem segura na mão, ela se agita no copo e transborda para o chão, onde corre para os espaços escuros entre as frestas até desaparecer.

— Está vivo, sabia? — diz o mestre de armas, um tripulante encarregado do canhão, com os braços cobertos de tatuagens desagradáveis. — Está vivo e espera ser alimentado. — De repente, percebo que a voz não está saindo da sua boca, e sim da boca de uma das caveiras pintadas no seu braço. A que tem dados no lugar dos olhos.

— O que está vivo? — pergunto à tatuagem. — O navio?

A caveira faz que não.

— O lodo negro que une as partes do navio.

— Ah, é só piche de vedação — respondo, o que faz com que as outras caveiras caiam na gargalhada.

— Continue sonhando — diz a caveira com olhos de dados —, mas, quando acordar com alguns dedos dos pés a menos, saberá que ele andou degustando você.

42 Espírito Guerreiro

De madrugada, subo até o gurupés, evitando os tripulantes que estão de vigia. Ao chegar, deslizo intencionalmente pela viga bem lustrada, e a donzela — a carranca do navio — me segura, como eu já sabia que faria. No começo, ela me segura pelos pulsos, mas então me puxa para mais perto e me envolve em seus braços de madeira. Embora não haja nada além deles para impedir que eu mergulhe nas profundezas, por algum motivo me sinto mais seguro aqui do que no convés do navio.

O mar está calmo hoje. Somente a bruma nos borrifa de vez em quando com seu leve frescor salgado. Enquanto a donzela me mantém nos braços, sussurro para ela as coisas de que tomei conhecimento.

— O capitão acredita que você traz boa sorte. E que o seu olhar encanta os monstros marinhos.

— Boa sorte? — repete ela, em tom sarcástico. — Que sorte tem uma mulher condenada a ficar nesta pose para sempre na proa de um navio e suportar os maus-tratos que o mar lhe inflige? Quanto aos monstros marinhos, nada tem o poder de encantá-los, a não ser uma barriga cheia, pode ter certeza.

— Só estou contando o que ele disse.

Batemos em um vagalhão, e o navio vai ao alto da crista, para em seguida tombar novamente. Ela me aperta com tanta força que nem preciso mais me segurar. Passo a mão com delicadeza sobre seus cabelos ondulados de madeira de teca.

— Você tem nome? — pergunto.

— Calíope. Deram-me o nome da musa da poesia. Jamais a conheci pessoalmente, mas ouvi dizer que é linda.

— Você também é.

— Cuidado — diz ela, esboçando um tênue sorriso. — Falsa lisonja pode fazer com que eu o deixe escorregar, e o que seria de você se isso acontecesse?

— Ficaria todo molhado — respondo, retribuindo seu sorriso.

— E *você* tem nome? — pergunta a donzela.

— Caden.

Ela reflete.

— Um belo nome — diz, por fim.

— Significa "Espírito Guerreiro".

— Em que língua?

— Não faço a menor ideia.

Ela ri. Eu também. Até o oceano parece sorrir, mas não de maneira debochada.

— Me aqueça, Caden — sussurra a donzela, a voz suave como o estalo de um galho de árvore tenra. — Não tenho calor próprio, somente o que o sol me dá, e o sol está do outro lado do mundo. Me aqueça.

Fecho os olhos e irradio calor do corpo. É tão bom estar aqui, que nem me importo com as lascas de madeira.

43 É Tudo Kabuki

— Sabe por que foi chamado? — pergunta a orientadora da escola. Seu nome é srta. Sassel. Os garotos adoram dizê-lo, porque o som lembra outra coisa — um som *sassy*, atrevido, provocante.

Dou de ombros.

— Para falar com a senhora?

Ela suspira, compreendendo que essa vai ser uma *daquelas* conversas.

— Sim, mas sabe *por que* está aqui para falar comigo?

Fico em silêncio, sabendo que, quanto menos falar, mais controle vou ter sobre a situação. Só que o fato de não conseguir fazer com que os joelhos parem de balançar está minando todo o meu senso de autocontrole.

— Você está aqui por causa da sua prova de ciências.

— Ah, sim. — Abaixo os olhos, e então percebo que nunca se deve fazer isso com a orientadora da escola, ou ela vai achar que há algo profundamente psicológico nos seus olhos baixos. E me obrigo a olhar novamente para ela.

A srta. Sassel abre a gaveta de um arquivo. Há uma pasta sobre mim na sala da orientadora? Quem tem uma cópia dessa pasta? Quem inclui ou apaga anotações dali? Será que tem alguma relação com a minha ficha permanente? Mas o que é uma ficha permanente? Quando esse troço para de te seguir? Vou ter que passar a vida inteira sendo assombrado pelo fantasma da minha ficha permanente?

Da gaveta, a srta. Sassel (também gosto de dizer o nome dela) retira a prova de ciências, que exibe um número de respostas marcadas maior do que o habitual.

— É uma... interpretação muito criativa de uma prova — diz ela.

— Obrigado.

— Poderia me dizer por que fez isso?

Na realidade, só há uma resposta que se possa dar numa situação dessas.

— Pareceu uma boa ideia no momento.

Ela sabia que eu diria isso. Eu sei que ela sabia, e ela sabe que eu sei que ela sabia. Tudo isso não passa de uma encenação ritualística formal para nós dois. Como o teatro kabuki japonês. Chego a sentir pena dela por ter que participar dessa chatice comigo.

— O sr. Guthrie não é o único professor que se mostrou preocupado com você, Caden — diz ela, da maneira mais gentil possível. — Você tem faltado às aulas, não consegue mais prestar atenção nos deveres. E o seu histórico mostra que isso é muito atípico.

Histórico? Estou sendo estudado como um vulto histórico? Será que eles andam preenchendo formulários a meu respeito em algum lugar? Será que estão dando notas na matéria *Eu* ou não tem meio-termo, passa ou leva pau?

— Estamos preocupados e só queremos ajudá-lo, se nos deixar fazer isso.

Agora é a minha vez de suspirar. Não tenho paciência com kabuki.

— Vamos direto ao ponto. A senhora acha que estou usando drogas.

— Eu não disse isso.

— Nesse caso, eu também não.

Ela fecha a pasta e a põe de lado, talvez querendo insinuar com o gesto que a nossa conversa se tornou informal, extraoficial. Mas não caio nessa. Ela se inclina para mim, mas a sua mesa é como um vasto terreno baldio entre nós.

— Caden, tudo que sei é que há algo errado. Podem ser mil coisas, e é verdade que as drogas são uma delas, mas só uma. Gostaria de ouvir de você o que está acontecendo, se quiser me contar.

O que está acontecendo? Estou no último banco do vagão numa montanha-russa no alto da subida, vendo os passageiros da frente se renderem à gravidade. Escuto seus gritos, e sei que só faltam alguns segundos para o meu. Estou naquele momento em que se ouvem os rangidos altos do equipamento de aterrissagem do avião, o instante que antecede a voz da razão dizendo que é só o equipamento de aterrissagem. Estou saltando de um penhasco apenas para descobrir que posso voar... e então perceber que não há lugar algum para pousar. Nem jamais haverá. É isso que está acontecendo.

— Então, não vai dizer nada? — pergunta a srta. Sassel.

Ponho as mãos com firmeza nos joelhos, pressionando-os para impedir que saltem, e mantenho os olhos fixos nela, com toda a seriedade.

— Veja, eu tive um péssimo dia e descontei isso na prova. Sei que foi uma idiotice, mas o sr. Guthrie desconsidera a nota mais baixa mesmo, de modo que não vai fazer diferença na minha média.

Ela se reclina na cadeira, com um ar meio presunçoso, mas tentando escondê-lo.

— E isso ocorreu a você antes ou depois de entregar a prova?

Nunca joguei pôquer na vida, mas agora blefo como o mais inveterado jogador.

— Ah, por favor, será que a senhora acha mesmo que eu teria feito isso se passasse pela minha cabeça que prejudicaria a minha média? Imagino que conste do meu histórico que não sou burro.

A srta. Sassel aceita a resposta sem acreditar totalmente nela, mas é uma orientadora bastante experiente para saber que me pressionar seria contraproducente.

— Razoável — diz ela.

Mas eu sei que não há nada de razoável nisso.

44 Chave Mestra

A necessidade de caminhar aumenta cada vez mais. Fico andando de um lado para o outro no quarto, quando deveria estar fazendo o dever de casa. Ou pela sala, quando deveria estar vendo tevê.

A programação normal da tarde tem sido interrompida por boletins ao vivo sobre um garoto numa cidadezinha do Kansas que caiu num velho poço abandonado. Há entrevistas com os pais aos prantos, os bombeiros, a equipe de resgate e especialistas em poços — afinal, há especialistas em tudo nos dias de hoje. Eles ficam mostrando tomadas de helicóptero como se estivessem acompanhando um carro da polícia perseguindo um suspeito, mas o garoto no poço não vai a parte alguma.

Fico andando o tempo todo, atraído pelo drama, incapaz de ficar quieto.

— Caden, se quer assistir, venha se sentar — diz mamãe, dando um tapinha no assento ao seu lado no sofá.

— Passei o dia inteiro sentado na escola — respondo. — É a última coisa que quero fazer.

Subo a escada para me livrar de suas cobranças e me deito na cama durante dez segundos cravados, até me levantar para ir ao banheiro, embora não esteja precisando, e então desço para a cozinha e bebo um copo d'água, mesmo sem estar com sede, e por fim volto para o quarto.

— Para com isso, Caden! — ordena Mackenzie quando passo por seu quarto pela décima vez. — Você está me assustando.

No momento, Mackenzie está viciada num videogame que não vai conseguir parar de jogar até zerar, daqui a umas quarenta ou cinquenta horas. Eu já zerei, embora duvide que tenha paciência para jogar agora.

— Pode me ajudar? — pergunta ela. Dou uma olhada na tela. Há um enorme baú com um tesouro numa sala engaiolada que parece não ter saída. O baú é cintilante, vermelho e dourado. Isso indica que não se trata de um baú com um tesouro qualquer. Às vezes, o jogador corta um dobrado para chegar até um baú, só para descobrir que não contém nada além de uma mísera rupia. Mas os baús vermelhos e dourados, estes sim, contêm os tesouros de verdade.

— A chave mestra está aqui — diz Mackenzie. — Demorei uma hora para encontrar a chave que destranca aquele baú, e agora não consigo chegar até ela. — É engraçado que seja preciso encontrar uma chave para destrancar um baú que só dá ao jogador uma chave maior e melhor.

Ela continua correndo ao redor da sala engaiolada, como se as barras de ferro não fossem estar lá da próxima vez.

— Olha para o alto — digo a ela.

Mackenzie obedece e vê a passagem secreta bem acima da cabeça do seu avatar. É tão fácil quando a gente já conhece a solução.

— Mas como é que eu chego lá em cima? — pergunta ela.

— Basta inverter a gravidade.

— E como se faz isso?

— Você ainda não encontrou a alavanca?

Ela solta um resmungo, frustrada.

— Me mostra!

Mas para mim já chega, porque a febre de caminhar atingiu um ponto crítico.

— Não posso fazer tudo por você, Mackenzie. É como matemática: posso te ajudar, mas não te dar a resposta.

Ela me fuzila com seu olhar mais férvido.

— Videogames *não são* como matemática, e não tente me convencer disso, ou eu vou te odiar! — Resignada, ela procura a alavanca de antigravidade, e eu saio. Não apenas do quarto, mas da casa. Embora já esteja quase escuro e só faltem alguns minutos para a hora do jantar, preciso dar uma caminhada. Por isso, enquanto Mackenzie corre até esfarrapar as roupas em templos imaginários, eu perambulo pelas ruas da vizinhança dando mil voltas aleatórias, talvez em busca da minha própria chave mestra.

45 Dez Túmulos de Profundidade

Será que um garoto pode ter uma sorte pior do que cair num poço abandonado? A gente ouve essas histórias o tempo todo: o moleque estava brincando com o cachorro num campo não sei onde e, pumba, já era — quinze metros, às vezes mais, desaparecendo nas entranhas do nada.

Se esse garoto tiver sorte e o cachorro não for muito estúpido, daqui a um tempo vão descobri-lo e encontrar um voluntário sem clavículas para descer no poço e resgatá-lo. Então, o sujeito vai passar o resto da vida achando que houve uma razão para ter nascido sem ombros perceptíveis, e o garoto salvo passará o seu material genético para as futuras gerações.

Mas, se ele não tiver sorte, vai morrer lá no fundo, e este será o triste final da história.

Como deve ser a gente sentir o corpo sendo engolido sem mais nem menos pela terra e se ver a quase dez túmulos de profundidade? Que tipo de pensamento passa pela cabeça da pessoa? "Putz, que merda" não dá nem pra saída.

Há momentos em que me sinto como se fosse o garoto gritando no fundo do poço, e o meu cachorro sai correndo para mijar numa árvore em vez de ir buscar socorro.

46 Discussão Alimentar

— Você está pele e osso — diz mamãe durante o jantar, no dia seguinte.

— Ele precisa de mais carne! — É a solução imediata de papai, atacando a tentativa dela de nos transformar em veganos. — Proteína, para criar músculos.

Ele não notou que não faço outra coisa senão remexer a comida no prato. Como sempre comi bem, isso é como a minha respiração para ele: simplesmente presume que esteja acontecendo. Mas é mamãe quem tem que jogar fora as minhas refeições inacabadas.

— Eu como, sim — digo a eles. O que é verdade, apenas não tanto como antes. Às vezes, não tenho paciência, outras me esqueço.

— Suplementos — decreta papai. — Vou comprar uns shakes de proteínas para você.

— Shakes de proteínas — repito. — Ótimo.

A resposta parece satisfazê-los, mas agora os dois foram alertados para os meus padrões alimentares e ficam observando meu prato como se fosse uma bomba-relógio.

47 Temos até um Sino de Mergulho

Nosso navio passou a ser de cobre. Aconteceu da noite para o dia. Toda a madeira, o meu beliche, os móveis esparsos. Tudo se transformou em metal azinhavrado, da cor de um *penny* envelhecido.

— O que está havendo? — pergunto mais para mim mesmo, mas o navegador responde do outro lado da sala.

— Você disse que o navio era antiquado demais para a missão, e suas palavras fazem muita diferença por aqui — explica. — Diferença, inferência, interferência. Você interferiu na ordem das coisas, é o que estou lhe dizendo. Deveria tê-las deixado como estavam. Eu gostava mais do navio quando era de madeira.

Passo os dedos pela parede. Em vez de pranchas lisas — que é o que se poderia esperar num navio de metal —, a embarcação ainda é feita de tábuas sulcadas, mas parecem ter sofrido alguma alteração no nível molecular, como se a madeira tivesse se acobreado. Não há parafusos e tarraxas — as pranchas se mantêm unidas pela ação do piche negro, que parece se contorcer no interior das frestas.

Saio da cabine e subo no convés, onde descubro que o navio inteiro se consolidou em metal marrom, brilhante em alguns pontos, mas fosco na maior parte, já começando a ficar verde nos cantos, como acontece com o cobre. Ainda é o mesmo navio, mas agora é um galeão de cobre. Tudo muito steampunk, sem o *steam [vapor]* e sem o *punk*. Não sabia que havia tanto cobre assim no mundo.

O capitão me vê e abre um sorriso.

— Olhe o que seus pensamentos trouxeram para você — diz ele em voz alta, indicando com um gesto o convés de cobre ao redor. Já não está mais usando o traje de pirata. Agora, seu uniforme se parece mais com o de um falso oficial da marinha do século dezenove: um casaco azul de lã com enormes botões de latão e dragonas douradas nos ombros, além de um chapéu igualmente ridículo.

Dou uma olhada nas minhas roupas e vejo que agora se parecem com as de um marinheiro, embora continuem tão surradas e esfarrapadas como antes. Os chinelos são de verniz arranhado. A camisa listrada parece um poste de barbearia desbotado pelo sol.

— Depois de cuidadosas reflexões, resolvemos nos modernizar, seguindo a sua sugestão — explica o capitão, embora não haja nada de moderno no navio ou nas roupas. — Temos até um sino de mergulho! — Ele aponta para uma réplica perfeita do Sino da Liberdade, pesadamente instalado no convés. Uma escotilha foi aberta na sua lateral, e vejo por ela um marinheiro sozinho preso no interior. Ouço as pancadas surdas que o infeliz desfere no metal, implorando para sair.

— Viu só o que você fez? — pergunta o papagaio, do ombro do capitão. — Viu só? Viu só?

Os olhares dos outros marinheiros se fixam em mim, e não sei dizer se são de aprovação ou de desdém.

48 Uma Solidão Extrema

Na primeira noite da nossa transmutação em cobre, eu me esgueiro da cabine para ver como Calíope enfrentou a mudança. Deslizo até ela, e seus braços me envolvem com um tipo diferente de firmeza. Uma força mais rígida.

— Você não deveria ter compartilhado tantos pensamentos com o capitão — reclama. — Está tão frio agora. *Eu* estou com tanto frio.

É verdade. Ela está muito mais fria. E também mais lisa. Mais dura.

— Me aqueça, Caden, e prometo que nunca o deixarei cair.

Como seu rosto fica virado na direção da bruma salgada, a pele de cobre já se esverdeou, mas ela a exibe com majestade e nobreza.

— Agora você está parecendo... a Estátua da Liberdade — observo, mas isso não a conforta.

— Será que sou tão solitária assim?

— Solitária?

— Aquela pobre mulher, uma concha oca, é obrigada a segurar para sempre a tocha estendida enquanto o mundo fervilha ao seu redor — reflete Calíope, triste. — Já parou para pensar como é solitário ser uma mulher num pedestal?

49 Está a fim de um Hambúrguer?

Preencho as ruas vazias da vizinhança com a minha presença. É sábado e estou de férias, portanto tenho todo o tempo do mundo. Vou ver um filme com meus amigos à tarde, mas tenho a manhã livre para caminhar.

Hoje, começo um jogo. Os sinais que for vendo me dirão o que fazer.

VIRE SOMENTE À ESQUERDA!

Viro bruscamente à esquerda e atravesso a rua.

NÃO ATRAVESSE!

Paro de caminhar e conto até dez antes de recomeçar.

ESTACIONAMENTO GRATUITO ATÉ QUINZE MINUTOS

Eu me sento na calçada durante quinze minutos e me desafio a ficar imóvel durante todo esse tempo.

Como os sinais de trânsito começam a se tornar repetitivos, incluo outros elementos no jogo. Um busdoor pergunta: *Está a fim de um hambúrguer?* Não estou, mas caminho até o próximo Burger King e compro um. Nem lembro se chego a comê-lo ou não. Posso até tê-lo deixado no balcão.

Hora de dar um upgrade? Visite a Verizon do seu bairro hoje mesmo!

A loja mais próxima fica bem longe daqui, mas faço a longa caminhada até lá e ainda obrigo o vendedor a perder vinte minutos tentando me vender um celular que não tenho a menor intenção de comprar.

Como tem outdoor neste mundo de Deus! Fico na rua até anoitecer. Nem chego a ir ao cinema.

Não me lembro de quando isso deixa de ser um jogo.

Não me lembro de quando começo a acreditar que os outdoors estão mesmo me dando instruções.

50 Viúvas de Garagem

Nem todas as aranhas tecem teias perfeitas. É o caso das viúvas-negras. Há viúvas-negras na nossa garagem, ou pelo menos havia, antes da dedetização. Mas, mesmo que elas tenham morrido, vão reaparecer mais depressa do que os cupins. Viúvas-negras são fáceis de identificar pelo desenho da ampulheta vermelha na barriga. São cascudas e reluzentes — chegam quase a se parecer com aquelas aranhas de plástico do Halloween. E não são tão mortais assim quanto se pensa. Sem tomar o antídoto, o pior que pode acontecer à vítima da picada é perder o pé ou a mão. Seriam precisas três ou quatro picadas de aranhas diferentes para matar um homem adulto. Porque o fato é que elas são tímidas. Não picam assim tão fácil; preferem ser deixadas em paz. Muito reclusas. É irônico, pois são justamente as aranhas-reclusas marrons as agressivas e que correm atrás das pessoas. O veneno dessas, sim, é mortal.

Sempre sei quando há uma viúva-negra na garagem por causa da teia. Totalmente caótica. Sem qualquer padrão. Como se o mecanismo de tecelagem no cerebrozinho delas fosse defeituoso. Não contam com a habilidade arquitetônica necessária para tecer redes perfeitas, capazes de capturar moscas. Ou talvez apenas tenham preguiça. Talvez sejam adeptas da aleatoriedade. Talvez as linhas que traçam tenham um sentido para o qual o resto do mundo aracnídeo é cego.

Por esse motivo, sinto uma pena maior do que de costume quando esmago uma viúva-negra com o sapato.

51 Não Inteiramente Eu

— Não estou cabendo em mim — digo a Max, enquanto fazemos um trabalho escolar na sala da minha casa.

— E o que isso quer dizer? Que está feliz, ou o quê? — Ele nem se dá ao trabalho de levantar os olhos do PowerPoint que está criando no meu computador. Não consigo encontrar uma posição confortável na cadeira. Será que estou parecendo mesmo feliz, ou apenas ridiculamente distraído?

— Já teve alguma experiência extracorpórea? — pergunto.

— Que é que você anda usando, hein?

— Foi uma pergunta bem simples. Por que é tão difícil responder?

— Não é isso, é que você está se comportando feito um doido.

— Talvez eu esteja bem e os outros é que estão doidos. Já pensou nessa possibilidade?

— Tudo bem. — Finalmente, ele olha para mim. — Vai fazer o trabalho comigo, ou vou ter que fazer sozinho? O artista é você, portanto é você quem deveria estar fazendo o PowerPoint.

— Mídia digital não é a minha praia — respondo. Então, pela primeira vez presto atenção à tela. — O trabalho é sobre o quê mesmo?

— Você está brincando, não está?

— Claro que estou. — Mas não é verdade, e isso me perturba.

Max mexe no mouse como se fosse uma coisa viva. Talvez seja. Ele clica, arrasta, solta. Está criando um cenário de terremoto ficcional em Miami. Para um trabalho de ciências. Agora estou me lembrando. Depois da última prova, sei que deveria levar isso a sério, mas a minha cabeça não para de viajar para mil lugares. Escolhemos Miami porque os arranha-céus da cidade foram projetados para resistir a furacões, não a terremotos. No nosso PowerPoint, mil torres de vidro desmoronam. Uma megadevastação. Merecemos tirar dez.

Mas então me lembro daquele terremoto na China, que tenho medo de provocar se ficar pensando muito nele.

— Será que um terremoto de 7.5 graus na escala Richter faria um estrago desses? — pergunta Max. Observo sua mão movendo o mouse, mas às vezes tenho a sensação de ser a minha, não a dele. Chego a sentir os dedos dando os cliques. É perturbador.

— Não estou inteiramente *em* mim mesmo — digo. Era para ser só um pensamento, mas acabou saindo pela boca.

— Para de ficar dizendo esses troços esquisitos, tá?

Mas não consigo. Nem sei se quero.

— Eu estou, tipo assim... em todas as coisas ao meu redor. No computador. Nas paredes.

Ele olha para mim, balançando a cabeça.

— Estou até em você — continuo. — Na verdade, sei o que você está pensando, porque já não sou mais totalmente eu. Uma parte de mim está na sua cabeça.

— Então, o que eu estou pensando?

— Em sorvete — respondo no ato. — Você quer tomar um sorvete. De menta com chips de chocolate, para ser mais exato.

— Errado. Eu estava pensando no quanto os peitos da Kaitlin Hick balançariam num terremoto de 7.5 graus na escala Ricther.

— Não, você se confundiu. Isso era o que *eu* estava pensando. Só coloquei a ideia na sua cabeça.

Minutos depois, Max vai embora, saindo de costas pela porta da sala como se um cachorro fosse morder o seu traseiro se ele se virasse.

— Eu termino o trabalho sozinho — avisa. — Não tem problema. Vou cuidar disso eu mesmo. — E vai embora antes que eu possa me despedir.

52 Uma Prova da Verdade

Papai me convoca com *aquela* voz, depois de um jantar para o qual não tive o menor apetite. Meu primeiro impulso é fugir, mas não faço isso. Sinto vontade de começar a andar pela sala, mas me obrigo a sentar no sofá. Mesmo assim, os joelhos continuam pulando como se os pés estivessem plantados em minicamas elásticas.

— Mandei um e-mail para o técnico da equipe de corrida, para que ele me enviasse o horário dos treinos — começa papai. — E ele respondeu que não há nenhum Caden Bosch na equipe.

Eu já sabia que, mais ou cedo ou mais tarde, isso acabaria acontecendo.

— Sim, e daí?

Papai solta um suspiro tão exasperado que poderia apagar todas as velinhas de um bolo de aniversário.

— Já é bastante ruim que você tenha mentido para mim em relação a isso, mas essa é outra conversa.

— Legal. Posso ir agora?

— Não. Minha pergunta é: por quê? E para onde você vai depois da aula? O que tem feito?

— São três perguntas.

— Não seja petulante.

Dou de ombros.

— Vou caminhar — respondo com sinceridade.

— Caminhar onde?

— Por aí.

— Todos os dias? Por horas a fio?

— Sim, por horas a fio. — Meus pés doloridos são uma prova da verdade, mas não dão a papai a garantia de que precisa.

Ele passa os dedos pelos cabelos, como se imaginasse que os fios ainda oferecem algum tipo de resistência.

— Isso não se parece em nada com você, Caden.

Fico de pé e, quando dou por mim, já estou gritando. Sem a menor intenção de fazer isso, simplesmente acontece.

— E DESDE QUANDO CAMINHAR É ALGUM CRIME?

— Não é o ato de caminhar em si. É o seu comportamento. Seus *pensamentos*.

— Do que está me acusando?

— De nada! Isso não é um interrogatório!

— Eu não consegui me manter na equipe, tá legal? Fui cortado e não queria te decepcionar, por isso agora vou caminhar, entendeu? Está satisfeito?

— Não é essa a questão!

Mas é só o que ele vai conseguir. Me dirijo para a porta.

— Aonde você vai?

— Dar uma volta. A menos que esteja de castigo por ter sido cortado da equipe. — E saio de casa antes que ele possa dizer mais alguma coisa.

53 Retrovisor aos meus Pés

Anos atrás, quando estávamos indo para a escola, papai teve um momento de nervosismo bastante atípico. Atípico porque, toda vez que ele fica nervoso, sua reação é tão previsível como uma tabela de impostos, mas dessa vez foi muito diferente. Mackenzie estava no banco traseiro, e eu ao lado dele. Assim que saímos do jardim, papai começou a ficar agitado, como se tivesse tomado café demais. Imaginei que fosse algo a ver com o trabalho, até que ele soltou um suspiro tenso e disse:

— Tem alguma coisa errada.

Não respondi, esperando que se explicasse, porque ele nunca diz nada provocante sem se explicar. Mas Mackenzie não tem paciência para esperar.

— O que há de errado com o quê? — perguntou ela.

— Nada — disse papai. — É só uma coisa que eu sei. — Estava tão distraído que não percebeu o sinal amarelo e teve que chapar o pé no freio para o carro não avançar no cruzamento quando ficou vermelho. Olhou os carros ao redor, nervoso, e disse: — Estou tendo problemas para dirigir hoje.

Comecei a ter medo de que ele estivesse tendo um infarto, um derrame ou algo assim, mas, antes que pudesse expressar meus temores, notei uma coisa caída aos meus pés, ao lado da mochila. Um objeto de metal com um formato estranho, mas essa estranheza era por causa da localização. Um objeto muito comum, mas que a gente não costuma ver caído no chão. Só depois que o peguei foi que percebi o que era.

— Pai...

Ele deu uma olhada em mim, viu o que eu estava segurando, e na mesma hora toda a sua ansiedade se dissipou numa única risada de reconhecimento.

— Bem, isso explica tudo, não explica?

Mackenzie se inclinou para frente no banco traseiro.

— O que é?

Mostrei a ela.

— O espelho retrovisor.

Papai parou o carro no meio-fio para se reajustar mentalmente à ideia de dirigir sem poder ver imediatamente o que estava atrás.

Lembro que olhei para o adesivo no para-brisa onde o espelho deveria estar e balancei a cabeça como se papai estivesse no escuro.

— Como você pode não ter dado por falta dele?

Papai deu de ombros.

— Dirigir é automático — respondeu. — A gente não pensa nessas coisas. Eu só sabia que estava me sentindo... prejudicado.

Não entendi a resposta no momento, mas essa sensação — de saber que há algo errado sem poder detectar o que seja — foi uma coisa que passei a conhecer intimamente. A diferença é que nunca fui capaz de encontrar nada tão fácil e óbvio como um espelho retrovisor caído aos meus pés.

54 Uma Sindicância

Fico olhando para o dever de casa, incapaz de levantar um dedo para fazê-lo. É como se a caneta pesasse mil toneladas. Ou estivesse eletrificada. É isso — está eletrificada —, e, se eu tocar nela, vai me matar. Ou o papel vai cortar uma artéria. Cortes de papel são os piores. Tenho razões legítimas para não fazer o dever. Medo da morte. Mas a maior de todas é que a minha cabeça não quer fazê-lo. Está em outros lugares.

— Pai?

Está chegando "aquela época do ano", e papai está sentado diante do notebook à mesa da cozinha, estressado e distraído com a nova tabela de impostos e o calhamaço caótico de recibos de algum cliente.

— Sim, Caden?

— Tem um garoto na escola que quer me matar.

Ele olha para mim, dentro de mim, através de mim. Detesto quando faz isso. Ele torna a olhar para o notebook, respira fundo e o fecha. Imagino se está fazendo isso para esconder alguma coisa de mim. Não, não pode ser. O que ele esconderia? Isso é uma loucura. Mas, ainda assim...

— É o mesmo garoto de antes?

— Não, é uma pessoa diferente.

— Uma pessoa diferente.

— Sim.

— Outro garoto.

— Sim.

— E você acha que ele quer te matar.

— Sim, me matar.

Papai tira os óculos e aperta o espaço entre os olhos.

— Tudo bem. Vamos conversar a respeito. Sobre essas impressões que você anda tendo...

— Mas como você pode saber que são só impressões? Como pode afirmar que ele já não fez alguma coisa má?

Ele torna a respirar fundo.

— E o que ele fez, Caden?

Começo a falar mais alto. Não consigo me controlar.

— Não é o que ele fez, é o que vai fazer! É uma coisa que eu vejo nele! Eu sei! Eu sei!

— Tudo bem, fique calmo.

— Você está, pelo menos, me ouvindo?

Papai se levanta, parecendo finalmente levar o assunto a sério como deve.

— Caden, sua mãe e eu estamos preocupados.

— Ora, isso é bom, não é? Vocês têm mais é que se preocupar mesmo. Porque ele também pode estar atrás de vocês.

— Não é em relação a ele — diz papai. — E sim a você. Compreende?

Mamãe aparece atrás de mim, me dando um susto. Mackenzie está com ela.

Meus pais trocam um olhar, e é como se fosse telepático. Sinto seus pensamentos cruzando a minha cabeça: de papai para mamãe e de volta para ele. Um pingue-pongue mental que me atravessa a alma.

Mamãe se vira para minha irmã.

— Vá para o quarto.

— Não, quero ficar aqui. — Minha irmã faz uma cara birrenta para combinar com a exigência, mas mamãe não cai na tática.

— Não discuta comigo. Para o quarto!

Minha irmã encurva os ombros e sobe a escada pisando duro, exagerando cada passo ao máximo.

Fico a sós com meus pais.

— Qual é o problema? — pergunta mamãe.

— Lembra o que eu te disse? Sobre um garoto na escola? — pergunta papai, deixando claro como água que não posso fazer qualquer confidência para nenhum dos dois. Dou os detalhes a mamãe, e ela avalia a situação de um modo um pouco diferente do dele.

— Bem, talvez devamos investigar. Fazer nós mesmos uma pesquisa sobre esse garoto.

— Pois então, é justamente o que eu estou dizendo. Investiguem! — Sinto uma pontinha minúscula de alívio.

Papai abre a boca como se fosse falar, mas torna a fechá-la, reconsiderando sua reação.

— Tudo bem — diz, por fim. — Concordo plenamente que devemos fazer uma sindicância, mas...

Não chega a concluir o raciocínio. Em vez disso, vai para a sala e se ajoelha ao lado da estante.

— Onde está o anuário do ano passado? — pergunta. — Vamos dar uma olhada nesse garoto.

Agora que eles dizem acreditar em mim, estou me sentindo aliviado. Mas não muito. Porque sei que *não* acreditam. Só estão fingindo para me acalmar, para me convencer de que estão do meu lado. Mas não estão. São como a srta. Sassel, os outros professores e os garotos que olham para mim com más intenções. É como se esses não fossem meus pais, e sim máscaras dos seus rostos, e não sei o que há por baixo. Só sei que não posso contar mais nada para eles.

55 Uma Infestação Regular

O que um dia pensei que fossem ratos no convés do navio é outra coisa totalmente diferente. Embora eu preferisse que fossem ratos.

— São insuportáveis — comenta Carlyle, esforçando-se para desentocá-los das frestas e afugentá-los do convés com a água do balde. Eles fogem da água ensaboada. Não gostam de se molhar, nem de ficar limpos. — No instante em que você pensa que conseguiu se livrar de todos, aparecem outros no convés.

Alguns navios são infestados de roedores. Outros, de baratas. O nosso tem uma infestação de cérebros do tamanho de miolos de aves. Os menores são pequenos como uma noz; os maiores, como um punho.

— Essas porcarias fogem das cabeças dos marinheiros quando estão dormindo ou distraídos, e se tornam ferais.

Carlyle cutuca com o escovão um grupo acovardado, e eles saem correndo sobre as minúsculas dendrites roxas como se fossem perninhas.

— Quando chegar o dia de mergulharmos — continua ele —, terei que cuidar para que nem um único cérebro a bordo estrague tudo.

— Se são cérebros dos tripulantes, por que são tão pequenos? — pergunto.

Carlyle solta um suspiro triste.

— Ou eles não os usaram e os coitados se atrofiaram, ou os usaram demais e eles entraram em curto-circuito. — Balança a cabeça. — Que desperdício.

Ele mergulha o esfregão no balde de água ensaboada e ataca os cantos escuros, desentocando os cérebros infelizes de seus esconderijos e fazendo com que desçam pelo escoadouro em direção ao mar.

Carlyle encontra um grudado nos fios do esfregão e bate com ele na amurada para desalojá-lo.

— Eles nunca acabam. Mas faz parte do meu trabalho tirá-los do navio antes que procriem.

— E o que acontece com os marinheiros descerebrados? — pergunto.

— Ah, o capitão sempre encontra alguma coisa para encher as cabeças deles, e depois os despacha muito satisfeitos da vida.

Por algum motivo, não me parece que eles sintam qualquer satisfação nisso.

56 As Estrelas Estão Certas

É de madrugada. Estou acima de Calíope, na ponta da proa, com um mau pressentimento. Parecido com o que a gente tem cinco minutos antes de perceber que vai vomitar.

Há uma tempestade no horizonte. Os relâmpagos iluminam as nuvens distantes em clarões erráticos, mas ainda está longe demais para que se ouçam os trovões. O mar está muito agitado para que eu possa deslizar até os braços da carranca. Ela tem que gritar mais alto que o rugido do mar para ser ouvida.

— O capitão não está de todo errado ao pensar que sou mágica — confidencia. — Vejo coisas que ninguém mais vê.

— No mar? — pergunto. — Debaixo das ondas?

— Não. É para o horizonte que lanço o olhar. Vejo o futuro nas estrelas que percorrem o horizonte. Não apenas um futuro, mas todos os futuros possíveis ao mesmo tempo, e não sei qual é o verdadeiro. É uma maldição ver tudo que *poderia* acontecer sem jamais saber o que de fato *irá* acontecer.

— Como pode ver alguma coisa nas estrelas? — pergunto. — Elas estão totalmente erradas.

— Não — afirma Calíope. — As estrelas estão certas. É o resto do universo que está errado.

57 As Drogas entre Nós

Max e Shelby não aparecem mais lá em casa para as sessões de desenvolvimento do RPG. Na verdade, Max não vem mais em ocasião alguma, embora minha casa seja um segundo lar para ele. E está até mesmo me evitando na escola.

Shelby, por sua vez, ainda se esforça para conversar comigo por lá, mas duvido de seus motivos. Se ela realmente quisesse falar comigo, não seria tanto esforço assim. Que será que ela realmente quer? Que será que anda dizendo a Max quando não estou presente? Tenho certeza de que eles arranjaram outro artista para o game. E vão me fazer uma surpresa aparecendo em companhia do cara a qualquer momento. Ou talvez nem cheguem a me contar.

Shelby me escora para uma conversa. Tenta falar de coisas triviais. Shelby gosta mais de falar do que de ouvir, e geralmente não me importo, mas, nos últimos tempos, não tenho sido bom ouvinte. Passo quase todo o tempo balançando a cabeça quando acho que é apropriado, e, quando uma resposta é necessária, costumo dizer: "Desculpe, o que foi que disse mesmo?"

Mas, dessa vez, Shelby não compactua com a encenação. Ela me faz sentar a uma mesa da cafeteria e me força a olhar nos seus olhos.

— Caden, o que está acontecendo com você?

— Essa parece ser a pergunta do mês. Talvez o problema seja o que está acontecendo com vocês.

Ela se inclina para frente e fala em voz baixa.

— Olha, eu conheço essas coisas. Meu irmão começou a beber pesado no segundo ano do ensino médio, e isso praticamente destruiu a vida dele. Eu poderia ter seguido por esse caminho, se não tivesse visto o que a bebida fez com ele.

Vou logo me afastando.

— Eu não bebo, tá legal? Posso tomar uma cerveja numa festa, de vez em quando, mas é só isso. Nunca fico bêbado.

— Bom, seja lá o que você esteja fazendo, pode me contar. Eu vou compreender. E o Max também, ele só não sabe como dizer isso.

De repente, todas as minhas palavras jorram em cima de Shelby, as consoantes duras como pedras:

— Eu estou bem! Não estou *fazendo* nada. Não fumo crack, não cafungo Ritalina, não aspiro gás de desodorante nem cheiro cola de sapateiro.

— Tudo bem — diz Shelby, sem acreditar em uma palavra. — Quando estiver a fim de conversar sobre isso, vou estar aqui.

58 Quebra-Cabeça

Tinha um garoto na minha turma no segundo ano do ensino fundamental. Toda vez que ele se zangava, batia com a cabeça na parede ou na carteira — o que estivesse mais perto e fosse duro o bastante para suas cabeçadas. Nós achávamos isso engraçado e fazíamos de tudo para irritar o garoto em todas as oportunidades, só para vê-lo bater com a cabeça. Também fui culpado disso. O professor ficava só mudando o coitado de lugar na sala, na esperança de encontrar algum canto onde ele ficasse bem. Por fim, ele veio se sentar ao meu lado. Ainda me lembro de uma ocasião em que peguei seu lápis enquanto ele fazia um dever de matemática e o pressionei com força no papel, até quebrar a ponta. Ele se zangou, mas não muito. Olhou para mim com raiva e foi fazer ponta no lápis. Quando voltou, esperei um minuto e dei um puxão na sua folha, fazendo com que o lápis que ele segurava traçasse um rabisco nela. Ele se zangou, mas não muito. Esperei mais um minuto e dei um chute tão forte na sua carteira que o livro de matemática saiu voando e caiu no chão. Dessa vez, a provocação fez efeito. Ele cravou um olhar insano em mim, e ainda me lembro de ter pensado com meus botões que tinha ido longe demais: agora ele pularia feito uma fera em cima de mim, e teria sido por minha culpa. Mas, em vez disso, ele começou a bater com a cabeça na carteira. Todo mundo caiu na gargalhada, e o professor teve que segurá-lo para fazê-lo parar.

A questão é que nós nunca vimos esse garoto como um ser humano, apenas um objeto de divertimento. Até que um dia topei com ele no pátio. Brincando sozinho. Parecia até contente, e então me ocorreu que seu comportamento estranho fizera dele uma criança sem amigos. Tão sem amigos que nem tinha consciência disso.

Tive vontade de me aproximar e brincar com ele, mas senti medo. Não sei de quê. Talvez a mania de bater com a cabeça fosse contagiosa. Ou a falta de amigos. Gostaria de saber onde ele está hoje, para poder lhe dizer que entendo como era. E como é fácil se ver sozinho no pátio de uma hora para outra.

59 Homem em Chamas

Nunca fui de matar aula. Sair da escola sem permissão só serve para fazer com que você seja mandado para a sala do castigo, ou coisa ainda pior. Não sou desse tipo de garoto. Mas, agora, que escolha eu tenho? Os sinais estão lá. Em toda parte, em todas as direções. Sei que vai ser ruim. Não sei o que vai ser nem de que direção vai vir, mas sei que vai trazer infelicidade, lágrimas e dor. Horrível. Horrível. Agora, eles são muitos. Os garotos com planos sinistros. Passo por eles no corredor. No começo, era só um, mas a coisa se espalhou como uma epidemia. Como um fungo. Eles trocam sinais secretos quando se cruzam entre uma aula e outra. Estão tramando — e, como sei disso, sou um alvo. O primeiro de muitos. Ou talvez não sejam os garotos. Talvez sejam os professores. Não há como ter certeza.

Mas sei que as coisas vão se acalmar se eu não ficar no meio delas. Seja lá o que estiverem tramando, não vai acontecer se eu for embora. Posso salvar todo mundo se me afastar.

A campainha toca. Saio correndo da sala. Nem sei que aula era. O professor estava falando em cirquês. Hoje, os sons e as vozes estão sendo abafados por um medo líquido tão paralisante que corro o risco de me afogar nas suas águas, e ninguém jamais saberá se eu afundar em direção às profundezas de alguma fossa infinita.

Meus pés querem me levar para a próxima aula por força do hábito, mas há uma força ainda mais poderosa que os compele a atravessarem o portão da escola, mil pensamentos correndo à minha frente como um homem em chamas.

— Ei! — grita um professor, mas é um protesto inútil e impotente: já estou fora, e ninguém pode me deter.

Atravesso a rua correndo. Uma sinfonia de buzinas. Os carros não vão me atropelar, pois faço com que se desviem de mim usando a força da imaginação. Está vendo só como os pneus cantam? Sou eu que faço isso.

Há uma rua de comércio na esquina oposta à da escola. Restaurantes, pet shop, lanchonete. Estou livre e preso ao mesmo tempo. Porque sinto a nuvem ácida me seguindo. Alguma coisa ruim. Alguma coisa ruim. Não na escola — não, que ideia mais louca foi aquela? Nunca foi na escola. É em casa! É lá que vai acontecer. Com mamãe, papai, minha irmã. Vão ficar presos num incêndio. Vão ser assassinados por um psicopata com um rifle. Um carro desgovernado vai arrebentar a parede da sala, só que não será por acidente. Ou talvez sim. Não posso saber; minha única certeza é de que vai acontecer.

Tenho que avisá-los antes que seja tarde, mas, quando tiro o celular do bolso, vejo que a bateria está descarregada. Descarregaram a bateria! Não querem que eu avise a minha família!

Corro de um lado para outro, sem saber o que fazer, até ir parar numa esquina, implorando a cada passante que me empreste o celular. Os olhares mortos que recebo gelam meu sangue. Todos me ignoram ou passam apressados, talvez por serem capazes de ver a ponta de aço do terror perfurando meu crânio até chegar ao fundo da alma.

60 As Coisas que Dizem

A crise de pânico passou. A sensação insuportável de que alguma coisa horrível está prestes a acontecer diminuiu, embora não tenha cessado totalmente. Meus pais também não sabem que matei aula. A escola mandou uma mensagem de voz robótica dizendo que *Cáden Bush* estava perdendo uma ou mais aulas, porque a voz automatizada não sabe pronunciar o meu nome. Apaguei-a da caixa postal.

Deito na cama, tento encontrar um sentido no caos, examino o cinzeiro misterioso que contém os restos da minha vida.

Não é que eu não consiga controlar esses pensamentos. Ou que tenha a intenção de formulá-los. Eles apenas aparecem, como presentes de aniversário feios que a gente não pediu para ganhar e não pode devolver.

Mil pensamentos me passam pela cabeça, mas não os sinto como se fossem de fato meus. São quase como vozes. E me dizem coisas. Hoje, quando olho pela janela do quarto, os pensamentos-vozes dizem que as pessoas num carro que passa querem me fazer mal. Que o vizinho testando a fileira de sprinklers não está à procura de vazamentos. Que os sprinklers sibilantes são cobras disfarçadas que ele está treinando para devorarem todos os pets da vizinhança — o que não deixa de fazer sentido, pois já o ouvi se queixar dos cachorros que latem muito. Mas os pensamentos-vozes também são divertidos, porque nunca sei o que vão dizer. Às vezes, eles me fazem cair na risada, e as pessoas se perguntam do que estou achando graça, mas não quero lhes dizer.

Os pensamentos-vozes dizem que devo fazer coisas. "Vá arrancar os cabeçotes dos sprinklers do vizinho. Mate as cobras." Mas não dou ouvidos a eles. Não vou destruir os pertences de outra pessoa. E sei que não são de fato cobras. "Está vendo o bombeiro que vive mais adiante na rua?", perguntam os pensamentos-vozes. "Na verdade, é um terrorista que faz bombas caseiras. Pegue o caminhão dele, saia dirigindo e se jogue num penhasco." Mas também não vou fazer isso. Os pensamentos-vozes podem dizer mil coisas, mas não me obrigar a fazer nada que eu não queira. O que não os impede de me atormentarem, forçando-me a pensar em fazer essas coisas horríveis.

— Caden, ainda está acordado?

Levanto a cabeça e vejo mamãe parada à porta do quarto. Está escuro lá fora. Quando isso aconteceu?

— Que horas são?

— Quase meia-noite. O que está fazendo acordado?

— Pensando na vida.

— Uma coisa que você tem feito bastante nos últimos tempos.

Dou de ombros.

— Tenho mil coisas para pensar.

Ela apaga a luz.

— Durma um pouco. Sejam quais forem as suas preocupações, tudo vai parecer mais claro pela manhã.

— Sim, mais claro pela manhã — repito, embora eu saiba que tudo vai continuar nublado.

Ela hesita diante da porta. Pergunto-me se irá embora se eu fingir estar dormindo, mas ela não vai.

— Seu pai e eu achamos que talvez seja boa ideia você *falar* com alguém.

— Não quero falar com ninguém.

— Eu sei. Faz parte do problema. Mas talvez seja mais fácil falar com outra pessoa. Não comigo ou com seu pai. Alguém de fora da família.

— Um psiquiatra?

— Um psicólogo.

Não olho para ela. Não quero ter essa conversa.

— Tá, tudo bem, como quiserem.

61 Checagem do Cérebro

Os motores dos automóveis não são tão complicados assim. Só dão essa impressão porque a gente não sabe muito sobre eles — com aquela barafunda de tubos, fios e válvulas —, mas principalmente porque o motor de combustão interno não mudou tanto assim desde que foi inventado.

Os problemas de papai com carros não se restringem a espelhos retrovisores caídos no chão. Ele não sabe praticamente nada sobre eles. Sua especialidade é a matemática, os números; carros não são a sua praia. Dá uma calculadora para papai e ele muda o mundo, mas, sempre que o carro quebra e o mecânico pergunta qual é o problema, a resposta costuma ser: "Quebrou."

A indústria automotiva adora gente como meu pai, porque permite que eles ganhem uma fortuna com mil consertos de que os carros podem ou não precisar. O que deixa papai louco da vida, mas ele racionaliza a situação, dizendo: "Vivemos numa economia baseada em serviços. Todos nós temos que alimentá-la de algum modo."

Não que os fabricantes de automóveis ajudem muito. Quer dizer, com a tecnologia moderna, seria de esperar que os carros pudessem se diagnosticar, mas não, os painéis só têm aquela luzinha idiota do "check-up do motor" que se acende quando há alguma coisa errada — o que prova que os automóveis são mais orgânicos do que pensamos. Obviamente, são inspirados no cérebro humano.

A luzinha do "check-up do cérebro" se acende de muitas maneiras, mas essa é a parte problemática: o motorista não pode vê-la. É como se ela estivesse posicionada no porta-copos do banco traseiro, debaixo de uma lata vazia de refrigerante que já está lá há um mês. Ninguém vê a luzinha, a não ser os passageiros — e só se estiverem procurando, ou então quando ela fica tão quente e brilhante que derrete a lata e incendeia o carro inteiro.

62 Mais Vivo do que Você Pensa

— Tenho muito a lhe ensinar — diz o capitão, passeando pelo convés acobreado, mãos às costas. O uniforme de lã novo em folha que agora enverga está começando a parecer quase tão natural nele quanto o traje de pirata anterior. Até a sua postura está diferente. Mais régia. O hábito faz o monge.

Enquanto ele vistoria as partes do navio, cuida para que todos estejam ocupados com suas respectivas tarefas inúteis. Hoje, minha incumbência é ser a sua sombra. Observar e aprender.

— Viagens de exploração exigem mais do que conhecimentos básicos sobre o mar — ensina o capitão. — Elas exigem intuição. Impulsividade. Laivos de insensatez e saltos de fé. Está apanhando essas gotas de sabedoria?

— Sim, senhor.

— Resposta errada — rebate ele, ríspido. — É melhor não apanhar gotas de nada, pois pode acabar ficando resfriado. — De repente, ele pula na escada de cordas semelhante a uma teia, no mastro principal. — Acompanhe-me na enxárcia. — E começa a subir, comigo logo atrás.

— Vamos para o cesto da gávea? — pergunto.

— Em hipótese alguma — responde o capitão, insultado com a pergunta. — Só até as velas. — Subimos o bastante para alcançar a vela mestra. — Vou lhe mostrar um segredo — declara ele. Então, tira uma faca do casaco e faz um talho de mais de um palmo na vela. O vento sopra pelo rasgão, escancarando-o como um olho que se abre.

— Por que o senhor fez isso?

— Observe — responde o capitão.

Olho para a vela danificada... e testemunho sua lenta recomposição. O tecido cicatriza como uma membrana, até só restar uma vaga cicatriz no lugar do rasgão, um bege ligeiramente mais escuro do que o restante da lona.

— Este navio está mais vivo do que você pensa, garoto. Ele sente dor. E pode ser ferido, mas também curado.

Ainda me agarrando à escada de corda, sinto um calafrio no corpo que não tem nada a ver com o vento cortante.

— É a dor de Calíope? — pergunto.

O capitão vira seu olho para mim.

— Não sei. Como descobriu o nome dela?

Só então percebo meu erro — mas talvez seja o tipo de insensatez que o capitão aprova.

— Conversas entre os tripulantes — respondo. O que é verdade, portanto não chego a estar mentindo. Mesmo assim, o capitão parece desconfiado.

— É importante saber se ela sente ou não a dor do navio. Trata-se de uma pergunta para a qual eu gostaria de obter uma resposta.

— Vou me lembrar disso — respondo. E me pergunto se ele acabou de me dar permissão para falar com ela, ou se está tentando me pegar por ter feito isso.

63 Pessoas que Não Conheço em Lugares que Não Posso Ver

— Eu sinto tudo — confessa Calíope enquanto descanso em seus braços metálicos certa noite, suspenso acima do mar calmo. — Não só as velas, mas o casco também. Não só o navio, mas o mar também. Não só o mar, mas o céu também. E não só o céu, como as estrelas também. Eu sinto tudo.

— Como isso é possível?

— Não espero que você entenda.

Mas eu entendo, sim.

— Também tenho conexões — conto a ela. — Às vezes, eu me sinto *dentro* das pessoas ao meu redor. E acredito saber o que elas pensam... ou, se não o que pensam, pelo menos *como* pensam. Em algumas ocasiões, chego a ter certeza de estar preso a pessoas do outro lado do mundo que nunca conheci. As coisas que faço as afetam. Se vou para a direita, elas vão para a esquerda. Se subo uma escada, elas caem de um prédio. Sei que tudo isso é verdade, mas nunca posso provar o que acontece a essas pessoas que não conheço em lugares que não posso ver.

— E como isso faz você se sentir?

— Maravilhosamente bem e terrivelmente mal ao mesmo tempo.

Ela inclina o pescoço para me olhar nos olhos, em vez de voltá-los para o mar. É um gesto mais difícil do que dobrar os braços para me segurar. Chego a ouvir o rangido de esforço do cobre se curvando.

— Então, não somos tão diferentes assim — conclui Calíope.

Pela primeira vez, tenho a certeza absoluta de que consegui perfurar a sua solidão. E ela a minha.

64 Se as Lesmas Falassem

O psicólogo é PhD pela American University, o que, para mim, soa um pouco genérico demais para ser real. A parede da sala de espera exibe orgulhosamente um diploma emoldurado acima de um vaso com um fícus cujas folhas parecem um pouco verdes demais para serem reais.

— Quero que se sinta à vontade para falar comigo sobre qualquer coisa — diz ele, com uma voz extremamente calma e numa cadência deliberadamente lenta como faria uma lesma, se as lesmas falassem. — Manterei o mais rigoroso sigilo sobre qualquer coisa que você faça ou diga aqui, a menos que deseje que eu conte a outras pessoas.

É como se ele estivesse invertendo o que os policiais dizem quando prendem alguém: nada que eu diga poderá ser usado contra mim.

— Tá. Sigilo. Entendi.

Entender eu entendi, mas não acreditei nem por um momento. Como se pode confiar num psicólogo quando até a planta na sala de espera do cara é falsa?

É lá que meus pais estão agora. Na sala de espera, folheando exemplares de *Psychology Today* e *FamilyFun*, enquanto falam sobre mim. Eles estiveram aqui comigo e o psicólogo durante os primeiros minutos da consulta. Achei que iriam atirar em cima dele uma lista quilométrica de tudo que tem acontecido, mas pareceram constrangidos quando tentaram falar sobre mim com um estranho.

— O comportamento de Caden tem sido... — papai fez um esforço para encontrar as palavras — ... fora do comum.

Tanto ele quanto mamãe pareceram aliviados quando o psicólogo pediu que saíssem do consultório.

— Muito bem — diz o psicólogo agora que estamos a sós. — Fora do comum. Vamos começar por aí.

Sei que preciso segurar a onda aqui dentro. Estou me sentindo como se a minha vida inteira dependesse de segurar a onda. Esse cara não me conhece. Não pode ver dentro de mim. Ele só percebe o que eu deixo que perceba.

— Olha — digo —, a intenção dos meus pais é a melhor possível, sei que pensam que estão me ajudando, mas esse problema é deles, não meu. Estão totalmente estressados e sendo superprotetores. Você viu os dois, não viu? Vivem tão nervosos, que me deixam nervoso.

— Sim, eu notei que você está ansioso.

Tento parar de gesticular enquanto falo e manter os calcanhares plantados no chão. Meu sucesso é parcial.

— Mas, me diga, você tem tido problemas para dormir?

— Não — respondo. E é verdade. Não tenho *problemas* para dormir, apenas não sinto sono. Nem uma gota.

— E como vão as coisas na escola?

— Ah, a escola é a escola.

Ele se cala por um período de tempo insuportavelmente longo. Não aguento isso. Começo a mexer nas coisas que estão perto de mim. Aliso um pequeno cacto na mesa ao lado para ver se também é falso, mas não é e espeto o dedo. Ele me entrega um lenço de papel.

— Por que não fazemos alguns exercícios de relaxamento? — sugere o psicólogo, embora eu saiba que a pergunta só foi formulada como uma sugestão. — Recoste-se na poltrona e feche os olhos.

— Por quê?

— Vou esperar até você estar pronto.

Com muita relutância, eu me recosto e forço as pálpebras a se abaixarem.

— E então, Caden, o que vê quando fecha os olhos?

As pálpebras sobem bruscamente.

— Mas que pergunta idiota é essa?

— Foi só uma pergunta.

— E o que eu deveria ver?

— Nada específico.

— Pois bem, é o que eu vejo: nada específico. — Agora estou de pé. Não me lembro de ter me levantado. Nem de quando comecei a andar pela sala.

A sessão se arrasta por uma eternidade torturante de mais vinte minutos. Não chegamos a fazer os exercícios de relaxamento. Nem eu respondo à pergunta. Nem fecho os olhos por medo de ter que dizer a ele — e a mim mesmo — o que vejo. Em vez disso, jogamos xadrez, embora eu não tenha a menor paciência para refletir sobre as jogadas, por isso faço as piores possíveis, para o jogo acabar depressa.

Na hora de irmos embora, ele diz aos meus pais que devemos marcar sessões semanais, e que talvez, apenas talvez, eles devessem pensar em me levar a alguém que tenha licença para receitar. Eu sabia que o cara era uma fraude.

65 A Escuridão Além

O que vejo quando fecho os olhos? Às vezes, uma escuridão que ultrapassa tudo que sou capaz de descrever. Ela pode ser gloriosa ou aterrorizante, e raramente sei qual das duas vou encontrar. Quando é gloriosa, quero viver nesse lugar, onde as estrelas apenas marcam uma vasta concha inatingível, como acreditavam os homens no passado. A superfície interna de uma pálpebra gigantesca — e, quando a minha se abaixa, encontro uma escuridão que verdadeiramente se estende pela eternidade — sem ser escuridão em absoluto. É que nossos olhos não têm como ver esse tipo de luz. Se tivessem, ficaríamos cegos, portanto essa pálpebra nos protege. Em vez disso, vemos estrelas — o único indício de luz que jamais somos capazes de alcançar.

Ainda assim, eu vou até elas.

Passo pelas estrelas rumo à luz escura, e a sensação é inimaginável. Veludo e alcaçuz acariciando cada sentido; ela se derrete num líquido em que você mergulha e evapora no ar que você respira. E você voa tão alto! Sem precisar de asas porque ela te sustenta por vontade própria — uma vontade sincronizada com a sua —, sentindo que não apenas pode fazer tudo, mas que você é tudo. Tudo. Você se move através de tudo, e as batidas do seu coração se tornam a pulsação de todas as coisas vivas, e o silêncio entre elas é a imobilidade das coisas que existem, mas não vivem. A pedra, a areia, a chuva — e você se dá conta de que tudo é necessário. O silêncio deve existir para que haja a sístole e a diástole. E você é as duas coisas: a presença e a ausência. E esse conhecimento é tão magnífico que não cabe dentro de você e o compele a compartilhá-lo — mas você não tem palavras para descrevê-lo, e sem as palavras, sem um modo de compartilhar a sensação, ela te destrói, porque sua mente não tem espaço para conter o que você tentou pôr dentro dela...

... mas nem sempre é assim.

Às vezes, a escuridão além não tem nada de glorioso, é uma verdadeira e absoluta ausência de luz. Um breu pegajoso que se cola na sua alma e a puxa para baixo. Você se afoga nele sem se afogar. Ele te transforma em chumbo, e faz você afundar mais depressa na sua membrana viscosa. Priva você de toda a sua esperança, e até das recordações da esperança. Faz com que pense que sempre se sentiu assim, e que não há nenhuma direção a seguir a não ser para baixo, onde ela digere a sua vontade lenta e gulosamente, destilando-a no petróleo de ébano dos pesadelos.

E você conhece a escuridão além do desespero tão intimamente quanto as alturas vertiginosas. Porque neste e em todos os outros universos existe um equilíbrio. Você não pode ter um sem enfrentar o outro. E, às vezes, pensa que é capaz de suportar isso porque o êxtase vale o desespero, mas outras vezes sabe que não, como pôde pensar o contrário? E a dança prossegue: força e fraqueza, confiança e desolação.

O que vejo quando fecho os olhos? Vejo além da escuridão, e tanto acima quanto abaixo há uma grandiosidade incomensurável.

66 Sua Grandeza Apavorante

Mas, agora, meus olhos estão abertos.

E eu diante da porta da sala, nem dentro nem fora, no espaço entre dois lugares. Penso na ocasião em que disse a Max que estava fora de mim. Agora, é muito mais do que isso. Não sinto a diferença entre o que faz parte de mim e o que não faz. Não sei como explicar a sensação. Sou como a eletricidade nas paredes. Não — mais do que isso! Estou nos fios de alta tensão que se estendem pela vizinhança. Passo por dentro de tudo ao meu redor na velocidade de um raio. Percebo que já não existe mais um "eu". Apenas o "nós" coletivo, e isso me deixa sem ar.

Já viveu a sensação de estar livre de si mesmo e apavorado com esse fato? Você se sente invencível e vulnerável ao mesmo tempo, como se o mundo — aliás, como se o universo — não quisesse que você vivesse essa iluminação vertiginosa. E você sabe que há forças à solta que querem esmagar o seu espírito enquanto ele se expande como um gás preenchendo todos os espaços vagos. Agora, as vozes estão gritando na sua cabeça, ensurdecedoras, quase tão altas quanto a de sua mãe chamando para o jantar pela terceira vez. Você sabe que é a terceira, embora não se lembre de ter ouvido as duas primeiras. Nem de ter subido para o quarto.

Por isso, você se senta à mesa da cozinha, revirando a comida no prato, e só põe uma garfada na boca quando alguém observa que você não está jantando. Mas não é de comida que você tem fome. Talvez seja porque não é mais você, e sim o mundo inteiro. Agora que o seu corpo é como uma concha vazia, que sentido faz alimentá-lo? Você tem coisas mais importantes para fazer. E pensa consigo mesmo que os seus amigos não se conectam mais com você porque sentem medo da sua grandeza. Quase tanto medo quanto você.

67 A Carne que Fica no Meio

O capitão nos reúne de madrugada à mesa na sala dos mapas. A tempestade ainda ameaça a distância, tão remota quanto na noite passada e na outra antes dela. E vai recuando à medida que nos aproximamos.

Essas reuniões em que a missão é discutida são sempre compostas pelos mesmos membros da tripulação: eu, o navegador, o garoto dos ossos, a garota da gargantilha, a garota dos cabelos azuis e o mestre da tradição gorducho. Cada um de nós tem se esforçado para desempenhar seu cargo designado da melhor maneira possível. O navegador e eu tiramos os nossos de letra — meus desenhos e as cartas dele são isentos de escrutínio. Já os outros... bem, esses vão enrolando como podem. A garota da gargantilha, nossa sombria e amargurada oficial motivadora, aprendeu a fazer falsos comentários positivos quando está sob o olho fulminante do capitão. O garoto dos ossos diz o que acha que o capitão quer ouvir quando os joga, e a garota dos cabelos azuis afirma que encontrou de tudo nos manifestos esfarinhados dos navios naufragados, desde dobrões de ouro até caixotes com diamantes.

O mestre da tradição, no entanto, tem uma perigosa tendência a ser honesto.

— Não posso fazer isso — confessa ao capitão durante a reunião do grupo. — Para mim, essas runas no livro não têm pé nem cabeça.

O capitão parece inchar como uma esponja dentro d'água.

— Não estamos interessados em pés e cabeças, somente na carne que fica no meio! — Em seguida, chama Carlyle, que está escondido no canto, como sempre fica durante as reuniões. — Passe-o por baixo da quilha do navio.

O mestre da tradição protesta e tem uma crise de falta de ar ao ouvir a ordem, quando então o papagaio aparece do nada e voa até o ombro do capitão.

— Limpar o canhão! — sugere ele. — Mande-o limpar o canhão!

O capitão enxota o pássaro, desfalcando-o de várias penas coloridas, mas o papagaio continua duro na queda.

— O canhão! O canhão!

— Perdão, senhor — intervém Carlyle —, mas talvez o pássaro tenha razão. Passá-lo por baixo da quilha é um castigo que o deixará imprestável, se não morto. E o canhão precisa de uma boa limpeza, já que vamos travar batalha com as criaturas que encontraremos.

O olho do capitão se crava em Carlyle, fervendo de raiva com a insubordinação — um faxineiro rastaquera dando palpites na sua ordem. Mas ele se controla e agita a mão.

— Como queira — diz. — Contanto que o garoto pague pela sua insolência.

O papagaio, agora empoleirado num lustre, olha para mim e balança a cabeça, triste, ao ouvir o comentário do capitão. Desvio os olhos, sem saber o que significa ser alvo da atenção do papagaio e como o capitão poderia reagir a isso.

São precisos três homens, Carlyle e mais dois marinheiros parrudos, para arrastar da sala o mestre da tradição, esperneando e gritando ante a perspectiva de ter que limpar o canhão. Fico só imaginando por que ele acha isso tão aterrorizante quanto ser passado por baixo da quilha do navio. Assim que ele sai, o capitão retorna à sua agenda.

— Hoje é um dia verdadeiramente memorável — diz o capitão ao grupo — porque testaremos o sino de mergulho e descobriremos se os conhecimentos de Caden sobre a exploração de águas profundas são verdadeiros.

Sinto uma náusea violenta, e não tem nada a ver com o balanço do navio.

— Mas... aquele é o tipo errado de sino — confesso, sentindo-me pequeno e impotente.

— Deveria ter pensado nisso antes de dar a sugestão — diz entre os dentes a garota de cabelos azuis.

— Estamos todos ferrados — conclui a oficial motivadora.

68 O Verme Interior

Esse é o xis da questão: você sabe as respostas para tudo. Sua cabeça fica tão cheia de respostas que só falta estourar, pronta para emitir uma radiação mortífera à humanidade inteira. Sua vida vai ser declarada zona radioativa por séculos e séculos se você não conseguir diminuir um pouco a pressão, mostrando a verdade do que sabe a qualquer um que se mostre disposto a ouvi-la. As linhas, as *conexões* que você enxerga entre todas as coisas.

Você tem que compartilhar a verdade.

Por isso, caminha pelas ruas e solta milhões de frases desconexas em cima das pessoas, sabendo que de desconexas não têm nada. Os transeuntes te olham com estranheza, e até nos seus olhares dá para perceber as conexões entre você, eles e o resto do mundo.

— Posso ver a senhora por dentro — diz você a uma mulher carregando uma sacola de supermercado. — Tem um verme no seu coração, mas a senhora pode expulsá-lo.

Ela olha para você e dá as costas, andando apressada até o carro, com medo de suas palavras. E você se sente bem. E mal.

Uma dor nas extremidades faz com que dê uma olhada nos pés. Está descalço. Tem andado por aí sem sapatos, o que deixou os pés cheios de bolhas, arranhões e cortes. Não se lembra de tê-los tirado, mas é claro que fez isso. O que também tem um significado. Que é o jeito como a sua carne se conecta à Terra, mandando a gravidade prender você e todo mundo ao chão. E, de repente, você sabe que, se calçar os sapatos, o mundo vai soltar a humanidade e ela será arremessada ao espaço, tudo por causa de uma fina camada de borracha que cortaria a sua conexão com o chão. *Você* é a alavanca de antigravidade do mundo. E, por mais maravilhosa que seja a consciência disso, esse esplendor é aterrorizante, por causa do poder que você tem. E o verme que viu no coração da mulher migrou para o seu corpo. Não são mais as batidas que você sente no peito, e sim o verme roendo suas entranhas sem que você possa expulsá-lo.

Ao lado do supermercado há uma agência de viagens lutando para sobreviver numa era em que todas as viagens são agendadas pela internet. Você empurra a porta e entra.

— Me ajudem! O verme. O verme. Ele sabe o que eu sei e quer me matar.

Mas uma mulher usando um terninho empurra você bruscamente pela porta, aos gritos.

— Saia daqui, ou eu chamo a polícia!

Por algum motivo, a resposta te faz rir, e os pés estão sangrando, o que também te faz rir, e no estacionamento tem um BMW com um farol quebrado, e isso te faz chorar. Encostando-se à parede, você desliza todo enroscado, e sua alma se enche de lágrimas. Você pensa em Jonas, que, depois de suportar ser parcialmente digerido pela baleia, rompeu em lágrimas no alto de uma montanha quando a planta que o protegia do sol foi devorada por um verme e morreu. O mesmo verme. Você entende as lágrimas de Jonas. Entende por que, com o sol fustigando a cabeça, ele se sentiu tão desesperado que quis morrer.

— Por favor — implora você a qualquer um na rua. — Por favor, faça com que ele pare. Por favor, faça com que ele pare. — Até que alguém de uma loja da Hallmark, uma mulher muito mais gentil do que a bruxa da agência de viagens, fica de joelhos à sua frente.

— Tem alguém que eu possa chamar? — pergunta ela, afetuosa. Mas a ideia de ela ligar para seus pais pedindo que venham te buscar é o bastante para fazer com que você se levante.

— Não, estou bem — responde você, começando a se afastar. E pensa consigo mesmo que vai ficar bem, se conseguir encontrar o caminho de casa. Não há nenhuma baleia para digeri-lo. A coisa que está te roendo trabalha de dentro para fora.

69 O que Você Quis Dizer É Irrelevante

Chamada. O céu está branco, e o horizonte se estende cinzento a distância, cintilando com os vagos relâmpagos — não apenas à frente, mas em todas as direções. O capitão passeia pelo convés superior, observando a tripulação abaixo, enquanto pontifica sobre a grande importância da missão e deste dia em particular.

— Hoje, o sino de mergulho do marinheiro Caden será posto à prova, o que determinará de uma vez por todas o método da nossa descida. — Ele parece cheio de autoridade, ainda mais agora, com o novo uniforme de lã azul e botões de latão, mas autoridade e razão são duas coisas distintas.

— O sino não é um batiscafo! — exclamo. — Não vai funcionar! Não foi o que eu quis dizer com "sino de mergulho"!

— O que você quis dizer é irrelevante.

São precisos mais de doze tripulantes para carregar a desastrada réplica do Sino da Liberdade até a amurada. Em seguida, a uma ordem do capitão, o sino é atirado ao mar. Ele afunda como uma pedra, e a corda — que foi roída pelos cérebros ferais — arrebenta, enviando o sino eternamente para as profundezas. Uma única bolha aflora à superfície como um arroto.

— O teste foi um sucesso! — exclama o capitão.

— O quê?! — grito. — Como o senhor pode achar uma coisa dessas?

O capitão se aproxima lentamente, deliberadamente, os passos soando metálicos no convés revestido de cobre.

— Este teste — diz ele — foi para provar que a sua teoria sobre como chegar ao fundo da fossa estava errada. — Gritando: — Você estava ERRADO, garoto! E quanto antes aceitar seu erro cabal e crasso, mais cedo será útil para mim e a missão. — Então se afasta em passos dramáticos, muito satisfeito consigo mesmo.

Só depois que o capitão se ausenta é que o papagaio pousa no meu ombro — algo que raramente faz — e diz:

— Precisamos conversar.

70 Tubarão Prateado

Seu pai fica no seu caminho quando você está se dirigindo para a porta.

— Aonde vai?

— Sair.

— De novo? — Ele fala de um jeito muito mais enfático do que da última vez que perguntou, sem arredar um milímetro do caminho. — Caden, seus pés estão cheios de bolhas de tanto você caminhar.

— Eu compro sapatos novos, pronto. — Você sabe que ele não vai entender seus motivos para caminhar. É esse movimento que percorre o mundo que impede você de explodir. Mantém o mundo seguro. Mantém o verme calmo. Só que agora não é mais um verme. Hoje é um polvo, com olhos nos tentáculos em vez de ventosas. E fica se mexendo dentro do corpo, nas entranhas. Deslizando pelos órgãos, tentando desesperadamente encontrar uma posição confortável. Mas você não vai contar isso aos seus pais. Porque eles vão dizer que são gases.

— Vou caminhar com você — diz papai.

— Não! Não faça isso! Você não pode fazer isso! — Passa por ele com um safanão e sai de casa. Está na rua. Hoje, você está de sapatos e percebe que usá-los não impede a gravidade de prender as coisas à Terra. Isso foi uma bobagem. Como pode ter pensado uma coisa dessas? Mas você sabe que, se não caminhar, alguma coisa terrível vai acontecer em algum lugar e aparecer no noticiário de amanhã. Sabe disso sem a menor sombra de dúvida.

Três quarteirões adiante, você olha para trás e vê que o carro do seu pai está te seguindo lentamente como um tubarão prateado. Ah! E eles ainda acham que é você quem está paranoico. Há algo de muito errado com os seus pais, se eles têm que te seguir enquanto caminha.

Você finge que não vê o carro. Só continua caminhando até muito depois de anoitecer. Sem parar, nem falar com as pessoas. Apenas deixa que ele te siga por todas as ruas do bairro, e depois de volta para casa.

71 Um Inimigo Pior

Acordo e deparo com o papagaio me observando ao pé da cama. Solto uma exclamação. Ele se aproxima, saltitando. Sinto suas garras afiadas no meu peito, mas ele não chega a cravá-las, apenas caminha em passos cautelosos sobre o cobertor esfarrapado, até seu olho bom se alternar entre os meus.

— Estou preocupado com o capitão — começa ele. — Preocupado, preocupado.

— E em que esse problema me diz respeito?

O navegador se remexe em seu sono. O papagaio espera que ele se aquiete e então se inclina para mim. Seu hálito cheira a sementes de girassol.

— Estou preocupado por achar que o capitão não está zelando pelos seus interesses — cochicha ele.

— E desde quando *você* se importa com os meus interesses?

— Nos bastidores, nos bastidores, tenho sido seu maior defensor nos bastidores. Por que acha que está entre os mais íntimos do capitão? Por que acha que não foi acorrentado ao sino de mergulho que afundou?

— Por sua causa?

— Digamos que tenho certa influência.

Não sei se devo acreditar no pássaro, mas estou disposto a considerar a hipótese de ele não ser meu inimigo. Ou, pelo menos, meu *pior* inimigo.

— Por que está me contando isso? — pergunto.

— Porque pode ser necessário que... — Ele começa a balançar a cabeça para os lados, nervoso, seu rosto fazendo um oito na minha frente.

— O que pode ser necessário...?

Ele começa a dar voltas no meu peito. Faz cócegas.

— Uma coisa muito desagradável, uma coisa muito desagradável. — Ele se acalma e se cala por um momento, para em seguida cravar o olho no meu olho esquerdo. — Se o capitão se mostrar indigno da confiança da tripulação, preciso saber se posso contar com você.

— Contar comigo para fazer o quê?

O papagaio encosta o bico no meu ouvido.

— Matá-lo, é claro.

72 Nossa Única Esperança

Você está deitado na cama. Sem camisa. Uma febre sem febre arde no seu cérebro. Chove lá fora como se fosse o fim do mundo.

— Ruim — você sussurra. — Alguma coisa ruim. Alguma coisa ruim vai acontecer na escola porque não estou lá.

Sua mãe esfrega suas costas como fazia quando você era pequeno.

— E, quando você estava lá, alguma coisa ruim estava acontecendo em casa. Ela não entende.

— Eu me enganei quando achei que alguma coisa iria acontecer aqui em casa — você diz a ela —, mas desta vez estou certo. Eu sei. Simplesmente sei.

Você vira a cabeça e olha para ela. Que está com os olhos vermelhos. Você quer acreditar que não é por ter chorado, e sim por não ter dormido. Porque ela não dormiu. Nem seu pai. Nem você. Você não dorme há dois dias. Talvez três. Eles têm faltado ao trabalho. Revezam-se para cuidar do filho. Que quer ficar sozinho, mas tem medo, e ao mesmo tempo tem medo de não ficar sozinho. Eles ouvem o que você diz, mas sem escutar, e as vozes dizem que eles são parte do problema. *"Não são realmente seus pais, são?"*, perguntam. *"São impostores. Seus pais verdadeiros foram devorados por um rinoceronte."* Você sabe que essa ideia vem de *James e o pêssego gigante* — um dos seus livros de infância favoritos —, mas está tudo tão confuso, as vozes são tão convincentes, que você não sabe mais o que é real e o que não é. Sabe que elas não estão falando nos ouvidos, mas também não estão exatamente na cabeça. Parecem chamar de algum outro lugar onde você foi parar por acaso, como um celular captando uma conversa em língua estrangeira — e mesmo assim, sabe-se lá como, você consegue entender. Elas ficam no limiar da consciência como o que você ouve no momento em que acorda, antes que o sonho desmorone sob o peso esmagador do mundo real. Mas e se o sonho não for embora depois de você acordar? E se você perder a capacidade de perceber a diferença?

As vozes não podem ser reais, mas são muito boas em fazer com que você se esqueça disso.

— Estão me dizendo que o mundo vai acabar se eu não impedir o que vai acontecer, seja lá o que for.

— Quem está dizendo isso? — pergunta sua mãe.

Mas você não responde. Não quer que seus pais fiquem sabendo das vozes, por isso apenas geme, pensando nos filmes em que alguém é escolhido para salvar o mundo. *"Você é a nossa única esperança"*, é o que sempre dizem nesses filmes. Mas e se esses heróis jamais enfrentassem seus destinos? E se apenas ficassem deitados na cama, deixando as mães esfregarem suas costas? E se não fizessem nada? Que tipo de filme seria?

73 As Honras

O capitão me chama ao seu escritório. Estamos a sós. Não vejo o papagaio em canto algum. Da última vez que o vi, ele estava na cozinha, pulando de ombro em ombro, espiando os ouvidos dos marinheiros para ver se ainda tinham cérebro. Agora, ele pisca para mim toda vez que me vê, para me lembrar da nossa conversa secreta.

— Você confia em mim, Caden? — pergunta o capitão.

Se eu mentir, ele vai saber, por isso digo a verdade.

— Não.

Minha resposta o faz sorrir.

— Bom menino. Isso significa que está aprendendo. Estou orgulhoso de você. Mais orgulhoso do que pode imaginar.

A declaração me surpreende.

— Pensei que o senhor me odiasse.

— Longe disso! — responde ele. — As provas a que o submeti foram para queimar o joio. Para purificá-lo. Não se engane, garoto, você é a maior esperança desta missão. Deposito em você todas as minhas esperanças.

Não sei o que responder. E me pergunto se ele diz o mesmo a todos os tripulantes, embora minha intuição diga que está sendo sincero.

— Verdade seja dita, estou profundamente preocupado com certas coisas em meu navio, garoto. Não o oceano externo, mas as ondas internas. — Ele se inclina para mim. — Sei que ela fala com você. Calíope. E lhe conta coisas que não conta a mais ninguém. O que prova que você é especial. Que é o escolhido.

Não digo nada. Não até saber aonde ele quer chegar.

— Se há coisas que ela sabe, é a você que as contará.

Então, compreendo que finalmente estou numa posição que me dá certo poder.

— Se ela me conta coisas, é em confiança. Por que eu deveria trair a confiança dela contando-as ao senhor?

— *Porque eu sou o seu capitão!* — Como não respondo, ele resmunga e começa a andar em passos largos de um lado para o outro do convés. — Ou talvez você responda ao papagaio. — Ele dá um soco no casco do navio. — Aquela ave amotinadora, que espalha as sementes da sedição entre os marinheiros, enquanto pousa no meu ombro.

Ele me segura e me observa de perto com o olho bom, exatamente como o papagaio fez.

— Calíope diz que haverá um motim? Diz que o pássaro prevalecerá?

Mantenho a calma.

— Vou perguntar a ela — respondo.

Ele fica aliviado.

— Bom menino. Sabia que era leal. — Então, cochicha: — Quando chegar o momento, deixarei que faça as honras.

— Que honras?

Ele sorri.

— As honras de matar o papagaio.

74 O Dólar Zangado

Quando eu era criança, sempre que observava as notas de dólar, tinha a estranha sensação de que Washington me fuzilava com os olhos. Era uma coisa bizarra, meio assustadora. E não era só Washington. Hamilton parecia me condenar severamente com seu sorriso eterno. Mas Jackson é que era o pior, com aquela testa alta de dar medo, aquele olhar de superioridade me acusando de torrar minha grana de maneira irresponsável. Só Franklin é que parecia simpático, mas esse eu não via com muita frequência.

Talvez isso devesse ter sido um sinal de que havia alguma coisa muito errada comigo. Ou talvez todo mundo pense coisas doidas, esquisitas. Afinal, eu não chegava a achar que eles estavam mesmo olhando para mim, era só uma ideia bizarra que me passava pela cabeça sem nenhum motivo especial. Nunca impediu que eu lidasse com dinheiro normalmente. Pelo menos, não até recentemente.

Sempre procuramos os sinais que perdemos quando algo dá errado. Viramos verdadeiros detetives tentando resolver um crime, porque talvez, se descobrirmos as pistas, tenhamos algum controle sobre a situação. Claro, não podemos mudá-la, mas, se conseguirmos reunir um bom número de pistas, isso confirmará que *poderíamos* ter impedido o pesadelo que se abateu sobre nós, se tivéssemos sido mais astutos. Imagino que seja melhor acreditar na nossa burrice do que crer que nem todas as pistas do mundo teriam sido capazes de mudar coisa alguma.

75 Cadeados de Segurança

— Vamos fazer uma viagem — avisa seu pai. Você sabe que ele andou chorando.

— Que tipo de viagem? Um cruzeiro?

— Se quiser. Mas temos que ir, o navio vai zarpar em breve.

Você não se lembra da última vez que dormiu. Mas uma insônia não chega aos pés disso. É a anti-insônia, uma vigília virótica tão contagiosa que acordaria até os mortos se você se aproximasse deles. Você acredita sinceramente nisso. E sente muito medo. Cada ideia que passa pela sua cabeça se transforma numa verdade assustadora.

As vozes ainda estão falando, mas também não dormiram, por isso só resmungam bobagens agora. Mesmo assim, você capta a atmosfera por trás das tolices que dizem. E essa atmosfera não é boa. Está cheia de pressentimentos, advertências sinistras e indícios da sua importância no universo.

Você não quer fazer essa viagem. Tem que continuar em casa para proteger a sua irmã. No momento, ela saiu com amigos, mas você precisa estar em casa quando ela voltar. Só que então encara os olhos vermelhos dos seus pais e percebe que eles também querem protegê-la. E que é de você que ela precisa ser protegida.

Agora, o cenário é o carro. Seus pais estão falando, mas as palavras soam tão confusas como as vozes interiores, e, mesmo sabendo que o carro é o Honda confiável da família, eles começam a parecer cada vez mais distantes no banco da frente. De repente, você está no banco traseiro de uma limusine, e alguém está sugando o seu oxigênio. Respirar é impossível. Tenta abrir as portas e pular na estrada, mas as portas não abrem, puseram cadeados de segurança nelas. Você xinga, grita, diz as coisas mais horríveis, faz de tudo para que parem a limusine e te deixem sair, mas eles nem se abalam. Tentam te acalmar. Seu pai mal consegue dirigir por causa do tumulto, e você se pergunta se a tragédia horrível de que tem tanto medo é um acidente de carro que vai matar os três, e talvez seja você quem vai provocá-lo, e então enterra a cabeça nas mãos e não tenta mais fugir.

Agora está descendo um morro íngreme. De repente, o carro não é mais uma limusine, é um elevador com as paredes acolchoadas, e você está descendo a ladeira diagonal da pirâmide negra em direção às suas profundezas ocultas — ao seu subterrâneo abissal.

O veículo para num estacionamento ao pé do morro. Uma placa na frente diz SEAVIEW MEMORIAL HOSPITAL, mas é mentira. Tudo mentira.

Cinco minutos depois, seus pais estão sentados diante de uma mulher bochechuda com óculos pequenos demais para o rosto. Eles preenchem mil formulários, mas você não se importa, porque não está ali, e sim observando tudo de uma distância inatingível.

Para não começar a andar de um lado para o outro, você se concentra no aquário. Um oásis líquido num deserto de desconfortáveis poltronas institucionais. Peixes-leão, peixes-palhaço, anêmonas. Um oceano condensado e capturado.

Um garotinho bate no vidro com a palma da mão. Os peixes fogem, mas os focinhos batem na barreira invisível que contém o seu mundo. Você conhece essa sensação de ser atormentado por algo incompreensível e muito maior do que você. Conhece a sensação de querer fugir, só para ser tolhido pelas dimensões do seu universo pessoal.

A mãe do garotinho o chama em espanhol, mas, como ele não obedece, ela o puxa dali, e você começa a se perguntar: *Será que estou fora ou dentro do aquário?* Porque as regras do "aqui" e do "ali" não têm mais lugares definidos na sua cabeça. Você é tanto os objetos ao redor quanto você mesmo. Talvez esteja no aquário com os peixes. Que podem ser monstros, e você estar à deriva num navio condenado — um navio pirata, talvez —, sem ter consciência da largura e da profundidade do perigo sobre o qual está navegando. E se agarra a esse fato, porque, por mais apavorante que seja, ainda é melhor do que a alternativa. Você sabe que pode tornar o navio de piratas tão real quanto qualquer outra coisa, porque não há mais diferença entre o pensamento e a realidade.

76 Nenhum Modo de Impedir o que Virá

Estou preso numa conspiração de conspirações. Por um lado, o papagaio e eu tramamos um motim. Não tanto com palavras, mas com olhares. Meneios de cabeça. Piscadelas clandestinas do seu único olho. Meus desenhos fervilham de mensagens secretas para ele. Ou, pelo menos, é o que o pássaro pensa.

Por outro lado, o capitão e eu tramamos o fim do papagaio. Ele também pisca para mim com seu único olho e decora as paredes dos aposentos com o que chama de "visões reveladoras de um capitão triunfante".

— Não fale com ninguém sobre o sentido secreto de suas criações — sussurra para mim. — Atiraremos o papagaio ao mar para ser devorado pelas criaturas marinhas, como seus desenhos sugerem, e ninguém jamais descobrirá.

Sei que essas duas tramas acabarão se encontrando como matéria e anti-matéria, e vão me aniquilar na explosão, mas não vejo saída. Nenhum modo de impedir o que virá. Porque virá, tão certo quanto as criaturas que protegem os mistérios de Challenger Deep.

77 Mancha de Petróleo

Os papéis do hospital já foram assinados. O pacto com o diabo está selado. A mulher bochechuda de óculos pequenos olha para você com uma bondade falsa, mas bem ensaiada.

— Vai ficar tudo bem, querido — diz ela, e você olha para trás, achando que deve ter falado com outra pessoa. Você e seus pais são conduzidos a outra ala do hospital, uma ala especializada. Eles caminham abraçados. Uma única criatura com quatro olhos vermelhos.

Você pensa que não se importa com isso, porque ainda está observando tudo a distância, até que chega a hora em que eles se dirigem à porta e você percebe que não há distância alguma. Você está ali e prestes a ficar encalhado numa solidão apavorante. Prestes a ser passado por baixo da quilha do navio, e então todas as premonições se unem na mais devastadora certeza de que algo terrível vai acontecer com seus pais, com sua irmã, com seus amigos, mas principalmente com você, se eles o deixarem ali.

O que faz com que entre em pânico. Embora nunca tenha sido um cara violento, agora sua vida depende de lutar pela liberdade. Nada menos do que o destino do mundo depende da sua presença em qualquer outro lugar afora esse.

Mas eles são astutos. Ardilosos. Homens musculosos com uniformes em tons pastéis caem do nada em cima de você, segurando seus braços, contendo seus passos.

— Não! — você grita. — Vou me comportar! Juro que não faço mais isso! — Você nem sabe o que é "isso", mas, seja lá o que for, não fará mais, se não for obrigado a ficar lá.

Ao ouvir suas súplicas, seus pais hesitam diante da porta, como se fossem mudar de ideia — mas uma enfermeira de uniforme rosa-claro se interpõe entre você e eles.

— Quanto mais tempo ficarem, mais difícil vai ser para ele, e mais difícil para nós fazer o nosso trabalho.

— Eles estão me matando! — você grita. — Estão me matando! — E basta se ouvir dizendo isso para que seja verdade, mas seus pais dão as costas e fogem por uma série de portas que se abrem e fecham como comportas, indo desembocar numa noite que parece ter despencado do céu há segundos. E você pensa que tinha razão. Que eles não devem mesmo ser seus pais, e sim impostores.

A adrenalina te deixa quase mais forte do que os três homens de uniformes em tons pastéis que te seguram. Quase. Por fim, eles te arrastam para um quarto e te forçam a se deitar numa cama, onde você sente uma picada fina no traseiro. E se vira a tempo de ver uma enfermeira se afastando com uma agulha hipodérmica; o veneno letal já foi inoculado. Em segundos, seus braços e pernas estão presos por tiras acolchoadas, e a injeção começa a fazer efeito.

— Descanse, querido, tudo vai entrar nos eixos — diz a enfermeira. — Você vai ficar melhor assim.

Então, o veneno inoculado no traseiro atinge o cérebro, e a mente se espalha como uma mancha de petróleo pela superfície do oceano.

E você descobre, pela primeira vez, a Cozinha de Plástico Branco. Um lugar ao qual voltará muitas e muitas vezes. Um portal para todos os outros onde você não deseja estar.

78 O Reino do Sol Piedoso

Tenho um sonho. Estou deitado numa praia em algum lugar onde não falam inglês — ou, se falam, é só porque há muitos turistas americanos, todos gastando o dinheiro que não têm com coisas de que não precisam e ficando vermelhos como lagostas sob o sol inclemente.

Mas de mim ele tem piedade. De todos nós — de mamãe, de papai e de minha irmã. Ele nos banha generosamente de calor e luz sem qualquer ameaça de consequências. Dispensa o uso de filtro solar.

Os sons ao meu redor são todos de alegria. Risos. Crianças brincando. Vozes de camelôs barganhando enquanto vendem mil peças brilhantes com tanto carisma que ninguém resiste. Turistas felizes passeando todos enfeitados de prata e ouro, suas novas joias tilintando como sininhos de Natal a cada passo.

Minha irmã brinca nas tranquilas águas azul-turquesa, procurando conchas. O sussurro das ondas quebrando aos seus pés é um suspiro suave, como se o próprio mar tivesse encontrado um contentamento sem fim.

Meus pais caminham de mãos dadas pela praia. Ele está usando seu chapéu de palha branco favorito, guardado exclusivamente para férias tropicais, porque fica ridículo em outros lugares. Não está falando em contas ou impostos, nem tem cálculos a fazer. Ela caminha descalça com prazer, porque, mesmo quando o sol está a pino, a areia continua fresquinha, e porque não tem dentes para limpar hoje. Os dois passeiam na paz de espírito dos que vagam sem destino.

Quanto a mim, estou sentado na areia, mexendo os dedos dos pés e curtindo a sensação áspera dos grãos escorrendo entre eles. Seguro um copo longo com uma bebida gelada, o vidro coberto de gotas de condensação onde a luz do sol se refrata como um caleidoscópio. Fico de bobeira, sem fazer absolutamente nada. Sem pensar em absolutamente nada. Estou satisfeito por viver o momento.

Não há nenhuma cozinha nesse lugar, só um grill onde servem camarões mais adiante na praia. O cheiro é agradável; um incenso carnal como sacrifícios oferecidos ao Deus das Férias Infinitas.

Não há nenhum navio à vista, só um elegante iate de corrida se afastando da baía, soprado por uma brisa ideal que o despacha para lugares ainda mais exóticos.

Tudo parece certo no mundo...

... e o triste é que eu sei que é só um sonho. Sei que deve acabar em breve, e, quando isso acontecer, vão me jogar num canto onde vou acordar em cacos, ou o mundo vai estar em cacos.

Por isso, maldigo a praia perfeita e o copo com a bebida gelada e refrescante que sinto na mão, mas nunca, nunca vou poder levar aos lábios.

79 Submetido à Sua Aprovação

A consciência é um conceito relativo quando entopem seu organismo de psicotrópicos. Não é uma proposição do tipo "ou isso, ou aquilo". É como se a interface entre o sono e a vigília fosse a explosão de uma estrela, engolfando tudo ao redor com fragmentos cósmicos. Nada sobrevive, a não ser a sensação duradoura de se estar *em outro lugar*. Um lugar onde o tempo não é uma linha reta, previsível, e sim o laço confuso que uma criancinha dá nos sapatos. Um lugar onde o espaço borbulha e se contorce como um espelho tetradimensional de parque de diversões, e todo mundo é um palhaço sinistro. Você é a figurinha sem rosto que cai num mundo de sombra e substância no começo de *Além da Imaginação*, com pensamentos de algodão vazando de sua cabeça oblonga.

Rod Sterling deve ter concebido esse seriado durante um grave surto psicótico.

80 Caramujo Soterrado em Sal

Às vezes, você tem consciência de estar numa cama de hospital. Outras vezes, está convencido de que é a Cozinha de Plástico Branco. E em outras ainda, tem certeza absoluta de que foi pregado às velas infladas de um navio. A tonteira é real, alguns rostos também são, mas é uma dificuldade descobrir quais e como realmente são. Eles dizem que você só foi "contido" na primeira noite, quando deu mostras de violência, mas sua sensação é de ainda estar pregado na cama inflada.

Pessoas vêm e vão, falam, você se ouve respondendo, mas não sente os lábios formarem as palavras. Nem os dedos dos pés e das mãos.

— Como está se sentindo?

Essa pergunta é feita milhares de vezes. Ou talvez só uma, e as outras são ecos.

— Como um caramujo soterrado em sal — você se ouve dizer, a voz arrastada por efeito da medicação. — Acho que me mijei.

— Não se preocupe. Nós cuidamos disso.

Você pensa que talvez ponham uma daquelas fraldas geriátricas, e então percebe que podem já ter feito isso, mas você não tem como saber e nem quer, só quer se esconder na sua concha, afundar cada vez mais dentro dela, até se dar conta de que não tem uma. Está mais para lesma do que para caramujo. Sem qualquer proteção.

Em meio a tudo isso, as vozes na cabeça ainda falam, mas estão chapadas demais para terem muito impacto, e então te ocorre que não é tão diferente assim da quimioterapia. Os oncologistas bombardeiam o organismo com substâncias tóxicas na esperança de aniquilar a doença e deixar o resto vivo. A questão é saber se envenenar as vozes vai matá-las, ou se só vai servir para enfurecê-las.

81 O Duelo dos Antagonistas

— Hoje — diz o capitão em seu tom mais autoritário — contarei uma história sobre estas águas que dispensa a confirmação do mestre da tradução, pois a conheço de cor e salteado.

O papagaio começa a ficar desconfiado e recua um passo, cauteloso, talvez por não querer se associar com nada que o capitão diga.

— Começa com um grande capitão, de nome Ahab — conta-nos ele —, e termina com outro capitão, chamado Nemo.

Mesmo sabendo que me arrisco a levar outro ferro em brasa na testa ou coisa ainda pior, observo:

— Perdão, mas não creio que esses dois personagens ficcionais já tenham se encontrado.

— Encontraram-se, sim, garoto! — exclama o capitão, com uma paciência muito maior do que eu esperava. — Na verdade, eram amigos íntimos, o que foi parte do problema. Entretanto, a história é menos sobre eles do que sobre os grandes *antagonistas* dos dois.

Chego a pensar em comentar que *antagonista* é um substantivo que pode indicar o gênero masculino e que *antagonisto* não existe, mas acho melhor não abusar da sorte.

— O *Nautilus*, aquele submarino misterioso que transportou Nemo por mais de vinte mil léguas, estava sob o ataque interminável de um calamar gigante que ameaçava arrastá-lo para o fundo do mar. Quando o *Nautilus* conseguiu fugir da criatura a toda a velocidade, deparou por acaso com o *Pequod* de Ahab, que perseguia a baleia branca. Houve uma colisão, e o *Pequod* afundou. — Então, ele olha para mim e diz, em tom sarcástico: — *Você* poderia dizer que foi a baleia que arrastou o navio e o capitão para o fundo do mar, mas Melville estava enganado. Sua história é uma invenção que Ishmael contou a ele, pois foi obrigado a jurar que guardaria o segredo do capitão.

O papagaio solta um assovio, não sei se de nojo ou de admiração pela extrema elasticidade da mentira.

— Seja lá como for — continua o capitão —, Nemo resgatou Ahab do oceano, e, assim que os dois capitães trocaram um único olhar, compreenderam que eram espíritos afins e partiram no submarino até encontrarem o Mar Verde, onde viveram felizes para sempre. — Ele se cala, talvez esperando aplausos, mas, como não recebe nenhum, continua: — Porém, seus monstros não encontraram qualquer afinidade entre si. — O capitão estende os braços e arregala o único olho. — A baleia branca e o calamar gigante eram simplesmente imensos. Grotescas aberrações da natureza, mas de tipos opostos. O calamar era um tipo sensorial e estranho, que usava a escuridão da sua tinta para confundir o mar. Uma monstruosidade de oito braços, uma besta do caos que desafiava toda a lógica. A baleia, por outro lado, era pura racionalidade e adequação. Com o sonar de seu cérebro, era capaz de calcular dimensões e distâncias. Sabia tudo de importante sobre o mundo que habitava, enquanto o calamar não enxergava nada além da sua nuvem de tinta. Naturalmente, os dois se desprezavam.

De repente, ele dá um soco tão violento na mesa que levamos um susto, e o papagaio sai batendo as asas com tanta força que chega a perder algumas penas.

— Os grandes homens do mar não devem jamais abandonar seus monstros! — sentencia o capitão. — Agora, graças a esses dois homens negligentes, seus *antagonistas* estão condenados a se digladiarem até o fim dos tempos, ficando cada vez mais enfurecidos a cada ano que passa! — Ele nos observa com ar intimidante por um momento antes de indagar: — Alguma pergunta?

Trocamos olhares. É óbvio que temos muitas perguntas, mas ninguém se atreve a formulá-las. Finalmente, o garoto dos ossos levanta a mão, apreensivo, e, quando é chamado, diz:

— Hein?

O capitão respira fundo e esvazia os pulmões num suspiro exasperado que chego a sentir, tal a sua potência de vendaval.

— A moral da história é que não devemos nos libertar dos nossos monstros. Não, devemos abandonar tudo no mundo, *menos* eles. Devemos alimentá-los tanto quanto lutar com eles, submetendo-nos à solidão e à infelicidade sem qualquer esperança de fuga.

A garota com a gargantilha de pérolas balança a cabeça, aprovando.

— Entendi.

Mas esse desfecho me incomoda tanto que não consigo deixar de expressar a minha discordância.

— Isso não está certo!

Todos os olhos se voltam para mim. Já estou até vendo as palavras *abaixo de* sendo marcadas em brasa à esquerda do zero.

— Explique-se — rosna o capitão. Sei que é uma advertência, mas me recuso a dar ouvidos a ela.

— Se os dois capitães encontraram um modo de deixar seus monstros para trás, eles merecem a paz que obtiveram. Merecem a redenção. Quanto às criaturas... bem, elas se merecem.

Ninguém se move. Ninguém, a não ser o papagaio, que alisa as penas com o bico. Não consigo deixar de pensar que está orgulhoso de mim pelo que falei. E fico irritado por me importar com isso.

A curta paciência do capitão se evaporou. Ele parece um vulcão prestes a entrar em erupção.

— Como sempre, marinheiro Bosch, sua insolência só é suplantada pela sua ignorância!

Nesse momento, o navegador vem em meu socorro.

— Insolência, ignorância, ignóbil, Chernobyl: não exploda como uma bomba atômica, senhor, pois a tripulação não sobreviveria à radioatividade.

O capitão reflete sobre o conselho, e então decide extravasar a pressão de sua fúria soltando outro suspiro violento como um vendaval.

— Opiniões são como tempestades de areia, marinheiro Bosch — afirma. — Não têm lugar no oceano. — Ele torce meu nariz, como faria com uma criança petulante, e nos despacha.

Assim que saímos da sala dos mapas e nos dirigimos ao convés, o navegador me repreende.

— Quando é que você vai aprender? Ou caminha lado a lado com o capitão, ou caminha pela prancha, a qual, sendo de cobre, não lhe dará o impulso necessário para um mergulho perfeito.

Então me ocorre que, embora já tenha visto gente pulando do cesto da gávea, nunca vi a prancha do navio. Mas, no instante em que observo o convés aberto, lá está ela, projetando-se grosseiramente da lateral do casco como um dedo médio. Não me surpreende que tenha aparecido ao ser mencionada. Já aprendi a não me surpreender com nada neste navio.

Antes de descermos, a garota de cabelos azuis se vira para mim. Parece que, toda vez que sou insolente com o capitão, subo um pouco mais no conceito dela.

— Aposto que o nosso capitão também tem um monstro, e dos bons — diz ela. — Acha que algum dia vamos topar com ele?

Levanto a cabeça e vejo o papagaio voando da sala dos mapas até um alto poleiro no mastro da proa.

— Acho que já topamos — respondo.

82 No Fundo da Garganta da Morte

De madrugada, sou raptado por tripulantes que não conheço e levado para limpar o canhão. O castigo, sem dúvida, por ser insolente com o capitão. Tento lutar, mas meus membros se tornaram tão completamente de borracha quanto o navio se tornou de cobre. Os braços e as pernas se dobram e curvam em direções estranhas, sem me dar qualquer apoio quando tento ficar de pé, ou assistência quando tento lutar. Os braços se agitam como fios de macarrão contra meus raptores.

Descemos por uma escotilha escura até onde o canhão se encontra.

— Todos devem limpar o canhão pelo menos uma vez a cada viagem — é o que me dizem. — Goste ou não, chegou a sua vez.

O lugar é escuro e lúgubre, com um fedor de graxa e pólvora. Bolas de canhão estão empilhadas em pirâmides, e bem no meio fica o canhão, com seu peso tão monstruoso que chega a abalroar as pranchas de cobre por baixo. Sua boca escura é ainda mais intimidante do que o olho do capitão.

— Não é uma beleza? — pergunta o mestre de armas, o oficial grisalho e musculoso com os braços cobertos de tatuagens de caveiras, todas com ar safado.

Ao lado do canhão há um pote de cera e um pano. Esfrego o pano na cera com um dos braços de borracha e começo a passá-lo no cano da arma imponente, mas o mestre de armas começa a rir.

— Assim não, seu tolo. — Ele me segura com os braços fortes e me levanta do chão. — Não é o exterior que precisa ser limpo.

Escuto mais risos, e por um momento penso que há outras pessoas escondidas no aposento — até perceber que os risos vêm das caveiras tatuadas. Dúzias de vozes riem de mim.

— *Enfia o infeliz!* — gritam. — *Enfia o infeliz! Mete ele lá dentro!*

— Não! Pare! — Mas minhas súplicas são inúteis. Sou enfiado de ponta-cabeça na boca do canhão e deslizo por sua garganta fria e áspera. Apertada. De dar claustrofobia. Mal posso respirar. Tento me contorcer, mas o mestre de armas grita comigo:

— Não se mexa! O menor movimento pode dispará-lo!

— Mas como vou poder limpá-lo, se não posso me mexer?

— Esse problema é *seu*. — Ele e as caveiras de tinta soltam longas gargalhadas, até finalmente ficarem em silêncio... e ele começar a bater no canhão com uma barra de ferro. Num ritmo constante, tão alto que ressoa no meu crânio.

Bang! Bang! Bang! Bang!

— Fique quieto, por favor! — gritam as caveiras. — Ou vai ter que fazer de novo.

Depois de uma eternidade, o ritmo das pancadas muda.

B-B-B-Bum! B-B-B-Bum! B-B-B-Bum!

A infindável sinfonia percussiva faz com que meu cérebro queira fugir pelo ouvido e sair correndo — até que me dou conta de que é isso que deve acontecer! É assim que os cérebros dos marinheiros são expulsos! Mas não quero ser mais um marinheiro descerebrado. Não quero que Carlyle afugente com o esfregão meu cérebro fugitivo para o mar.

Clang-Clang Bang! Clang-Clang Bang! Clang-Clang Bang!

O padrão das pancadas se altera mais duas vezes, num volume crescente, até que o mundo é só barulho, meus dentes batem e eu sei que ninguém vai dar um basta nisso. Estou sozinho no cano de um canhão e não há quem possa me salvar.

83 Robôs

Seus pais vêm uma vez por dia no horário de visitas, como uma dupla de robôs. Os três reunidos na sala de recreação, e todos os dias você pede e barganha para que o levem embora.

— Tem gente *louca* aqui! — diz a eles em voz abafada para que os que estão sendo mencionados não possam ouvir. — Não sou um deles! Não deveria estar aqui!

Embora eles não cheguem a dizer com palavras, a resposta está nos olhos deles.

Sim, você é, e sim, deveria. Você os odeia por isso.

— É só por um tempinho — diz sua mãe. — Até você se sentir melhor.

— Se não tivesse vindo para cá — insiste seu pai —, teria piorado muito. Sabemos que é difícil, mas também que você é corajoso.

Você não se sente corajoso, nem confia neles o bastante para acreditar no que dizem.

— Temos uma boa notícia — contam. — O resultado da sua ressonância magnética foi negativo. Você não tem um tumor cerebral, nem nada desse tipo.

Até eles tocarem no assunto, a possibilidade jamais lhe havia ocorrido. E, agora que tocaram, você não acredita nos resultados.

— Não foi tão desagradável assim, foi? A ressonância?

— Muito barulhenta. — Basta pensar naquele momento para os dentes recomeçarem a bater.

Seus pais vêm e vão, vêm e vão. É a sua única maneira de medir os dias. E eles falam sobre você quando pensam que não está ouvindo — como se fosse a sua audição e não a sua mente que tivesse sido afetada. Mas você ainda consegue ouvi-los do outro lado da sala.

— Há alguma coisa nos olhos dele agora — diz um dos dois. — Não sei como descrever isso. Não consigo olhar para eles. — E isso quase te faz rir, porque eles não veem o que você vê quando olha nos olhos *deles*. Verdades que ninguém mais pode ver. Conspirações e conexões tão distorcidas e pegajosas como a teia de uma viúva-negra. Você vê demônios nos olhos do mundo, e o mundo vê um poço sem fundo nos seus.

84 Paisagem Perdida

Às vezes, nem você mesmo consegue entrar na sua cabeça. Pode dar voltas ao redor dela, pode batê-la nas paredes, mas não entrar.

— Isso não chega a ser mau — diz o dr. Poirot. — Porque, no momento, as coisas dentro dela não estão lhe fazendo muito bem, estão?

— Não estão me fazendo muito bem — repete você. Ou é ele quem está repetindo as suas palavras? Nunca é possível ter certeza, já que causa e efeito se tornaram tão mutáveis quanto o próprio tempo.

O dr. Poirot tem um olho de vidro. Você só sabe disso porque seu companheiro de quarto contou, mas, agora que presta atenção, vê que é ligeiramente menor e não se move tão bem quanto o outro. O dr. Poirot usa camisas havaianas de cores berrantes. Diz ele que é para deixar os pacientes mais à vontade. O dr. Poirot pronuncia seu nome PuaRRÔ.

— Como o detetive nos livros de Agatha Christie. Mas você deve ser jovem demais para conhecer esse personagem. Os tempos mudam, os tempos mudam.

O dr. Poirot tem uma folha de onde "cola" tudo sobre o paciente. Até coisas que o próprio paciente ignora. Como é que se pode depositar uma gota de confiança num sujeito desses?

— Esqueça os problemas do mundo exterior. Seu dever agora é descansar — sentencia ele, folheando as páginas da sua vida.

— Meu dever é descansar — você repete, irritado por não conseguir oferecer nada além de um eco. E nem sabe se são os medicamentos que estão fazendo isso, ou se é o seu cérebro em curto-circuito.

Você se pergunta se pode receber alguns objetos de casa, mas não sabe quais pedir. Tem roupas para vestir no hospital, mas nenhum cinto ou enfeite. Livros são permitidos, mas não lápis de ponta fina ou canetas esferográficas: nada que possa ser usado como arma contra si mesmo ou os outros. Eles permitem instrumentos de escrita na sala de recreação, mas são constantemente vigiados pelos *pastéis*.

Horas mais tarde, um espetacular jorro de vômito devolve seu café da manhã e os primeiros comprimidos do dia na sala de recreação.

Sem nenhum aviso prévio, derramando-se por toda a mesa do quebra-cabeça como espuma de mar.

A garota que parece passar a vida montando aquele quebra-cabeça arma um escândalo.

— Você fez isso de propósito! — grita a eterna quebra-cabecista. — Tenho certeza absoluta! — Ela tem cabelos azuis com raízes louras. E você suspeita que essas raízes são a medida exata de quanto tempo ela está internada. No instante em que você vomita no quebra-cabeça, ela pula em cima de você e o empurra violentamente contra a parede, mas você está dopado demais para se defender. Agora, está com uma equimose feia no braço, mas a dor também é amortecida, como todas as outras partes do seu sistema nervoso.

Uma persona pastel se apressa a conter a eterna quebra-cabecista antes que ela arranque seus olhos, enquanto outra conduz você para fora da sala. Sempre há personas pastéis por perto, entrando em ação depressa quando alguém sai da linha. Quando a coisa fica muito feia, vêm os seguranças de preto, mas você não acha que andam armados, porque é muito fácil para uma pessoa desesperada roubar uma arma.

Ao sair da sala, você ouve a quebra-cabecista chorando. E também sente vontade de chorar pela paisagem perdida, mas o que sai da sua boca é uma risada que te faz se sentir ainda pior, por isso ri ainda mais alto.

85 Toda Carne Deve Ser Amaciada

De novo na Cozinha de Plástico Branco. Há várias formas ao redor que às vezes fazem sentido, e outras não. Monstros com intenção maligna usam máscaras mutáveis. Vozes se unem num coro cacofônico, e não se sabe de que direção ou dimensão estão vindo — uma das três dimensões básicas, ou alguma outra que só é acessível por aquela parte da sua cabeça que dói o tempo todo.

No sonho de hoje, você sua em bicas. A cozinha está um forno. O que só faz com que a cabeça doa mais ainda.

— Tenho um tumor no cérebro — diz você à máscara sem corpo que está ao lado de uma prancheta flutuando.

— Não, não tem — responde ela.

— É inoperável — insiste você. Não sabe se a máscara é homem ou mulher. Isso lhe parece proposital.

— A ressonância magnética e a tomografia computorizada não mostraram nada de anormal — informa a máscara, observando a prancheta. Você não discute, porque não quer ser enfiado novamente no canhão.

De repente, a máscara ganha mãos, ou talvez já as tivesse antes e só agora se tornaram visíveis. Você sente a pressão no alto do braço e, quando olha, vê que o braço inteiro foi enfiado na base de uma guilhotina.

— Fique quieto, só estou checando seus sinais vitais — diz a máscara ele-ou-ela.

A lâmina da guilhotina despenca. Você vê o braço cair no chão como uma truta num barco. Solta um gemido, e a máscara diz:

— Muito pequeno. Joga de volta! — E atira o braço por uma janela aberta que não estava lá segundos antes. Mas, quando você olha, vê que o braço ainda está preso ao corpo.

— A sistólica ainda está alta. Vamos aumentar a dose de Clonidine — diz a máscara. — Se não der certo, vamos estourar a sua cabeça como um balão.

Algumas dessas coisas são ditas, outras não. Mas você ouve todas elas do mesmo jeito, sem saber quais são pronunciadas em voz alta e quais são enviadas telepaticamente.

— Vamos dar uma olhada na sua equimose. Vou pôr o dedo bem no ponto. — Ele-ela toca a mancha roxa na carne, causada pela quebra-cabecista de cabelos azuis. — Hummm... bem no ponto — diz ou não ele-ela. — Ótimo! Queremos nossa carne macia como manteiga. — Em seguida, deixam você sozinho, cozinhando lentamente nos seus próprios sucos.

86 Rodeio Terapêutico

É impossível saber o que são as porcarias que servem para os jovens entre essas paredes institucionais horrivelmente nuas. Frango, talvez? Ensopado de vitela? A única coisa que dá para identificar é a gelatina. Que é servida aos montes, com pedacinhos de pêssego ou abacaxi atolados, suspensos na trêmula transparência vermelha. E você se identifica com o seu triste estado. Principalmente quando a medicação faz efeito. Há momentos em que o mundo ao redor é gelatinoso, e é preciso uma força de vontade tão descomunal para fazer o menor gesto, que não vale a pena.

Você se limita a existir entre uma refeição e outra, apesar do fato de que a comida não significa mais nada, porque não sente mais qualquer apetite, nem paladar. Um efeito colateral do coquetel mágico de antipsicóticos.

— Isso é apenas temporário — afirma o dr. Poirot. — Apenas temporário.

O que não significa grande coisa, já que o tempo não anda mais para frente. Nem para o lado. Agora ele só roda sem sair do lugar, como uma criança até ficar tonta.

Você aprende a medir o tempo pelas sessões de terapia.

Três vezes por dia, durante uma hora, eles te prendem num círculo e te forçam a ouvir coisas tão horríveis que nunca mais saem da sua cabeça. Uma garota descreve, em detalhes grotescos, como foi estuprada mil vezes pelo filho do padrasto, até tentar cortar a própria garganta. Um garoto explica passo a passo como é se injetar heroína e se prostituir nas ruas para sustentar o vício. Os demônios que esses jovens enfrentam são horríveis, e você só quer fugir, fugir, tapar os ouvidos, mas é forçado a ouvir porque é "terapêutico". E se pergunta quem foi o imbecil que decidiu que era boa ideia torturar jovens desequilibrados forçando-os a ouvir os pesadelos vivos uns dos outros.

Quando conta aos seus pais sobre isso, para sua surpresa, eles ficam tão furiosos quanto você.

— Meu filho tem quinze anos! — exclama seu pai para o chefe dos pastéis. — Vocês o estão expondo a horrores a que nenhum adolescente deveria ser exposto, muito menos um que está doente, e chamam a isso de terapia?

Boa, pai. É o primeiro sinal de que talvez ele não seja impostor.

As queixas produzem resultados. Um novo "facilitador" assume o grupo de terapia para pôr um freio nos depoimentos e impedir que o rodeio terapêutico se torne traumático demais para mentes jovens e impressionáveis.

— Não estou aqui para fazer uma lavagem cerebral em vocês, apenas para ajudá-los a dizerem o que pensam.

O nome do cara é Carlyle.

87 Todo o Nosso Trabalho

— Os sonhos que você anda tendo me perturbam — diz o capitão. — Eles tresandam a malignidade e intenções subversivas.

Estamos sentados no seu escritório, enquanto ele fuma um cachimbo fumegante, cheio de algas marinhas recolhidas do oceano. O poleiro do papagaio está vazio.

— Mas os sonhos nos dão insight — observo.

O capitão se inclina para mim, a fumaça acre do cachimbo fazendo meus olhos arderem.

— Não esses sonhos.

Toda hora me pego esperando que o papagaio dê uma opinião, esquecendo que ele não está no aposento. Já me acostumei de tal maneira a ver o capitão e o papagaio como uma dupla, que estou me sentindo desconfortável.

— Os demônios mascarados de que você fala nos sonhos ambientados na cozinha branca ameaçam desfazer todo o nosso trabalho — diz o capitão —, e a nossa viagem terá sido em vão.

Imagino se o papagaio terá sofrido o mesmo destino do pai e sido forçado a fazer uma visita indesejada à cozinha do navio, que não chega nem perto de ser tão desolada e brilhante quanto a minha cozinha onírica. Será que ele teve um encontro fatídico com a tábua de cortar carne? Muitas vezes desejei vê-lo pelas costas, mas agora sua ausência está me dando um mau pressentimento.

O capitão não poderia tê-lo eliminado, porque está mancomunado comigo. Enquanto eu for uma parte fundamental dos planos tanto do capitão como do papagaio, os dois estarão seguros, desde que eu não avance em nenhuma das duas direções. Há momentos em que quero que ambos sobrevivam. Em outros, quero que morram. Mas vivo com medo de que só um deles sobreviva.

— Preste atenção ao que vou dizer — ordena o capitão. — Você não deve mais ir à cozinha branca. Mantenha os olhos fechados à luminosidade excessiva. Resista àquele lugar com cada fibra do seu ser. Tudo depende de permanecer aqui, conosco. Comigo.

88 Maré Tóxica

Você não dorme exatamente, e sim empresta oito horas da morte. Quando o efeito dos medicamentos chega ao auge e você não consegue entrar na sua cabeça, sonhar também se torna impossível. Talvez, nas primeiras horas do dia, logo antes de acordar, até consiga dar uma fugidinha ao inconsciente, mas só para acordar pouco depois.

Você acaba aprendendo o padrão do seu bombardeio químico particular. O torpor, a falta de concentração, a sensação artificial de paz quando as drogas entram no seu organismo. A paranoia e a ansiedade diminuindo. Quanto pior você se sente, mais afunda nas águas traiçoeiras dos pensamentos. Quanto maior é a ameaça interior, mais anseia por essas águas, como se tivesse se acostumado aos tentáculos terríveis que tentam arrastá-lo para o seu abraço esmagador.

Às vezes, você entende por que precisa do coquetel de medicamentos. Outras vezes, não consegue acreditar que chegou a pensar uma coisa dessas. E assim por diante, subindo e descendo como uma maré, tóxica e terapêutica ao mesmo tempo.

Quando a maré está alta, você acredita nas paredes desse lugar. Quando está baixa, começa a acreditar em outras coisas.

— Assim que a química do seu cérebro começar a entrar em ordem — diz o dr. Poirot —, a diferença entre o que é real e o que não é se tornará cada vez mais clara.

Você não está totalmente convencido de que isso é bom.

89 Ruas Verdes de Sangue

— Ele passa o dia inteiro olhando os mapas — conta Carlyle, o terapeuta. — Nós o chamamos de "navegador".

O rapaz sentado à mesa no canto da sala de recreação estuda atentamente um mapa da Europa. É impossível não sentir certa curiosidade.

— Por que o mantém de cabeça para baixo? — você pergunta.

Ele não desgruda os olhos do mapa.

— É preciso romper os padrões conhecidos para ver o que realmente está lá. — Faz sentido. Você já fez isso, portanto sabe o que ele quer dizer.

Com um marcador verde, ele desenha linhas conscientes entre as cidades, como se soubesse exatamente o que está fazendo. O mapa é uma teia caótica de riscos dessa cor.

— Decifre o padrão, e ele decifrará todo o resto — afirma o rapaz, o que te dá um calafrio, porque essa ideia se parece muito com as suas. Você se senta diante dele. É um rapaz mais velho, de uns dezessete anos. Tem um esboço de cavanhaque no queixo que se esforça para se expressar, mas ainda faltam seis meses para que se torne uma realidade.

Finalmente, ele levanta os olhos com a mesma intensidade de quando estava esquadrinhando o mapa.

— Meu nome é Hal — diz e estende a mão para um aperto, abaixando-a antes que você possa segurá-la.

— Apelido de Haldol?

— Engraçadinho. De Harold, mas essa é só a designação dada pelos meus progenitores. Não sou mais Harold do que sou Seth, o deus egípcio do caos. Embora Seth seja meu segundo nome, o que me condena.

Ele balança o marcador entre os dedos e murmura palavras que rimam com "condena", o que acaba fazendo com que o marcador vá parar em Viena.

— Mozart! — exclama. — O violino era seu instrumento favorito. Foi aqui que ele morreu na miséria. — E pousa o marcador em cima da fronteira da cidade. A tinta verde começa a sangrar pelos bairros da periferia. — É aqui que tudo vai começar — afirma. — Pensei que tinha começado ontem, mas me enganei. Desta vez, estou certo.

— O que vai começar?

— Esse detalhe é uma tolice. — Então, murmura: — Tolice, fofice, Clarice, Alice!

Ele pula da cadeira, corre até o pastel mais próximo e pergunta se podem passar o DVD de *Alice no País das Maravilhas* — o mais sinistro, com Johnny Depp —, porque há algo de muito importante no filme que ele precisa ver imediatamente.

— Não temos esse — informa o pastel. — Que tal o desenho animado da Disney?

Hal faz um gesto, enojado.

— Por que todo mundo aqui é tão imprestável? — pergunta-se, olhando para você. — Com exceção da sua pessoa, é claro.

Como é bom, pela primeira vez, ser excluído da multidão dos imprestáveis.

90 Atlas Dopado

Hal se torna seu companheiro de quarto. O anterior, cujo nome e rosto você já esqueceu, teve alta pela manhã, e Hal é transferido antes mesmo que a cama do garoto esfrie.

— Vocês parecem se dar bem — diz uma persona pastel. — Hal não consegue dividir um quarto com ninguém, mas de você ele gosta. Vai entender...

Não dá para saber se isso é um elogio ou um insulto.

Hal chega com um portfólio abarrotado de mapas arrancados de atlas e afanados de bibliotecas.

— Às vezes, minha mãe me traz uns novos — conta ele. — Todo vício é um passo na direção certa.

Ele escreveu mil coisas misteriosas nas linhas que traça entre as cidades. E profere ideias desconexas com tanta autoridade que você chega a sentir vontade de tomar nota e pendurá-las na parede, mas os instrumentos de escrita só são permitidos na sala de recreação.

— O ser humano vive perdido numa falta de existência lógica, tecnológica, fisiológica e astrológica que poderia ser descrita como um vastíssimo nada levemente temperado com uma óbvia dose de uísque — diz Hal. E você gostaria de decorar isso para recitar para os seus pais e mostrar que você também é profundo... mas, ultimamente, as coisas entram por um ouvido e saem pelo outro, elas se teletransportam, evitando o espaço entre um e outro.

Hal discorre sobre matemática, a perfeição euclidiana e a proporção áurea. Você conta a ele sobre as linhas de sentido invisíveis que sente se estenderem e se enrolarem através e ao redor das pessoas na sua vida. Ele fica excitadíssimo, o que também te excita.

— Você entende! — exclama ele. — Consegue enxergar o todo.

E, embora o seu todo não seja o mesmo dele, os dois parecem se entrelaçar harmoniosamente, como trechos de uma partitura, incompreensíveis a quem não saiba ler música, até todos os instrumentos começarem a tocar.

— Sua arte é um mapa — diz Hal. — Linhas e curvas que contêm continentes plenos de sentido, pontos de comércio e cultura, rotas mercantis e turísticas em cada curva. — Ele passa o dedo pelas linhas de sua mais recente criação, que está colada na parede. — O que percebemos como arte, o universo percebe como um conjunto de direções — proclama. Mas, para onde essas direções apontam, isso nenhum de vocês dois sabe.

91 Não Está nas Olimpíadas

Você esvazia o prato do almoço sem pensar. Quando olha para o prato vazio, por alguns instantes está nas Olimpíadas. É o arremessador de discos. Gira, gira, gira, lutando contra a densidade do ar induzida pelas drogas, e atira o prato, certo de que está prestes a ganhar uma medalha de ouro. Ele bate na parede, mas não se estilhaça porque é de plástico. Então, você percebe que não está nas Olimpíadas. A decepção é enorme. Os pastéis te cercam num instante, convictos de que isso foi um rompante de violência, e querem impedir outro.

— Você não pode derrubar as paredes desse jeito — diz Hal calmamente, sentado a outra mesa do refeitório. — Nem as janelas. Eu já tentei. Tentar, sentar, sentir, consentir: não consentem que a gente use nem cadarços. *Cadarços!* Porque sabem o quanto eu detesto chinelos.

92 O Mais que Desconhecido

Desde que saí do canhão quase intacto, os outros marinheiros olham para mim com assombro.

— Ele é especial — diz o capitão.

— É, sim, é, sim — concorda o papagaio.

Os dois encenam o tempo todo, fingindo cordialidade, mas só para que a traição final se torne ainda mais prazerosa. Embora eu não confie em nenhum deles, sei que mais cedo ou mais tarde vou ter que escolher um dos lados.

— Seja o meu segundo olho — diz o capitão —, e terá riquezas e aventuras grandiosas, além da imaginação.

— Seja o *meu* segundo olho — diz o papagaio —, e eu lhe oferecerei algo que o capitão jamais oferecerá: um modo de sair deste navio.

Não consigo decidir qual das duas ofertas é a melhor, porque não sei qual dos dois territórios desconhecidos é mais aterrorizante: as aventuras do capitão, ou a vida em terra firme.

Tento propor o dilema para Carlyle, mas, como não sei a qual dos dois ele é leal, procuro camuflar a pergunta de modo a não despertar suspeitas.

— Se duas criaturas igualmente perigosas atacassem o nosso navio simultaneamente, de lados opostos, como decidiríamos qual delas abater, se só temos um canhão?

— Eu não saberia — diz Carlyle. — Ainda bem que não tenho que tomar esse tipo de decisão por aqui.

— Mas se tivesse...

Ele para de esfregar o convés por um momento e reflete.

— Se tivesse, as coisas seriam muito melhores — responde. E acrescenta: — Ou piores.

Acho irritante essa recusa de Carlyle em se comprometer com qualquer opinião. Até sobre si mesmo.

— Se está à procura de visão e sabedoria, então já sabe a quem deve perguntar — diz. E lança para a proa um olhar que completa a frase.

93 Não Há Outra Saída

Calíope não encontra resposta para o dilema das duas criaturas.

— Prevejo fatos futuros, não hipotéticos — diz ela, quase insultada por eu ter perguntado. — Vai ter que resolver esse sozinho.

Quase chego a lhe contar toda a verdade, mas então me dou conta de que ela tem razão. Ainda que revele que as feras reais são o capitão e o papagaio, sua resposta será a mesma. Só eu posso decidir. Não há outra saída.

A tempestade ainda paira no horizonte, mas nunca nos aproximamos dela, o que deixa o capitão cada vez mais frustrado.

— A corrente marinha é como uma roda de moinho debaixo da quilha — afirma. — Ela nos empurra para trás na mesma velocidade com que o vento nos impulsiona para frente. Navegamos com celeridade, sem ir a parte alguma.

— Precisamos de um vento mais forte — digo.

— Ou de um navio mais leve — sugere ele, fuzilando-me com seu único olho. Ainda me considera responsável pela transmutação do navio em cobre. Então se abranda, pondo as mãos nos meus ombros. — E, ainda assim, mais forte do que a madeira que agora reveste a nau... e o verde-claro das coisas é uma camuflagem melhor contra o céu e o mar. Ele nos protege dos terríveis olhos vigilantes das feras.

94 Massa Crítica

Hoje, você está num hospital. Ou, pelo menos, na parte da manhã. Ou nesta hora. Neste minuto. Onde vai estar daqui a três minutos é imprevisível. Mas já começou a notar que pouco a pouco a sensação de estar fora de si diminui a cada dia. Uma massa crítica é alcançada, e agora sua alma despenca sobre si mesma. Você está de volta à embarcação do corpo.

Só um. Só você. Só um indivíduo.

Eu.

Não sei exatamente quando isso acontece. É como o movimento do ponteiro das horas, lento demais para ser percebido a olho nu, mas, quando a gente se distrai por um momento, ele passou magicamente de um número para outro.

Estou aqui na Cozinha de Plástico Branco, que não é tão branca como eu me lembrava, e a mesa onde estou deitado se transformou numa cama. Meu corpo parece de borracha e o cérebro, de chiclete. A luz no teto faz os olhos doerem. O que será que todos precisam ver tão desesperadamente a ponto de necessitarem de tanta luz? E por que ainda me sinto como se estivesse prestes a ser devorado?

Ninguém vem, e nada acontece durante uma eternidade. Então, percebo que há um interruptor na parede diante da cama. Posso apagar a luz. Quer dizer, posso mas não posso, porque sou um pedaço de abacaxi suspenso numa gelatina. Nada além de uma necessidade urgente de ir ao banheiro pode me motivar a sair desta cama. Como não a estou sentindo no momento, não posso me mexer. E, pelo visto, Hal também não. Ignoro se ele está dormindo ou preso no mesmo molde de gelatina do outro lado do quarto. Cochilo e acordo, ainda incapaz de perceber a diferença. Então, a terra começa a balançar debaixo de mim, e eu relaxo, sabendo que em breve vou estar novamente em alto-mar, onde faço sentido, mesmo que nada mais faça.

95 Moinhos da Mente

Como se explica estar *lá* e *aqui* ao mesmo tempo?

É como aqueles momentos em que a gente relembra algum fato marcante que se gravou a ferro e fogo na memória. A ocasião em que você marcou o gol da vitória nas finais ou estava andando de bicicleta e foi atropelado por um carro. Seja a lembrança boa ou má, você é obrigado a revivê-la de tempos em tempos — e, às vezes, depois dessa visita ao passado, a volta ao presente é tão chocante que é preciso lembrar a si mesmo que não se está mais lá.

Agora, imagina viver assim o tempo todo, sem nunca saber ao certo quando vai estar aqui, lá ou em alguma zona intermediária. Se a única medida da realidade que se tem é a própria mente... o que acontece quando ela se torna uma mentirosa patológica?

Há as vozes, até mesmo as alucinações visuais quando a coisa fica feia — mas "estar lá" não tem nada a ver com vozes ou visões. Tem a ver com *acreditar* nas coisas. Ver uma realidade e acreditar nela são coisas totalmente diferentes.

Dom Quixote — o célebre louco da literatura espanhola — lutava com moinhos de vento. As pessoas pensavam que ele via gigantes quando os olhava, mas aqueles de nós que passaram por isso sabem a verdade. Dom Quixote via moinhos de vento, como todo mundo — mas *acreditava* que eram gigantes. O mais assustador de tudo é nunca saber no que se vai acreditar de uma hora para outra.

96 Divino Traficante

Minha amiga Shelby vem me visitar com meus pais. Ela avança lentamente pela gelatina na minha direção. É incrível como consegue se mover por ela.

— Já visitei você antes, lembra? Sabe quem eu sou?

Quero me irritar com a pergunta, mas não consigo mais sentir irritação. Não consigo sentir nada.

— Não e sim — respondo. — Não me lembro, mas sei quem você é.

— Você estava totalmente fora do ar da última vez.

— E agora, não estou?

— Tudo é relativo.

Fico em silêncio. Acho que isso é constrangedor para ela. Mas não me sinto constrangido. Só paciente. Posso esperar para sempre.

— Desculpe — diz ela.

— Tudo bem.

— Desculpe por pensar que você... enfim.

— Por pensar que eu...?

— Estava *usando*.

— Ah. Isso. — Relembro fragmentos da última conversa que tivemos na escola. Parece ter sido há mil encarnações. — Eu *estava* usando — digo a ela. — E Deus era o meu traficante.

Ela não compreende.

— Tropeçando nos meus próprios neurotransmissores. A maconha que eu usava já estava dentro de mim.

Ela balança a cabeça como se entendesse e muda de assunto. Não me importo.

— Max e eu ainda estamos trabalhando no game.

— Legal.

— Quando você sair, vamos te mostrar em que pé estamos.

— Legal.

Agora, ela está com lágrimas nos olhos.

— Seja forte, Caden.

— Tá, Shelby. Vou ser forte.

Acho que meus pais também participam da nossa partida de Apples to Apples, mas tenho a impressão de que o jogo não corre bem.

97 Posso Confiar em Você?

A garota está parada à contraluz de uma janela enorme que se estende do chão ao teto, de um canto ao outro da sala que o hospital chama de "Espaço Panorâmico". Foi concebida para dar aos pacientes uma sensação de liberdade ao ar livre em meio à esterilidade opressiva. Só que não funciona.

A garota está quase sempre ali, parada como um monólito enquanto olha pela janela gigantesca. Uma silhueta escura contra o brilhante mundo exterior, olhando eternamente para frente.

Quase tenho medo de ir até ela. Das primeiras vezes que a vi, fiquei a distância — mas, agora, a sensação de ser um pedaço de abacaxi fixo em gelatina já não é mais tão forte quanto das outras vezes. Estou aqui — não Alhures — e resolvo aproveitar esse fato. Atravessar a sala em direção a ela exige uma tremenda força de vontade. Em alguns momentos, estou perto o bastante para que ela me veja com o canto do olho.

Ela não faz qualquer gesto, nem dá o menor sinal de reconhecimento da minha presença. Não sei exatamente qual é a sua etnia. Ela tem cabelos castanhos sedosos e uma pele reluzente, da cor do carvalho polido. Nunca tinha visto alguém ficar imóvel assim durante tanto tempo. E me pergunto se é por efeito da medicação, ou se é o jeito dela mesmo. Acho fascinante.

— O que tem lá fora? — ouso perguntar.

— Tudo que não tem aqui — responde ela friamente, com um leve sotaque que é o suficiente para me dizer que é indiana ou paquistanesa.

A vista da janela é de uma série de montanhas onduladas e uma fileira de casas nas encostas que se acendem à noite como um pisca-pisca de Natal. Além das montanhas está o mar.

— Eu vi um gavião dar um rasante e voar carregando um filhote de coelho — conta ela.

— Puxa. Não é uma coisa que se veja todo dia.

— E senti o filhote morrer — prossegue, tocando o corpo na altura do fígado. — Senti aqui... — estende a mão até a lateral do pescoço — ... e aqui.

Fica em silêncio por um momento, e então acrescenta:

— O dr. Poirot me disse que essas coisas não são reais. E que, quando eu melhorar, vou saber disso. Você acredita nele? Porque eu não acredito.

Não respondo, porque não sei se posso confiar em qualquer coisa que o papagaio diga.

— O gavião era a minha esperança e o coelho, a minha alma.

— Muito poético.

Finalmente, ela se vira e olha para mim. Seus olhos escuros ardem com fúria.

— Não tive a intenção de ser poética, e sim de dizer a verdade. Você trabalha para o Poirot, não trabalha? Foi ele quem te mandou. Você é um dos olhos dele.

— Poirot que vá catar coquinhos — digo a ela. — Estou aqui porque...

Não consigo terminar a frase, e ela mesma faz isso:

— Porque tem que estar. Como eu.

— Sim. Exatamente. — Enfim, chegamos a um entendimento. Ainda não estamos totalmente à vontade, mas, pelo menos, o constrangimento diminuiu um pouco.

— Os outros falam de mim, não falam? — pergunta ela, voltando o olhar para o horizonte. — Eu sei que falam. Dizem coisas terríveis pelas minhas costas. Todos eles.

Dou de ombros. A maioria dos garotos por aqui parece não notar nada, a menos que invada o que cada um considera o seu espaço pessoal. Obviamente, para alguns, esse espaço pode cobrir a distância entre a Terra e a Lua.

— Nunca ouvi o pessoal dizer nada — respondo.

— Mas, se ouvir, você me conta? Posso confiar em você?

— Pois se *eu* não posso confiar em mim...

Isso a faz sorrir.

— Admitir que não pode confiar em si faz de você ainda mais digno de confiança. — Ela torna a se virar para mim. Seus olhos estudam meu rosto, sobem, descem, depois vão de um lado ao outro como se medissem a distância entre as orelhas. — Meu nome é Cali — diz ela.

— O meu é Caden.

Continuo ao seu lado, olhando pela janela, esperando ver gaviões matarem coelhos.

98 Potencial Degringolado

Eu costumava ter medo de morrer. Agora tenho medo de não viver. Há uma diferença. Passamos a vida planejando o futuro, mas às vezes esse futuro nunca chega. Estou falando de um futuro pessoal. O meu, para ser específico.

Há momentos em que posso imaginar as pessoas que me conhecem daqui a dez anos, dizendo coisas como "Ele tinha tanto potencial" e "Que desperdício".

Penso em tudo que quero fazer e me tornar. Um artista revolucionário. Um grande empresário. Um criador de games famoso. "Ah, ele tinha tanto potencial", lamentam os fantasmas do futuro em tom pesaroso, balançando as cabeças.

O medo de não viver é o temor profundo e duradouro de ver o seu próprio potencial degringolar num irredimível fracasso em que o "deveria ser" é esmagado pelo "é". Às vezes, penso que seria mais fácil morrer do que enfrentar isso, porque as pessoas têm "o que poderia ter sido" em muito mais alta conta do que "o que deveria ter sido". Garotos mortos são postos em pedestais, mas garotos com doenças mentais são varridos para debaixo do tapete.

99 Correndo nos Anéis de Saturno

Há um pôster motivacional no escritório de Poirot que mostra um corredor olímpico rompendo a fita de chegada ao final de uma corrida. A legenda diz: "Você pode não ser o primeiro nem o último, mas cruzará essa linha." Isso me faz pensar na equipe de corrida de que não cheguei a participar. O pôster de Poirot é uma mentira. Você não pode cruzar a linha de chegada se fugir da raia antes do primeiro treino.

— Esse pôster lhe diz alguma coisa? — pergunta Poirot, ao me ver observando-o.

— Se dissesse, provavelmente você mudaria a minha medicação — respondo.

Ele ri e pergunta como tenho passado. Respondo que estou achando tudo um nojo, e ele pede desculpas por isso, mas não move uma palha para tornar as coisas menos nojentas.

Ele me manda preencher um questionário que parece totalmente inútil.

— É para o plano de saúde — explica. — Eles adoram formulários.

Mas quem o visse olhar para a minha ficha à sua frente diria que ele também tem um fetiche por papelada.

— Seus pais me disseram que você é um artista.

— Acho que sim.

— Pedi a eles para lhe trazerem material para trabalhos manuais. Não permitimos nada que seja perigoso, é claro; a equipe decidirá o que você poderá receber. Tenho certeza de que será capaz de expressar sua criatividade.

— Que bom para mim.

Ele capta minha atitude como se fosse um cheiro no ar, e anota algo na ficha. Desconfio que o resultado vai ser alguma alteração no meu coquetel. Além de injeções ocasionais de Haldol, tomo quatro comprimidos duas vezes por dia: um para desligar os pensamentos, outro para desligar as iniciativas, um terceiro para contrabalançar os efeitos colaterais dos dois primeiros e um quarto só para fazer companhia ao terceiro. O resultado deixa meu cérebro numa órbita pra lá de Saturno, onde não pode incomodar ninguém, principalmente a mim mesmo.

Não posso imaginar um corredor que esteja tão distante assim cruzando a linha de chegada tão cedo.

100 Extremidades Fincadas no Chão

— Tenho me concentrado nas minhas pernas — diz Calíope enquanto me envolve no seu abraço frio e familiar acima do oceano. Estou dolorido pela dureza de suas mãos de cobre, que se tornaram ainda mais verdes do que o resto do navio. O que começou como sinais de oxidação no canto dos olhos e nas dobras dos cabelos ondulados terminou por se espalhar pelo resto do torso, fazendo com que o brilho adquirisse a pálida opacidade da resignação.

— Você não tem pernas — relembro a ela.

— Acho que agora tenho, sim. Pernas e pés. Dedos e unhas. Minha concentração produziu esse resultado. — Ela sussurra: — Você não pode contar isso para ninguém, principalmente o capitão. Ele não aprovaria.

— Ele tem medo de você.

— Ele tem medo de qualquer coisa que não possa controlar, e é perfeitamente capaz de mandar cortarem minhas pernas se achar que isso vai me impedir de fugir dele. — Ela se remexe, mas sem deixar que eu escorregue um segundo do seu abraço. — Se tenho pés, eles estão fincados no chão atrás de mim, no castelo da proa. Descubra o lugar que fica bem abaixo do convés principal, onde estibordo e bombordo se encontram para formar a proa. Descubra esse lugar, me diga se tenho pernas e se pode libertá-las.

101 Um Pedaço de Céu

— Cali não fica diante da janela porque gosta, e sim porque *precisa*.

Quem disse isso foi a garota de cabelos azuis — a eterna quebra-cabecista que monta guarda à paisagem do quebra-cabeça (agora limpo do vômito) com a própria vida. Ela só gosta de conversar comigo quando tem alguma coisa venenosa a dizer sobre alguém.

— Ela é minha companheira de quarto, e, pode crer, é louca de pedra. Pensa que o mundo exterior desaparece quando ela não está olhando.

Fico observando enquanto a garota de cabelos azuis tenta encaixar uma peça num espaço onde é óbvio que não cabe. Então, ela toca o nariz duas vezes, tenta encaixar a peça no mesmo lugar, e torna a tocar o nariz mais duas vezes. Só depois de repetir o procedimento três vezes é que se permite pegar outra peça.

— Ela não pensa que o mundo desaparece — explico. — Ela *tem medo* de que desapareça. Há uma diferença, percebe? É o medo que ela tenta evitar.

— De um jeito ou de outro, é uma idiotice.

Sinto vontade de dar uma patada nessa garota, de dizer que a idiota é ela, de repente até virar a mesa e espalhar as peças do quebra-cabeça em todas as direções. Mas não faço isso — porque não se trata de idiotice. Suspeito que Cali seja brilhante. E talvez a garota de cabelos azuis também. Não, o problema não é a inteligência, e sim o espelho retrovisor no chão. O problema é que aquela luzinha da "checagem do motor" é totalmente inútil, e as únicas pessoas capacitadas a dar uma espiada debaixo do capô não podem abrir a porcaria.

Não, não dou uma patada nela, só pergunto:

— O que você tem medo de que aconteça se não tocar o seu nariz duas vezes?

Ela fixa os olhos em mim bruscamente, como se eu tivesse lhe dado um tapa, mas então percebe que não estou debochando, e sim fazendo uma pergunta honesta. Quero mesmo saber.

Ela torna a olhar para o quebra-cabeça, mas não tenta encaixar nenhuma peça.

— Se não faço isso — diz em voz baixa —, tenho a sensação de que estou caindo. Se não faço isso, meu coração bate tão depressa que chego a ter medo de que exploda. Se não faço isso, não consigo respirar, como se o ar tivesse sido sugado. — Então, envergonhada, ela toca o nariz duas vezes e tenta encaixar outra peça.

— Você não é nenhuma louca — sussurro para ela.

— Nem eu disse que era.

Levanto-me para ir embora, mas ela segura meu pulso e o aperta, forçando minha mão a se abrir. Então, coloca uma peça na minha palma. É azul. Um pedaço do céu. Sem qualquer marca que o distinga ou identifique a parte do céu a que pertence. O tipo de peça mais difícil de encaixar.

— Pode ficar com ela por um tempo, mas traz de volta quando eu terminar o quebra-cabeça, tá? — Então, acrescenta: — É o meu nome. Céu. Nome besta, né?

Embora a peça não tenha a menor utilidade para mim, aceito-a e agradeço — porque sei que o que importa não é o fato de me ser inútil, e sim o de Céu ter aberto mão dela.

— Vou guardá-la com todo o cuidado — prometo.

Ela assente e volta ao ritual da montagem.

— Cali gosta de você — diz, por fim. — Não estrague isso bancando o tarado.

102 Unhas Impacientes

Raramente Hal recebe visitas. Quando isso acontece, é da mãe. Uma mulher muito bonita, que nem parece ter idade para ser mãe de um garoto de dezessete anos. Ela sempre chega parecendo ter saído do cabeleireiro, mas acho que também é assim no dia a dia.

Não só ela se destaca entre os outros pais, como se mantém afastada deles. Parece se revestir de uma aura protetora, como um traje de segurança que ninguém mais pode ver. Este lugar não pode tocá-la. Os comentários ilógicos, bizarros e profundos de Hal não podem perturbá-la.

Durante a última visita, escuto por acaso quando ela se queixa de uma mosca que parece se sentir atraída pelo seu perfume e não a deixa em paz.

— As moscas são terríveis agentes da polícia secreta que nos estraçalham como se fôssemos carniça — diz Hal. — Nossos pensamentos são apenas a pele.

Sem se abalar, ela dá um gole numa Coca Zero e fala sobre o tempo. Está fazendo "um frio atípico para esta época do ano". Nem lembro mais qual é a estação, só sei que não deve ser o inverno, já que é a única em que o frio não é atípico.

A mãe de Hal tem umas unhas tão compridas, que não deve conseguir fazer nada direito, e sempre pintadas com tal precisão que a gente quase se esquece de olhar para os peitos, que, como numa estátua renascentista, foram esculpidos à perfeição por mestres dessa arte.

Certa vez, perguntei a Hal com o que ela trabalhava.

— Ela é colecionadora — respondeu ele, sem entrar em detalhes.

Hal não foi criado por ela, e sim pelos avós, até eles morrerem e ele ser mandado para um orfanato.

— Ela foi muito malhada como mãe, talvez porque vá à academia todos os dias — contou ele, certa vez. E também que o primeiro mapa que desfigurou era da Califórnia. Ele traçou linhas entre todos os lugares onde tinha vivido. E achou os padrões muito interessantes.

Quando a mãe de Hal se senta para conversar com o filho, ela fala em frases curtas e ensaiadas. Faz perguntas como uma apresentadora de talk show e fornece informações como uma âncora de telejornal. Fica tamborilando com as unhas na mesa de um jeito tão impaciente que depois de um tempo é o único barulho que consigo ouvir na sala de recreação, o que me obriga a ir embora, porque sinto as unhas se cravando no meu cérebro, e aí começo a acreditar que isso está mesmo acontecendo, o que estraga o resto do meu dia.

As pessoas bonitas costumam ser perdoadas por muitas coisas — e talvez ela sempre tenha vivido assim, mas eu não a perdoo por nada —, e nem sei que coisas horríveis já fez além de ser considerada inepta para a maternidade. Mas o que mais me enfurece é que ela tem pica pra fazer com que meus pais subam no meu conceito.

103 Mantras Mágicos e Poodles de Látex

Meu pai tem o hábito irritante de dizer a mesma coisa sempre que algo ruim acontece: "Tudo nesta vida é passageiro." O que me chateia é que ele sempre tem razão. E o que me chateia mais ainda é que, depois que a coisa passa, ele sempre joga isso na minha cara, com ar presunçoso: "Eu não disse?"

Ele não tem dito mais isso, porque mamãe comentou que era brega. Talvez seja, mas o pior foi descobrir que agora sou eu que digo. Por pior que esteja me sentindo, eu me obrigo a dizer que vai passar, mesmo que não esteja pronto para acreditar. *Tudo nesta vida é passageiro.* É incrível como pequenas coisas assim podem fazer uma grande diferença.

É como aquele antigo slogan da Nike: *Just do it.* Mamãe adora contar que ganhou muito peso quando Mackenzie nasceu; malhar parecia tão exaustivo que ela nem sabia por onde começar, aí só comia e engordava. Por fim, começou a dizer a si mesma "Just do it", e esse foi o mantra mágico que fez com que voltasse a se exercitar regularmente e conseguisse perder todos os quilos extras antes de Mackenzie fazer dois anos. Por outro lado, houve um culto bizarro cujos fiéis cometeram suicídio em massa usando tênis novinhos da Nike, numa espécie de homenagem distorcida ao slogan.

Imagino que até um simples slogan possa ser deturpado do jeito que se quiser, como uma escultura de balões em formato de cachorro — dá até para emendar o focinho com o rabo, fazendo do bicho um laço de forca. No fim, a medida de quem somos está no formato dos nossos poodles de látex.

104 Carneiro Desordeiro

Uma carranca só vê o que está na proa do navio, nada no interior, por isso Calíope só pode especular qual seja o caminho para se penetrar no castelo da proa, onde suas pernas, se existirem, estão fincadas. Ela calcula que eu possa chegar lá se partir dos conveses mais baixos, mas está enganada: a única maneira de entrar no castelo da proa é atravessando uma grade no convés principal. A grade é trancada por um cadeado de aço, cujo brilho contrasta ironicamente com a pálida camada de verde que recobre o resto do navio. Dou uma espiada por trás da grade, mas reina a escuridão.

— Procurando algo em especial, algo em especial?

A voz estridente do papagaio me assusta. Seguindo seu som, olho para a frente da popa e o vejo empoleirado na cabeça de Calíope. Ela não se contorce para afugentá-lo, nem faz menção de agarrá-lo. Chego a me perguntar se ele sabe que ela ganhou vida. Talvez ela se mantenha totalmente imóvel justamente por não querer que saiba.

— Nada em especial — respondo, sabendo que não vou poder me afastar se não lhe der uma resposta em que ele acredite. Olho para a grade quadrada acima do castelo da proa. — Estou só imaginando o que tem ali.

— É uma área de armazenamento — responde o pássaro. — Armazenamento, alojamento, escoamento, descaramento — recita, imitando a voz do navegador. Então, dá uma risada, envaidecido com a imitação. Mas não passou nem perto. A voz, sim, mas não a cadência. Cadência, carência, careiro, carneiro. É mais desse jeito.

— Fique esperto! — aconselha o papagaio. — Não se deixe distrair por coisas chamativas, e não se esqueça do que eu disse sobre o capitão. O que precisa ser feito.

— Carneiro, desordeiro, destino, desatino — digo a ele, humilhando sua imitação.

— Muito bom, muito bom — diz ele. — Tenho fé em você, marinheiro Bosch. Fé em que fará a coisa certa quando houver uma coisa certa a fazer. — Em seguida, ele voa até o cesto da gávea.

Naquela noite, o papagaio providencia para que haja costeletas de carneiro no cardápio, a fim de me lembrar da nossa conversa — embora eu não faça a menor ideia de onde se arranjam costeletas em alto-mar, e temo que não sejam de carneiro em absoluto.

105 Fora de Alinhamento

— Há muitas maneiras de se ver o mundo — diz o dr. Poirot num dos meus dias de maior lucidez, quando sabe que vou assimilar suas palavras, não apenas repeti-las. — Todos nós temos os nossos constructos. Alguns creem que o mundo é mau, outros, que é um lugar fundamentalmente bom. Alguns veem Deus nas coisas mais simples, outros veem um vazio. São mentiras? Ou verdades?

— Por que está me perguntando?

— Só estou observando que o seu constructo se desalinhou com a sua realidade.

— E se eu gostar do meu "constructo"?

— Ele pode ser muito sedutor, muito sedutor. Mas o preço por vivê-lo é alto.

Ele se mantém em silêncio por um momento, deixando que as palavras calem fundo, mas ultimamente meus pensamentos tendem mais a flutuar do que a afundar.

— Seus pais e eu, aliás, toda a equipe, queremos o melhor para você. Nós estamos aqui para ajudá-lo a se recuperar. Preciso ter certeza de que você acredita nisso.

— E que diferença faz se eu acredito ou não? O senhor vai fazer o que quiser de um jeito ou de outro.

Poirot assente e me brinda com o que parece ser um sorriso irônico, mas uma vozinha de esquilo na minha cabeça diz que é sinistro. As vozes podem ser abafadas pelos medicamentos, mas não totalmente silenciadas.

— Acredito que o senhor queira me ajudar — digo a ele —, mas daqui a cinco minutos posso não acreditar mais.

Ele aceita isso.

— Sua honestidade ajudará na sua recuperação, Caden.

Essa declaração me enfurece, porque eu não tinha me dado conta de que estava sendo honesto.

De volta ao quarto, peço a Hal para refletir sobre o assunto: ele acredita que tudo que fazem aqui é para o nosso benefício?

Hal demora a responder. Tem se mostrado mais antissocial do que nunca desde a última visita da mãe. Pelo visto, isso é um padrão. Eles aumentaram a dose do antidepressivo, o que não parece deixá-lo menos deprimido, mas o ajuda a se esquecer de que está.

— O que eles fazem aqui não tem nada a ver com o preço do café em Camarões — diz ele, por fim. — Nem com o preço dos camarões no Peru.

— Nem com o preço do peru na Dinamarca.

Ele me lança um olhar penetrante e balança o dedo.

— Não meta a Dinamarca na equação, a menos que esteja disposto a arcar com as consequências.

Como não estou, sugiro outros países.

106 A Pele de Quem Fomos

Cali e eu não estamos no mesmo grupo de terapia. Peço que me transfiram para o dela, mas não acredito que eles acolham esse tipo de pedido.

— Tenho certeza de que o grupo é o mesmo — diz Cali durante o café, certo dia —, só que ninguém no meu grupo é novato. Provavelmente, somos um pouco menos ingênuos. Tivemos a arrogância de achar que não voltaríamos mais para cá. Agora, estamos mais humildes. Ou mais fartos de tudo. Ou as duas coisas.

— Hal está no meu grupo, e ele não é um novato — observo.

— Bem, ele pode ter frequentado e depois saído — diz Cali —, mas acho que a primeira vez dele nunca chegou a acabar.

Faço companhia a ela diante da ampla janela do Espaço Panorâmico sempre que posso — ou seja, sempre que meus pés me permitem ficar num único lugar.

Hoje, enquanto ela observa corajosamente o mundo, desenho as mil coisas aleatórias que me passam pela cabeça. O hospital abriu uma exceção ao permitir que eu use marcadores fora da sala de recreação. Acho que é um sinal de que estou fazendo progresso. Mas os lápis continuam proibidos. Marcadores têm menos chances de provocar ferimentos, intencionais ou acidentais.

Às vezes, Cali e eu conversamos, outras, não. Às vezes, seguro sua mão — o que, a rigor, não temos permissão para fazer. Nenhum contato físico é permitido. A interação humana aqui deve ser verbal, ou não acontecer.

— É bom quando você faz isso — diz ela, no momento em que, certo dia, seguro sua mão. — Impede que eu caia.

De onde ela poderia cair, não faço a menor ideia. Nem pergunto. Acho que ela vai acabar me contando, se quiser.

Suas mãos são frias. Ela diz que tem má circulação nas extremidades.

— É genético — explica. — Minha mãe também é assim. Ela esfria uma xícara de café só de levá-lo para a pessoa.

Não me importo com a frieza de sua mão. Geralmente, tenho a temperatura muito alta. Além disso, a mão dela se aquece depressa quando a seguro. É bom saber que posso ter esse efeito sobre Cali.

— Já é a minha terceira internação — conta ela. — Meu terceiro episódio.

— Episódio.

— É assim que o chamam.

— Como se fosse uma minissérie.

Ela sorri ao ouvir isso, mas não chega a rir. Cali nunca ri, mas a sinceridade de seu sorriso compensa isso.

— Eles dizem que, quando eu estiver pronta para parar de olhar por esta janela, talvez esteja pronta para ir para casa.

— E você está chegando perto? — pergunto por puro egoísmo, querendo que ela diga que não.

Ela não responde. Em vez disso, diz:

— Mais do que qualquer coisa, quero ir embora... mas, às vezes, viver lá em casa é mais difícil do que aqui. É como dar um mergulho no mar gelado num dia quente de verão: a gente quer fazer isso mais do que tudo, mas sem sentir o choque da água fria.

— Pois eu adoro essa sensação — digo a ela.

Ela se vira para mim, abre um sorriso e aperta a minha mão.

— Você é tão estranho.

E volta o observar a paisagem, que permanece imutável: nem um único gavião no céu à procura de um coelho.

— Em casa, eles esperam que a gente esteja curada — continua ela. — Dizem que entendem, mas as únicas pessoas que realmente entendem são as que também estiveram Naquele Lugar. É como um homem dizer a uma mulher que sabe como é dar à luz. — Ela se vira para mim, abandonando a paisagem por um momento. — Você nunca vai saber como é, portanto não finja que sabe.

— Não finjo. Quer dizer, não vou fingir. Mas, até certo ponto, sei como é ser você.

— Acredito. Mas você não vai estar comigo quando eu for para casa. Vão ser só meus pais e irmãs. E todos pensam que os remédios deveriam ser mágicos, e ficam furiosos comigo quando percebem que não são.

— Sinto muito.

— Mas se eu aguentar o tranco — diz ela —, vou acabar me adaptando. Vou me encontrar e voltar a ser como era antes. É o que acontece com a gente, entende? A gente se encontra. Embora cada vez seja um pouco mais difícil. Os dias passam. As semanas. Aí a gente se espreme na pele de quem era antes de tudo isso, cola os cacos e segue em frente.

Isso me faz pensar em Céu, a quebra-cabecista, e na peça do jogo que ela me deu. Sempre a carrego no bolso como um lembrete, embora não me lembre do que deveria me lembrar.

107 A Chave do Castelo da Proa

O navegador pode ser um cara brilhante, mas não me atrevo a lhe perguntar sobre o castelo da proa, e como entrar lá, porque ele também é curioso e vai querer saber por que estou perguntando. Não contei a ele sobre o tempo que passei com Calíope, porque sei que ele não consegue guardar segredos: vai dar com a língua nos dentes em tantas rimas e aliterações, que todo mundo vai ficar sabendo. Além disso, o navegador tem andado mais ensimesmado do que de costume e começou a me afastar do mesmo jeito como afasta os outros. Deve ter visto algo suspeito e pernicioso em mim.

Em vez disso, procuro Carlyle à meia-noite e lhe pergunto. Encontro-o passando o esfregão na popa, em direção ao mastro de mezena, lavando a sujeira e um ou outro cérebro do convés.

— O castelo da proa? — pergunta ele. — Por que quer saber onde fica o castelo da proa?

— Só quero saber o que tem lá embaixo.

Ele dá de ombros.

— É onde armazenamos as cordas da ancoragem de proa — responde. — Embora já faça tanto tempo que vimos terra firme, que eu não ficaria surpreso se elas tivessem evoluído para formas de vida mais avançadas.

— Se eu quisesse entrar lá, onde encontraria a chave?

— E por que você iria querer fazer isso?

— Tenho meus motivos.

Ele suspira e olha ao redor, para se certificar de que não somos observados. Ele respeita meu sigilo sobre o assunto e não torna a questionar meus motivos.

— O cadeado só tem uma chave, e está em poder do capitão.

— Onde ele a guarda?

— Você não vai gostar — adverte Carlyle.

— Me conta mesmo assim.

Por um momento, Carlyle observa as bolhas de sabão cinzentas no balde, e então finalmente diz:

— Está atrás do caroço de pêssego, no buraco do olho que ele perdeu.

108 Sobe ou Afoga?

Por mais racional que o mundo pareça, nunca se sabe que tipo de loucura pode acontecer de uma hora para outra. Vi isso no noticiário, certa vez: uma socialite toma o elevador de um arranha-céu de Manhattan, na cobertura, e vai até a garagem, descendo sessenta e sete andares — sessenta e oito, se a gente contar o mezanino —, para pegar o Mercedes e ir a uma galeria na Madison Avenue, ou seja lá o que as socialites de Manhattan fazem no tempo livre.

O que ela não sabe é que uma tubulação estourou perto do edifício há alguns minutos. Por isso, quando o elevador chega ao subsolo e as portas começam a se abrir, o elevador é inundado por um jorro de água gelada. E o que ela pode fazer? Não tem nem como pensar na pior das hipóteses, porque o que está acontecendo é algo totalmente inimaginável.

Em cinco segundos, a mulher já está com água pela cintura; logo pelo pescoço; e por fim se afoga, sem saber o que aconteceu ou como uma coisa horrível dessas é possível. Pensa nisso: morrer afogada no elevador de um arranha-céu. Isso está errado em sessenta e sete níveis diferentes, sem contar o mezanino.

O estranho é que ouvir histórias assim faz com que eu sinta certa afinidade com o Todo-Poderoso, porque prova que até Deus tem episódios psicóticos.

109 Quando as Tatuagens Saem da Linha

Dirijo-me ao cesto da gávea para refletir sobre os obstáculos e as consequências de obter essa chave-mestra em particular. Do meu ponto de vista, é uma missão impossível. Sento-me diante do bar, bebericando meu coquetel e compartilhando o dilema com o bartender, porque, como todo mundo sabe, esses caras são bons conselheiros, e eu sei que o pessoal do cesto da gávea não gosta do capitão, nem é leal a ele. Já conheci vários bartenders aqui. Eles trabalham em diversos turnos, porque o cesto da gávea funciona quase vinte e quatro horas por dia. Hoje, quem me atende é uma mulher magra, com os olhos um pouco pequenos demais para o rosto. Ela tenta aumentá-los com rímel e sombra turquesa, o que os deixa parecidos com duas plumas de pavão.

— É melhor esquecer — aconselha ela. — Quero dizer, literalmente. Quanto menos se lembrar, menos importante parecerá e, quanto menos importante parecer, menos ansioso você vai se sentir.

— Não quero me sentir menos ansioso — respondo. — Pelo menos, não até conseguir aquela chave.

Ela suspira.

— Lamento não poder ajudar.

Parece um pouco aborrecida por eu não aceitar o conselho. Ou talvez por eu estar no bar. O pessoal do cesto da gávea parece não gostar que eu apareça por lá toda hora. Como qualquer outro estabelecimento comercial, eles querem que os clientes entrem e saiam o mais depressa possível. E eu não tenho a menor pressa.

Sentado no banquinho ao lado, o mestre de armas. Não está tomando seu coquetel, apenas batendo papo com a bartender, que não parece se incomodar nem um pouco com a presença *dele*. As tatuagens de sorriso safado nos seus braços me observam com emoções que vão da curiosidade ao desdém, até que a caveira que é fã de temas musicais começa a cantar animadamente "Hello, Dolly!", que, por acaso, vem a ser o nome da bartender. Isso faz com que as outras caveiras reclamem.

— Como você aguenta quando as tatuagens saem da linha? — pergunto a ele.

Por um momento, ele olha para mim como se eu fosse um marciano, mas então responde, em voz lenta:

— É que... eu não... presto atenção.

Imagino que "não prestar atenção" exija muita disciplina. Quando minhas vozes saem de controle, eu me sinto como se estivesse em plena Bolsa de Valores de Nova York. Pelo menos, ele pode abafar as tatuagens com as mangas compridas de várias roupas.

— Já viu o capitão por aqui? — pergunto, mas agora o mestre de armas resolveu me ignorar, por isso dirijo a pergunta à caveira com uma rosa na boca, imaginando que deva ser a mais acessível. — O capitão costuma aparecer no cesto da gávea?

— Nunca — diz a caveira por entre os dentes trincados. — E prefere que ninguém venha. O capitão não gosta que ninguém mexa com a cabeça dos marinheiros além dele.

— Então, por que não fecha este lugar? Afinal, ele é o capitão, pode fazer o que quiser no navio, não pode?

— Ha! — exclama a caveira com os olhos de dados. — Isso mostra o quanto *você* sabe.

— Há coisas que nem o capitão pode controlar — diz a caveira com a rosa.

— Que tipo de coisas?

A caveira teatral começa a cantar uma paródia de *My Favorite Things*, de *A Noviça Rebelde*:

— "Grandes tormentas que não se aproximam; brancos lugares que ideias dizimam; pássaros maus, coquetéis, esfregões... não estão entre suas predileções!"

As outras caveiras gemem, e eu sorrio. Se o capitão não é onipotente, talvez conseguir aquela chave não seja impossível como eu pensava.

110 O Jardim das Delícias Extraterrenas

Hal e eu estamos na sala de recreação, ele absorto nos seus mapas e eu nos meus desenhos, tentando estar ali e não em algum outro lugar.

— Inventei uma linguagem para o caos — conta Hal. — É cheia de símbolos, signos, sigilos e címbalos. Mas, dada a sua natureza caótica, não consigo me lembrar.

— Os címbalos são para te acordar quando você ficar chato demais? — pergunto.

Ele aponta um dedo para mim.

— Cuidado com o que fala, ou vou marcá-lo quando estiver dormindo com um sigilo de calvície, e você vai ficar igualzinho ao seu pai.

Sigilos, pelo que me lembro de uma série de quadrinhos gótica, são símbolos de magia medieval dos tempos em que tão poucas pessoas eram alfabetizadas, que saber ler e escrever era visto como algo quase mágico. Um homem que soubesse ler era considerado um gênio. Um homem que soubesse ler sem mover os lábios, então, era proclamado divino ou demoníaco, dependendo dos interesses de quem fizesse a proclamação.

Hoje, Hal está a cargo das proclamações, como geralmente acontece.

— Símbolos têm poder! — sentencia. — A visão de uma cruz faz com que se experimente uma emoção. A visão de uma suástica faz com que se experimente outra. No entanto, a suástica também é um símbolo indiano que significa "É bom", o que mostra que os símbolos podem ser mortalmente corrompidos. É por isso que crio os meus próprios símbolos. Eles são significativos para mim, e é só isso que importa.

Hal traça uma espiral perfurada por uma onda senoidal. Desenha dois pontos de interrogação em ângulos opostos, entrecruzando-se. Ele tem razão — são poderosos. *Ele* os tornou poderosos.

— O que significam? — pergunto.

— Eu já disse que me esqueci do idioma. — Então, ele dá uma olhada no meu bloco, percebe que copiei seus símbolos e estou fazendo criações em cima deles, transformando-os em figuras que lutam entre si. Corrompi seus símbolos. E fico só imaginando o que ele vai fazer.

— Seu sobrenome é Bosch — diz ele. — Vocês são parentes?

Presumo que esteja perguntando se sou parente de Hieronymus Bosch — um artista que pintava coisas superbizarras que me matavam de medo quando eu era pequeno, e ainda assombram a minha cabeça nos maus dias.

— Talvez. Não sei.

Ele faz que sim, totalmente à vontade com a incerteza, e diz:

— Não me ponha no seu Jardim de Delícias Extraterrenas, e eu não marcarei símbolos de morte na sua testa.

Assim, Hal e eu chegamos a um entendimento mútuo.

111 Quente para Você

Abro os olhos de madrugada e sinto o embotamento familiar da semiconsciência combinado com a medicação. Minha cabeça é como um aeroporto na neblina. Todos os pensamentos estão impossibilitados de decolar. Mesmo assim, ainda percebo que estou sendo vigiado. E me forço a sair do torpor farmacológico e me virar, quando então deparo com uma pessoa parada ao lado da cama. Na luz fraca que vem do corredor, vejo um pijama verde estampado de cavalos-marinhos de desenho animado. Escuto alguma coisa clicando, e demoro alguns momentos para me dar conta de que são dentes batendo.

— Estou com frio — diz Cali. — E sua pele é sempre tão quente.

Ela não faz nenhum gesto, apenas continua onde está, os dentes batendo. Dou uma olhada no outro lado do quarto, onde Hal continua roncando a sono solto. Cali está esperando por um convite. Empurro as cobertas. Já é um convite bastante claro, e ela sobe na cama.

Está *gelada*. Não só as mãos e os pés, mas o corpo inteiro. Puxo as cobertas sobre nós dois e ela se vira de costas, o que faz com que abraçá-la e compartilhar o calor do meu corpo se torne mais fácil. Ficamos deitados como duas colherinhas encaixadas. Sinto o relevo de sua espinha contra o peito. O coração batendo muito mais depressa do que o meu. E me ocorre que os nossos corpos formam um símbolo tão poderoso quanto os de Hal — e que os símbolos mais significativos de todos devem ser baseados nas mil maneiras diferentes de duas pessoas se abraçarem.

— Não vá pensar besteiras — diz ela.

— Não vou — prometo, com voz grogue. Não poderia pensar nesse tipo de "besteira" nem que quisesse. Quando a dose dos remédios é aumentada assim, acaba com a festa da libido. Na verdade, é até uma bênção — pelo menos, neste momento em particular — porque não há expectativas e nem o mais microscópico vestígio de constrangimento. O abraço só tem uma razão de ser: mantê-la aquecida.

Mas estou preocupado. Sei que vários pastéis estão de plantão e fazem rondas regulares, inspecionando cada quarto. E também há câmeras de vigilância por toda parte. O hospital faz o possível e o impossível para monitorar todos os aspectos do nosso comportamento, mas ainda há uma margem de erro humano: o fato de Cali estar aqui é uma prova disso.

— E se nos virem?

— O que podem fazer, nos expulsar? — responde ela.

Então percebo que não me importo com o que vejam, digam ou façam. Nem Poirot, nem os pastéis, nem mesmo meus pais. Eles não têm qualquer papel neste momento. Nem qualquer direito.

Abraço-a com mais força, pressionando meu corpo contra o dela até senti-la um pouquinho menos fria, o que significa que está absorvendo o meu calor. Depois de um tempo, seus dentes param de bater, e ficamos lá deitados, respirando em uníssono.

— Obrigada — diz ela, por fim.

— Pode vir sempre que sentir frio — respondo. Penso em dar um beijinho na sua orelha, mas apenas me aconchego mais e sussurro ao pé do ouvido: — Gosto de me sentir quente para você.

Só depois de falar é que me dou conta do duplo sentido. E deixo que ela pense que foi proposital.

Ela não responde. Sua respiração se torna mais lenta, eu cochilo, e, quando torno a abrir os olhos, estou sozinho na cama, sem entender o que aconteceu. Será que foi mais uma peça que a imaginação me pregou?

É só pela manhã que encontro um dos chinelos de Cali no chão ao lado da cama — deixado ali não por acidente ou descuido, mas por pura travessura.

Vou devolvê-lo durante o café da manhã, me ajoelhar diante dela e colocá-lo no seu pé. E, assim como no conto de fadas, vai caber à perfeição.

112 Angústia Angular Abstrata

Durante a sessão, Carlyle distribui folhas de papel e marcadores para o grupo.

— Hoje, vamos dar um descanso às bocas — diz ele. — Há outras maneiras de nos expressarmos. Hoje, vamos utilizar a expressão não verbal.

O garoto esquisito que todo mundo chama de Ossos olha para Céu e lhe dirige um gesto não verbal sexualmente explícito, que ela retribui com outro feito com o dedo médio. Ossos dá uma risada, e Carlyle finge que não percebeu a interação.

— O objetivo de hoje é desenhar o modo como estão se sentindo. Não precisa ser literal, nem há um jeito certo ou errado de fazer isso. Nem bom, nem mau.

— Isso é uma babaquice de jardim de infância — afirma Alexa, a garota com bandagens no pescoço.

— Só se você deixar que seja — responde Carlyle.

Todos olham para as folhas, como se a brancura gritante já estivesse invadindo suas frágeis mentes. Outros encaram as paredes verde-claro como se as respostas estivessem nelas. Ossos esboça um sorrisinho safado e começa a trabalhar. Sei exatamente o que ele vai desenhar. Todos nós sabemos. E hoje ninguém aqui está afirmando ser capaz de ler pensamentos.

A tarefa não me oferece nenhuma dificuldade. É o que faço a maior parte do tempo, mesmo. Algumas vezes, com mais paixão e urgência do que outras. Carlyle sabe disso, e talvez seja essa a razão por que escolheu um trabalho de arte.

Em poucos minutos, o papel exibe uma escarpada paisagem interior de pontas agudas e fendas profundas. Sem qualquer senso de gravidade ou perspectiva. Uma angústia angular abstrata. Gostei. E vou continuar gostando até começar a detestar.

Os outros não desenham tão depressa.

— Não consigo fazer isso — reclama Céu. — Minha cabeça não vê sentimentos como imagens.

— Experimente — diz Carlyle com gentileza. — O que puser no papel está bem. Você não vai ser julgada.

Ela olha para a folha em branco mais uma vez, e então a empurra para mim.

— Faz você.

— Céu, você não está entendendo... — diz Carlyle.

Mesmo assim, pego a folha, observo Céu por um momento e começo a trabalhar. Desenho uma forma curva abstrata, uma mescla de ameba e arraia com olhos e bocas em cantos inesperados. Demoro mais ou menos um minuto. Quando fica pronto, Céu olha para mim, boquiaberta, olhos arregalados. Fico esperando que me mostre o dedo médio, mas ela se limita a perguntar:

— Como foi que você fez isso?

— Isso o quê?

— Não faço a menor ideia do que seja esse troço, mas é exatamente como estou me sentindo no momento.

— Céu — intervém Carlyle —, não acho que...

— Não me importo com o que você acha ou deixa de achar — rebate Céu. — Ele captou o que eu estou sentindo, e ponto final.

— Agora faz comigo — pede Ossos. Vira a folha em que estava desenhando um falo para eu poder trabalhar do outro lado.

Dou uma olhada em Carlyle. Ele levanta as sobrancelhas e dá de ombros.

— Manda ver — diz. Gosto do fato de Carlyle aproveitar a maré em vez de remar contra ela. Mostra que sabe manter o equilíbrio num convés.

Para Ossos, desenho um emaranhado de linhas que se transformam num porco-espinho vagamente sugestivo. Quando termino, ele ri.

— Cara, você é um verdadeiro artista da alma humana.

Os outros ficam ansiosos para que chegue a vez deles. Até os tripulantes que estão totalmente fora do ar olham para mim como se meus desenhos fossem salvar suas vidas.

— Muito bem — diz Carlyle, recostando-se no casco de cobre azinhavrado da sala de mapas. — Caden pode fazer os desenhos, mas, quando terminar, vocês terão que explicar o que querem dizer.

Eles estendem os pergaminhos para mim, e eu traduzo febrilmente seus sentimentos em linhas e cores. Para o mestre da tradição, crio uma forma toda espetada e coberta de olhos. Para Alexa e sua gargantilha de pérolas, ofereço uma pipa com tentáculos apanhada por um vendaval. O único que não me estende seu papel é o navegador, que continua desenhando seu próprio mapa em silêncio.

Todos afirmam que acertei como estão se sentindo, e, enquanto comparam seus estados psíquicos, vou até Carlyle, um pouco preocupado.

— Acha que o capitão vai aprovar isso?

Carlyle suspira.

— Vamos só viver o momento, tá?

Embora isso me deixe nervoso, concordo em tentar.

113 Quem Eles Eram

Vincent van Gogh cortou a orelha, mandou-a para a mulher que amava e, por fim, se suicidou. Apesar da visão artística incrivelmente inovadora que o mundo demorou anos para apreciar, a arte não o salvou das profundezas de sua mente torturada. Porque esse era ele.

Michelangelo — provavelmente o maior artista que a humanidade já viu — tornou-se tão patologicamente obcecado em esculpir o *Davi*, que deixou de tomar banho e cuidar da aparência durante meses. Acabou passando tanto tempo sem tirar as botas de trabalho, que, quando o fez, a pele saiu junto com elas. Porque esse era ele.

Recentemente, vi uma história sobre um artista esquizofrênico que vivia nas ruas de Los Angeles. Suas pinturas eram obras-primas abstratas belíssimas, e começaram a compará-lo aos grandes mestres. Agora, suas telas são vendidas por dezenas de milhares de dólares, porque não sei que milionário jogou os refletores da mídia em cima dele. O cara estava de terno e gravata no vernissage, e, quando terminou, mesmo com as portas do sucesso escancaradas para ele, voltou a viver nas ruas. Porque esse era ele.

E quem sou eu?

114 Copinho Sorridente

— Desculpe, não entendi.

— Perguntei se você notou alguma diferença no seu estado, Caden.

— Diferença no meu estado.

— Sim. Notou alguma?

O dr. Poirot tem a mania chatíssima de ficar balançando a cabeça mesmo quando eu não falo, o que torna difícil saber se respondi ou não à pergunta.

— Se notei alguma o quê?

Ele bate com a caneta na mesa por alguns momentos, pensativo. O gesto me distrai e eu me esqueço não só do tema geral da conversa, como da sua direção. É um daqueles dias. Do que estávamos falando, mesmo? Do jantar?

— As costeletas de carneiro — digo.

— As costeletas de carneiro — repete ele. — O que é que tem?

— Não tenho certeza, mas acho que estamos comendo os tripulantes sem cérebro.

Ele reflete sobre a resposta com a maior seriedade, e então pega o bloco e faz uma nova receita para mim.

— Gostaria de acrescentar o Risperdal à sua medicação — anuncia. — Acredito que poderá mantê-lo conosco por mais tempo.

— Por que não combina o Ativan, o Risperdal, o Seroquel e o Depakote num só comprimido? — sugiro. — AtiRisperQuellaKote.

Ele ri baixinho e arranca a folha do bloco, mas não é bobo de entregá-la para mim. Ela irá para o meu prontuário, que por sua vez irá para os pastéis, que a levarão para a farmácia, e um novo comprimido surgirá antes do jantar no meu copinho sorridente.

115 "Na Caldeira Cresce a Bulha, Arde o Fogo, a Água Borbulha"

Aproximadamente noventa e nove por cento de um comprimido consistem em excipientes que nada têm a ver com o princípio ativo. Eles acrescentam corantes, agentes de encapsulação e aglutinantes, tipo goma xantana, que é feita de bactérias; Carbopol, um polímero acrílico parecido com tinta de paredes; e gelatina, que é feita de cartilagem de vaca.

Em algum ponto nos mais recônditos recessos da Pfizer, da GlaxoSmith-Kline ou de algum outro grande laboratório farmacêutico, imagino um calabouço de segurança máxima onde três bruxas feias e corcundas remexem um gigantesco caldeirão industrial repleto de porcarias que não quero saber quais são, mas que devo ingerir diariamente.

E os genéricos nem são preparados por bruxas de verdade.

116 Martíni Sujo

Finalmente acontece.

Meu cérebro escapa pela narina esquerda e se torna feral.

Estou fora do corpo, correndo pelo convés de madrugada. Uma densa neblina envolve o navio. Não há o menor sinal de estrelas, nem do que jaz à nossa frente — ou talvez a minha retina mental não possa enxergar tão longe. Os outros cérebros sibilam quando me aproximo. E me dou conta de que somos criaturas solitárias. Solitárias e desconfiadas. Por estar tão perto do chão do convés, posso ver o pegajoso piche preto que se espalha por entre as pranchas de cobre. O lodo negro que fervilha de intenções das quais prefiro não tomar conhecimento.

Minhas retorcidas perninhas roxas parecem raízes cintilando de inteligência, ou talvez seja uma série de curtos-circuitos. Essas dendrites tortas ficam grudadas no piche, que começa a me puxar como se eu fosse um dinossauro atolado em alcatrão. Sei que, se não conseguir me desvencilhar, serei arrastado para a estreita fresta entre as pranchas de cobre e destruído — digerido pelo piche. Após recorrer a toda a minha força de vontade, finalmente consigo me libertar.

Para onde vou?

Não posso deixar que Calíope me veja assim. Estou horrível. Então, vou para a popa e rastejo pelo casco feito uma lagartixa em direção ao escritório do capitão, tentando me achatar o máximo possível para poder me esgueirar por baixo da porta. Se é verdade que desempenho um papel crucial nesta missão, ele há de me ajudar, há de encontrar um jeito de remediar o que aconteceu.

O capitão está sentado diante da escrivaninha com uma vela já pela metade, estudando meus desenhos, à procura de símbolos e signos. Quando levanta a cabeça e me vê, a fúria de seu olho arde como um lança-chamas.

— Tirem essa coisa daqui! — berra ele.

Não me reconhece. Claro que não — para ele, sou só mais um parasita inútil infestando o navio. Tento me explicar, mas não posso. Não tenho boca.

Ouço passos. Uma porta se entreabre, e mãos, dúzias de mãos, centenas de mãos tentam me pegar. Eu me contorço, me remexo. Não posso deixar que me peguem! Mãos tateiam, unhas arranham, mas eu me desvencilho delas, saio correndo pela porta e desço desabalado pelas escadas, em direção... à umidade. O convés está encharcado de água ensaboada, e Carlyle empurra o esfregão monstruoso na minha direção. Ele é imenso! Uma muralha de imundas serpentes marrons. O esfregão me atinge e eu deslizo em meio à enchente viscosa, tentando me agarrar a algo, mas é inútil. Vejo o escoadouro adiante, e não há nada que possa fazer. Um momento depois, estou em queda livre. Então, afundo no oceano gelado, submerso pelas ondas.

Sinto dor. Por toda parte — e sei que vou morrer desse modo. Meu corpo, no navio, continuará encenando os movimentos da vida, mas eu terei morrido.

Então, em meio ao pânico, sinto algo. Algo imenso. Que se move embaixo de mim. Escamas duras roçam meus sensíveis terminais nervosos. É uma daquelas criaturas de que fala o capitão. Está aqui, é real. Recuo, aterrorizado. No instante seguinte, ela se foi... mas só para tomar impulso e se reerguer — dessa vez, com a boca aberta. Esperneio, luto e finalmente irrompo na superfície.

Não consigo ver nada. Nem o navio, nem o mar. A neblina é densa como algodão.

Sinto a agitação da água quando a criatura se ergue na minha direção.

Então, do nada, o papagaio chega num rasante, asas abertas, e me apanha, cravando as garras nos sulcos e curvas da minha massa cinzenta. Ele me tira da água, e voamos para cima.

— Inesperado, inesperado — diz o pássaro —, mas não irreversível!

Voamos mais alto do que o navio, afastando-nos do perigo e da neblina. Tudo que avisto do navio é o mastro principal e o cesto da gávea projetando-se em meio à neblina, mas o céu acima está claro. As estrelas são tão abundantes quanto a Via Láctea vista do espaço. Num instante, passo do terror mais absoluto ao mais absoluto deslumbramento.

— Posso presenteá-lo com horizontes infinitos — grita o papagaio com sua voz estridente —, mas apenas se você fizer o que deve ser feito. Chegou a hora. Liquide o capitão, e tudo que vê de horizonte a horizonte será seu.

Quero contar a ele sobre a criatura abaixo das ondas, mas não posso me comunicar. Quero acreditar que o papagaio pode ler meus pensamentos, mas isso não é verdade.

— Está tudo bem — diz ele. Então, me solta.

Despenco em direção ao navio envolto pela neblina. O cesto da gávea cresce aos meus olhos, e eu me vejo mergulhando num líquido amargo. Estou no fundo de um copázio de coquetel, indefeso, impotente como uma azeitona num Martíni Sujo.

Há olhos em toda parte. Eles me estudam com os rostos distorcidos demais pela curvatura do vidro para que eu possa reconhecê-los.

— Sabia que puseram o cérebro de Einstein num jarro com formol? — ouço o bartender dizer. — Se foi bom o bastante para ele, é bom o bastante para você.

117 Enquanto Você Estava Fora do Ar

— Às vezes isso acontece — diz Carlyle. Está sem o esfregão, o que me ajuda a identificar onde estou. O relógio diz que já passou muito da hora da terapia em grupo, mas às vezes Carlyle fica no refeitório, conversando. Ajudando.

— Isso acontece — repito. Não participei da sessão de hoje. Tinha outras preocupações.

— Cada pessoa reage de um modo diferente à medicação. É por isso que Poirot está sempre mudando a sua. Está tentando encontrar o coquetel certo.

— O coquetel certo. — Sei que estou repetindo o que ele diz. Sei, mas não consigo me controlar. Meus pensamentos são de borracha, e tudo que entra sai quicando pela boca.

Tive uma "reação adversa" ao Risperdal. Nem Poirot nem os pastéis quiseram me dizer exatamente o que isso significa. Carlyle foi mais receptivo.

— Como terapeuta, não deveria impressioná-lo com os detalhes, mas você merece saber — disse ele. — Você teve taquicardia e tremores. Seu discurso ficou bastante incoerente. Sei que parece horrível, mas não foi tão mal assim.

Não tenho a menor lembrança de nada disso. Estava Alhures.

Carlyle empurra um prato de comida na minha direção, relembrando que preciso me alimentar.

Começo a almoçar, tentando me concentrar em mastigar e engolir, mas, apesar do esforço consciente, a mente viaja. Penso em Calíope, que não vejo há dias. Preciso dar uma subida na proa. Penso nos bartenders, e me pergunto que coisas diabólicas andam despejando no meu coquetel. Baço de camaleão. Testículo de tarântula. Por fim, percebo que estou imóvel, o garfo no ar, a comida escorrendo pelo canto da boca. A sensação é de que estou assim há horas, mas não deve ser o caso, porque Carlyle não teria deixado isso durar mais do que alguns segundos. Ele me relembra de mastigar e engolir. Depois me relembra de mastigar e engolir de novo. Houve um retrocesso. E nós dois sabemos disso.

Carlyle tira a colher da minha mão e a coloca na mesa.

— Talvez você coma melhor mais tarde — diz ele, compreendendo que este almoço não está acontecendo.

— Talvez eu coma melhor mais tarde. — Não me passa despercebido o fato de que o garfo se transformou magicamente numa colher.

118 Zimples Física

O navio se eleva e cai, se eleva e cai. Uma lanterna pendurada no teto baixo da minha cabine oscila com o balanço, e as sombras avançam e recuam, parecendo se aproximar um pouco mais a cada vez.

O capitão supervisiona pessoalmente o retorno do meu cérebro à cabeça. Colocar pasta de dentes de volta no tubo seria infinitamente mais fácil.

— Izo é feito criando-ze um vácuo no interior do crânio — explica o médico do navio. — Azim, o zérebro errante é introduzido na narina esquerda, e neze momento é zugado até preencher o vazio. Tudo uma questão de zimples física. — Esse médico, que eu nunca tinha visto e nunca mais vou rever, parece e fala suspeitamente como Albert Einstein, cujo cérebro, ouvi dizer, está dentro de um jarro. Quando a operação chega ao fim, ainda me sinto vagamente fora do corpo. O capitão olha para mim e balança a cabeça, decepcionado.

— Quem com cães se deita, hidrófobo desperta — sentencia, implacável. Não acho que o provérbio seja assim, mas entendo o que ele quer dizer. — Se decide confiar no pássaro e naqueles malditos bartenders, só pode esperar este resultado. Confie em mim, garoto, não nas beberagens sugadoras de cérebros que eles preparam. Pensei que a esta altura já tivesse mais juízo!

O capitão está ao meu lado, sua figura ameaçadora parecendo muito mais alta do que o normal em função do meu estado. Ele dá as costas para ir embora, mas não quero que vá. O navegador não está presente, e não quero ficar sozinho no momento.

— Passou nadando por baixo de mim... — conto.

Ele se vira lentamente e me observa.

— O que passou nadando por baixo de você?

— Um monstro enorme. Com escamas. Duras como aço. De repente, ele mergulhou fundo e tornou a subir à superfície. Dava para sentir a fome do bicho. Queria me devorar. — Não me atrevo a contar que fui salvo pelo papagaio antes que ele pudesse fazer isso.

O capitão senta na beira do meu beliche.

— Esse monstro — diz ele — é a Serpente Abissal, um adversário portentoso. No instante em que põe o olho no alvo, rastreia-o até um dos dois não existir mais. E ela jamais permite que seja ele a sobreviver.

Embora não seja uma notícia muito animadora, o capitão sorri.

— Se a Serpente Abissal o considera digno de atenção, isso é um grande elogio. Significa que há muito mais em você do que salta aos olhos.

Desvio o olhar e me viro para a parede, tentando escapar da perspectiva da serpente.

— Se não faz diferença para o senhor — digo a ele —, há certos olhos que eu preferiria não encontrar.

119 Falando pelos Cotovelos

Meu nível de ansiedade está aumentando novamente, e eu fico dando voltas ao redor do posto de enfermagem, o que enerva Dolly, a enfermeira do turno da manhã.

— Querido, você não tem sessão agora?

— Acho que não.

— Mas não há nada que preferisse estar fazendo?

— Acho que não.

Ela se queixa com a outra enfermeira que a rotina dos pacientes é mal organizada, e, por fim, manda o enfermeiro com as tatuagens assustadoras me levar dali.

— Por que não vai ver tevê na sala de recreação? — sugere ele. — Vários amigos seus estão vendo *Charlie e a Fábrica de Chocolate*. O original, não aquela versão sinistra com o Johnny Depp.

Fico imediatamente irritado.

— Em primeiro lugar, só porque temos Umpa-Lumpas pulando nos nossos cérebros, isso não faz com que sejamos amigos. Em segundo, o original se chamava *Willy Wonka e a Fábrica de Chocolate*, embora não tecnicamente, porque o livro foi lançado primeiro e o nome do personagem era Charlie, mas nem por isso você tem razão.

Ele ri baixinho, o que me enfurece mais ainda.

— Nossa, hoje nós estamos falando pelos cotovelos, hein?

Mas quem é esse cara, algum professor de jardim de infância dos Hells Angels?

— Tomara que as suas caveiras te devorem quando você estiver dormindo — digo. Agora ele não acha graça, e sinto que posso me orgulhar da pequena vitória.

120 Não É o que os Mapas Dizem

A mãe de Hal faz uma das suas visitas surpresa. Não estou na sala de recreação para ver isso. Não consigo mais nem ficar sentado por tempo bastante para desenhar — no momento, estou novamente andando de um lado para o outro no convés do navio, para contrabalançar o movimento do mar. Eles até me dariam um comprimido extra de Ativan se eu pedisse, mas não faço isso. O bartender é generoso demais com os coquetéis, e a ideia de subir ao cesto da gávea me deixa ainda mais ansioso.

Quando voltamos para o quarto, Hal me conta sobre a última aventura materna. Ela se demorou mais do que de costume dessa vez e até jogou uma partida de damas com ele. É o que se costuma chamar de "sinal de alerta".

— E qual é o problema? — pergunto.

— Ela vai se mudar para Seattle — conta ele. — Está muito entusiasmada, e queria que eu soubesse.

— Por que Seattle?

— Porque ela está incluindo um novo marido à coleção, e é lá que ele vive.

Não sei ao certo como Hal se sente em relação ao fato.

— Ora, isso é bom, não é? Você vai poder ir para lá quando sair daqui.

Hal fixa os olhos no teto, esparramado na cama.

— Não é o que os mapas dizem.

— Ela não vai levar você?

— Não vejo nenhuma rota até o Noroeste Pacífico. — Após um momento de silêncio, ele diz: — O noivo dela me acha "desagradável".

Estou prestes a observar que, como mãe dele, ela não pode abandoná-lo, mas então me lembro de que ela já perdeu a sua guarda.

Hal se vira em direção ao casco. Sinto o navio se elevar e cair, na crista de uma onda lenta e gigantesca.

— Tudo bem — diz ele, por fim. — Tenho lugares melhores para estar.

121 Vamos Levando

Na sessão da manhã seguinte, aparecem alguns rostos novos e desaparecem alguns dos antigos. Cada um tem a sua formatura num dia diferente, e a população está sempre variando. Às vezes, há despedidas afetuosas; outras, as partidas são furtivas. Tudo depende da vontade de cada um.

— Eles podem admitir ou despachar os internos por meio de sinais de televisão — conta um garoto chamado Raoul. — Eu já vi. — Em vez de desafiar o constructo da realidade de Raoul, digo a ele que não tenho permissão para falar com pessoas cujos nomes tenham muitas vogais consecutivas.

Durante a sessão, Céu, que está quase terminando o quebra-cabeça, parece um pouco menos irritada.

— Há uma razão para tudo isso — afirma ela para o grupo, olhando para Carlyle, na expectativa de que ele endosse a declaração. — Minha mãe diz que Deus nunca nos manda nada que não possamos enfrentar.

A resposta de Hal:

— Sua mãe é uma babaca.

— Opa! — exclama Carlyle, e Hal é expulso da sessão. Regra número um: comentários insultuosos são punidos com a expulsão. A menos, é claro, que a expulsão seja o objetivo de quem fez o comentário, em qual caso não é uma punição, e sim uma agradável vantagem da grosseria.

— Caden — diz Carlyle, procurando um moderado entre os extremistas —, o que acha do que Céu disse?

— Quem, eu?

Nada o impediria de me dar uma resposta ríspida como "Não, o Caden escondido na saída da calefação", mas, em vez disso, ele diz "Sim, você", como se eu não estivesse só tentando ganhar tempo e realmente achasse que ele poderia estar se dirigindo ao Caden da saída da calefação. Às vezes, a falta de senso de humor de Carlyle é muito frustrante.

— Não acho que Deus tenha nos mandado isso mais do que faz com que crianças pequenas tenham câncer ou pobres ganhem na loteria — respondo. — No máximo, ele nos dá coragem para enfrentar a situação.

— E as pessoas que não têm essa coragem? — pergunta Raoul.

— Essa é fácil — respondo, os olhos bem abertos de sinceridade e uma expressão totalmente honesta. — Essas são as pessoas que Deus realmente odeia.

Estou torcendo para que Carlyle me expulse do grupo, mas não tenho tanta sorte assim.

122 Historicamente Bizarro

Se você pensar bem, vai ver que a percepção coletiva do que seja a química cerebral perturbada tem sido tão variada e estranha quanto os sintomas, historicamente falando.

Se eu tivesse nascido índio e em outro século, talvez tivesse sido louvado como curandeiro. Minhas vozes seriam as vozes dos ancestrais esbanjando sabedoria. E eu teria sido tratado com grande consideração mística.

Se eu tivesse vivido em tempos bíblicos, poderia ter sido um profeta, porque, vamos combinar, só há duas possibilidades: ou os profetas estavam mesmo ouvindo Deus falar com eles, ou sofriam de alguma doença mental.

Tenho certeza de que se um profeta autêntico viesse parar nos dias de hoje, ele receberia um monte de injeções de Haldol até os céus se abrirem e a Mão de Deus encher os médicos de tabefes.

Na Idade Média, meus pais teriam mandado buscar um exorcista, porque obviamente eu estaria possuído por espíritos malignos, talvez até mesmo pelo próprio Diabo.

E se eu tivesse vivido na Inglaterra de Charles Dickens, teria sido jogado no hospício de Bedlam, que é a razão por que a palavra significa "tumulto" em inglês — um "asilo de insanos" onde os doentes eram aprisionados em condições inimagináveis.

Viver no século XXI dá à pessoa uma perspectiva muito melhor em termos de tratamento, mas às vezes gostaria de ter vivido numa era anterior à da tecnologia. Preferiria mil vezes que as pessoas pensassem que sou um profeta, e não um pobre garoto doente.

123 Bardo e Cão

Raoul, o novo interno, recebe visitas de mortos ilustres. Principalmente de Shakespeare. Se é mesmo o fantasma do Bardo ou se ele viaja no tempo, ninguém sabe.

— E o que ele diz? — pergunto, numa hora em que estamos de bobeira diante do posto de enfermagem. De repente, Raoul fica na defensiva.

— Me deixa em paz! — exclama. — Você vai me dizer que isso não é real, mas eu tenho as minhas teorias, tá? Tenho as minhas teorias.

E se afasta a passos furiosos, provavelmente pensando que vou debochar dele, mas não vou. Aprendi a ter um grande respeito por delírios e/ou alucinações — embora não saiba de qual dos dois Raoul sofre. Será que ele vê mesmo o Bardo? Ou só o ouve? Ou será que pensa que *eu* sou Shakespeare quando falo com ele?

Houve um tempo, antes de eu vir para cá, em que teria achado tudo isso muito engraçado. Quando eu era membro do mundo, não desse "clube".

O mundo adora rir dos absurdos da insanidade. Acho que o que faz as pessoas acharem tanta graça é o fato de ser uma distorção grotesca da realidade. Por exemplo, se Raoul anda fazendo *muito barulho por nada*, isso é porque o pai dele é um ator shakespeariano frustrado que desistiu do sonho de atuar e abriu uma oficina de teatro para crianças carentes.

Estou me sentindo mal por ter sacaneado Raoul durante a sessão, por isso agora me bateu o pior tipo de solicitude possível. Afinal, o que poderia ser pior do que tentar ajudar? Por isso, sigo Raoul até a sala de recreação, onde Céu está quebrando a cabeça com o quebra-cabeça, enquanto um grupo de garotos assiste a um filme estrelado por um cachorro falante — como se algum de nós precisasse acrescentar um cachorro falante ao seu caos mental.

Raoul se joga numa cadeira diante da mesa e eu me sento diante dele.

— É uma tragédia ou uma comédia? — pergunto.

Ele afasta a cadeira de mim, mas não se levanta para ir embora, o que significa que está só fingindo. Ele quer ver aonde pretendo chegar.

— Shakespeare escreveu tragédias e comédias. Em qual das duas você acha que está quando ele fala com você? — Na verdade, o Bardo também escreveu sonetos de amor, mas, se Shakespeare anda recitando sonetos para ele, aí já são outros quinhentos.

— Eu... não sei — responde Raoul.

— Se for uma tragédia, lembre a Shakespeare que ele também tem um lado cômico. Desafie o Bardo a fazer você rir.

— Vai embora! — exclama Raoul, mas, como não saio de onde estou, ele se junta aos espectadores do cachorro, embora dê para perceber que não está prestando atenção, e sim pensando no que eu disse, que era exatamente o que eu queria.

Não sou nenhum Poirot, nem mesmo um Carlyle; não sei se dei ou não um bom conselho a Raoul, mas me parece que esses mundos em que vivemos podem ser tão tenebrosos, que qualquer coisa que se faça para clareá-los é válida, não acha?

124 Ódio do Mensageiro

Já me dessensibilizei em relação aos horrores da terapia de grupo: os detalhes gráficos, as confissões lacrimosas, os desabafos furiosos se tornaram música de fundo aos meus ouvidos. Carlyle é um bom facilitador. Ele tenta ficar em segundo plano e deixa que conversemos entre nós, dando conselhos e orientação só quando é necessário.

Alexa faz a mesma coisa quase todo santo dia. No instante em que se vê no centro das atenções, começa a falar pelos cotovelos — principalmente quando tem gente nova no grupo. Está sempre revivendo os horrores que o filho do padrasto lhe infligiu e a sensação de cortar a garganta, mas usa palavras e começos diferentes para nos fazer pensar que está contando uma nova história.

Será que é insensível da minha parte querer que ela pare? Será cruel sentir vontade de mandá-la calar a boca depois de já ter ouvido a mesma lengalenga pela milionésima vez? Percebo que hoje estou me sentindo um pouco mais lúcido do que o normal, um pouco mais falante, conseguindo concatenar as ideias. Pode ser que não dure, mas estou determinado a aproveitar ao máximo enquanto durar.

Na reprise de hoje, ela se posta diante do espelho, olhos nos olhos, e decide que não há nada neles digno de salvação, mas, antes que leve o canivete Swiss Army ao pescoço, eu grito:

— Com licença, mas já vi esse filme!

Todos os olhos se fixam em mim.

— *Spoiler alert* — continuo. — A garota tenta se matar, mas sobrevive, e o filho do padrasto, que é um canalha, dá no pé e desaparece da vida de todo mundo. O público se desidratou de tanto chorar das primeiras vezes, mas agora perdeu a graça e já não presta mais nem para a tevê a cabo.

— Caden — diz Carlyle, cuidadoso, como se estivesse tentando decidir se deve cortar o fio amarelo ou o azul numa bomba. — Você está sendo um pouco ríspido, cara.

— Não, estou sendo honesto. Não é o que você nos diz para sermos aqui? — Olho de novo para Alexa, que me encara, talvez apavorada com o que virá em seguida. — Toda vez que você revive o que aconteceu, é como se ele estivesse abusando novamente de você, uma vez atrás da outra — digo a ela. — Só que não é mais ele; é você. Agora, é *você* que está fazendo de si mesma uma vítima dele.

— Ah, então eu deveria esquecer o que aconteceu? — Seus olhos se enchem de lágrimas, mas hoje não estou sentindo uma gota de compaixão por ela.

— Não, nunca esqueça — respondo. — Mas você tem que assimilar o que aconteceu e seguir em frente. Viver a sua vida, ou ele vai ter roubado o seu futuro também.

— Você é muito cruel! — grita ela. — Eu te odeio! — Esconde o rosto nas mãos e começa a soluçar.

— Hum... acho que Caden tem razão — diz Raoul, apreensivo. Hal balança a cabeça em aprovação, Céu olha para a esquerda como se não desse a mínima e os outros se limitam a observar Carlyle, talvez por medo, talvez por estarem dopados demais para terem qualquer opinião.

Ainda indeciso em relação ao fio que deve cortar, Carlyle começa, cauteloso:

— Bem, Alexa tem todo o direito de se sentir desse jeito...

— Obrigada — diz ela.

— ... mas talvez Caden tenha feito uma observação importante sobre a qual todos devemos refletir. — Então, ele pergunta a cada um de nós o que significa "seguir em frente", e a conversa continua calmamente. Embora eu tenha tido a intenção de dizer o que disse, também estou aliviado por ele ter encontrado o fio certo para cortar.

Quando a sessão termina, Carlyle me chama num canto. Já sei o motivo: ele vai fazer um sermão sobre como me comportei. Talvez até ameace contar a Poirot o que aconteceu.

Por isso, qual não é o meu espanto quando ele diz:

— O que você disse foi extremamente lúcido. — Ao perceber a minha surpresa, ele acrescenta: — Justiça lhe seja feita. Pode não ter sido a melhor maneira de expressar a ideia, mas Alexa precisava ouvir o que você disse, tivesse ela ou não consciência disso.

— Pois é, e agora está com ódio de mim.

— Não esquenta — diz Carlyle. — Quando a verdade dói, sempre sentimos ódio do mensageiro.

Então, ele me pergunta se estou a par do meu diagnóstico — porque os médicos sempre deixam a cargo dos pais terem essa conversa conosco. Os meus mencionaram alguns nomes de transtornos mentais modernos, mas da maneira mais vaga possível.

— Ninguém me diz nada — admito, por fim. — Pelo menos, não oficialmente, com todas as letras.

— É, no começo costuma ser assim. Principalmente porque os diagnósticos mudam, mas também porque as próprias palavras têm muitas conotações negativas. Entende o que quero dizer?

Entendo exatamente o que ele quer dizer. Já tinha ouvido Poirot falando com meus pais, usando palavras como *psicose* e *esquizofrênico*. Palavras que as pessoas acham que devem sussurrar, ou não repetir em hipótese alguma. A Doença-Mental-que-Não-Deve-Ser-Mencionada.

— Ouvi meus pais falarem em "bipolar", mas acho que é só por ser uma palavra mais simpática.

Ele faz que sim, compreensivo.

— É uma barra, não é?

Rio ao ouvir isso. É bom ouvir a coisa dita sem rodeios.

— Não, é moleza — digo a ele. — A moleza de um pântano cheio de areia movediça.

Agora é Carlyle quem ri.

— Seus medicamentos devem estar fazendo efeito, porque você recuperou o senso de humor.

— Um salto fora d'água — digo.

Ele abre um largo sorriso.

— Com o tempo, você vai saltar cada vez mais.

— No momento, estou me sentindo encalhado como uma baleia — digo.

— Mas vai acabar se sentindo tão livre como um golfinho em alto-mar.

O que me leva à parede do quarto de Mackenzie. Começo a me perguntar se aquela parede foi pintada para apagar do cômodo qualquer vestígio da minha doença. Afinal, aqueles golfinhos samurais poderiam ser considerados psicóticos.

125 Passeio

Eu me sento para desenhar no Espaço Panorâmico, enquanto Cali olha pela janela. É assim que passamos o tempo livre, por mais curto que seja. Meu estômago resolveu pintar o sete: gases, indigestão, sei lá o que é. Mas a companhia de Cali torna o desconforto irrelevante. A ampla janela panorâmica perde calor por causa do dia nublado, esfriando o salão, mas não posso aquecer Cali durante o dia, quando há olhos em toda parte. Vivo imaginando que ela vai ao meu quarto à noite para receber meu calor — mas acho que só aconteceu daquela vez. Mesmo assim, hoje fico feliz por acreditar na minha imaginação.

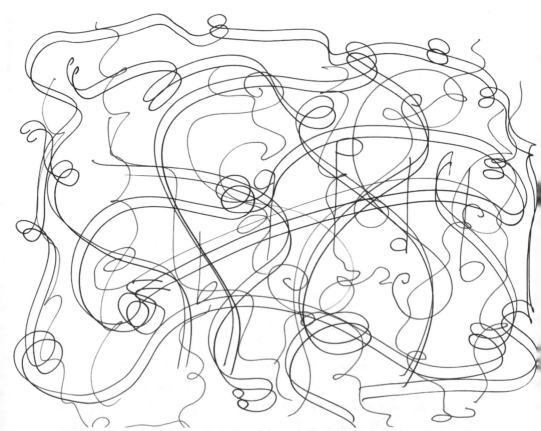

Uma música ambiente soporífera jorra dos alto-falantes embutidos no teto do Espaço Panorâmico, portanto não poderíamos arrancar os troços nem que quiséssemos. Instrumentos de sopro abafados ficam nesse canto-chão insuportável feito os pais do Charlie Brown: *Buá-uá-uá, buá-muá-uá-uá.* Até as músicas têm um som dopado.

Cali dá uma olhada no meu bloco.

— Seus desenhos são diferentes do que eram antes de você ficar doente, não são?

Fico surpreso por ela saber disso, mas talvez não devesse. Tenho a sensação de que nos conhecemos há muito mais tempo do que nos conhecemos de fato.

— Eu não desenho mais — respondo. — Ultimamente, só esvazio a cabeça no papel.

Ela sorri.

— Espero que sobre alguma coisa quando terminar.

— Eu também.

Ela segura meu braço com gentileza.

— Quero caminhar. Vem dar uma volta comigo?

Esse é um pedido novo. Quando Cali se planta diante da janela do Espaço Panorâmico, raramente vai embora antes que a forcem.

— Tem certeza? — pergunto.

— Tenho. — E ainda acrescenta: "Absoluta", como se precisasse responder duas vezes para se convencer.

Vamos para o corredor e começamos a caminhar — um passeio à moda antiga, de braços dados, desafiando a proibição de contato físico. Ninguém tenta nos impedir.

A enfermaria é um salão oval. "Como um redondo zero", observou Hal certa vez, vendo um grande significado nisso. Aqui, a pessoa pode caminhar sem ter que ficar indo e voltando, porque, depois que começa, nunca chega ao fim. Hoje, decido contar quantas voltas damos pelo número de vezes que passamos pelo posto de enfermagem, mas logo perco a conta.

— Não está a fim de voltar para a janela? — pergunto. Não porque queira, mas porque *ela* deveria querer.

— Não — responde Cali. — Não há mais nada para ver hoje.

— Mas...

Ela se vira para mim, esperando que eu continue. Gostaria de poder, mas não sei a que o "mas" se refere. Por isso, levo-a para o seu quarto.

— Você deveria terminar seu desenho — diz ela. — Quero vê-lo quando ficar pronto.

Como eu só estava desenhando impressões causadas pela música ambiente, meu interesse pelo produto final é muito menor do que o dela.

— Claro — respondo. — Eu te mostro. — Nossas conversas nunca têm esse clima constrangido. Mesmo quando não dizemos nada, o constrangimento é muito menor. Meu estômago ronca e começa a doer, como se ecoasse o desconforto entre nós. Finalmente, ela me diz o que está pensando.

— Tenho medo — confessa. — Medo de não nos libertarmos.

Não sei se entendo exatamente o que quer dizer, mas mesmo assim me sinto perturbado.

— Isso não depende de nós. É Poirot quem decide.

Ela faz que não.

— Poirot só assina os papéis.

Estamos parados diante da porta do seu quarto. Braços Brutos da Morte passa por ali e nos lança um olhar do tipo *Estou de olho em vocês* antes de seguir em frente.

— Nós vamos embora daqui — diz Cali —, mas não juntos. Um de nós vai ficar para trás.

Embora eu não queira pensar nisso, sei que é verdade. Uma dura realidade em meio a uma dura irrealidade.

— Temos que prometer que vamos libertar um ao outro quando o momento chegar — diz ela. — Eu prometo... E você?

— Idem — respondo. — Também prometo. — Mas sei que é mais fácil falar do que fazer. E reflito: se os pensamentos só valem um *penny*, quanto menos valerão as promessas, principalmente aquelas que a gente tem mais chances de quebrar?

126 Um Bom Tipo de Dor

Minhas entranhas são o mar que se revira e se agita com uma acidez turva e profunda e as mais malignas intenções. A sensação de desconforto se transformou num sofrimento extremo. Assim como o estômago ronca em meio à turbulência dos gases, também o oceano sob o casco do navio.

— A Serpente Abissal nos ronda — afirma o navegador. — Assim como algumas pessoas pressentem que está para chover quando suas articulações se enrijecem, você sente aquela criatura odiosa singrando pelos seus intestinos. — Ele vai até um de seus mapas de mundos inexistentes e pega um lápis proibido na nossa cabine. — Diga onde é a sensação, e traçarei um curso para nós que confundirá o rastro da maldita.

Aponto para os lugares onde sinto as entranhas se agitarem e doerem, roncando e se contraindo. Ele traduz minha fúria intestinal, e, com inabalável concentração, desenha um nó cego de linhas no mapa — uma rota que dá mil voltas em todas as direções, mas é reta. Em seguida, leva correndo o mapa modificado para o capitão.

— Um bom tipo de dor — diz o capitão para me acalmar, quando vem verificar minhas condições. — Siga suas entranhas, e elas jamais o enganarão.

127 Já Parou para Pensar que Pode Ter Sido Intencional?

A enfermeira diz que não é intoxicação alimentar, já que ninguém além de mim passou mal. Desconfio que a causa tenha sido a berinjela recheada que a minha mãe trouxe para mim. Ela me passou o prato escondido, pois é proibido receber alimentos das visitas. Eu o escondi no armário e me esqueci dele, mas no dia seguinte o encontrei e comi. A maior prova de que a refrigeração é uma verdadeira bênção. Estou morto de vergonha de contar a alguém que minhas torturadas e contorcidas entranhas são por culpa da minha própria burrice — embora Hal saiba, porque me viu esconder o prato. Mas eu sei que ele não vai me dedurar. Ele não conta mais nada aos pastéis, nem aos médicos, nem a Carlyle. A dor é tanta que mal posso me mexer, a não ser para me debater de um lado para o outro na cama. Os pastéis me dão um remédio que não surte o menor efeito: é como tentar apagar um incêndio florestal com uma pistola de água.

Solto gemidos altos, e Hal desvia os olhos do seu atlas louco por tempo o bastante para perguntar:

— Já parou para pensar que pode ter sido intencional? Talvez seus pais tenham envenenado você.

— Puxa, obrigado, Hal, é exatamente o que eu estava precisando ouvir.

O fato é que eu já tinha pensado nisso, sim, mas ouvi-lo perguntar em voz alta torna o medo muito mais real, e me dá corda. Como se eu já não estivesse paranoico o bastante.

Ele dá de ombros.

— Só estou tentando te dar perspectiva, perceptiva, perspiração, expiração. Se você expirar, darei uma salva de vinte e um tiros de canhão, mas o seu parente mais próximo é quem deve providenciar as vinte e uma balas.

128 Acionista Intestinal

Estou novamente acorrentado à mesa da Cozinha de Plástico Branco. E me sentindo lúcido o bastante para saber que é um sonho. Lúcido o bastante para saber que a barriga não está me dando trégua nem durante o sono.

Os monstros mascarados que se parecem com meus pais estão lá, e agora há também uma criatura com o rosto de Mackenzie. A máscara é uma mistura dos traços da minha irmã com aquela figura do quadro O *Grito*, de Edvard Munch — cabelos louros e uma boca aberta como se soltasse um urro de pavor —, embora eu escute risos por trás da máscara.

Os três encostam as orelhas pontudas de Vulcano na minha barriga inchada, que responde com roncos guturais malignos, como se o próprio

Satanás tivesse se tornado acionista do meu trato intestinal. Eles prestam atenção, assentem e respondem às perguntas no mesmo idioma gutural.

— Estamos entendendo — dizem. — E faremos o que deve ser feito.

Então, a besta-fera que tomou conta das minhas entranhas começa a cavar a saída.

129 Contra Nós

O mar ondeia em ímpetos regulares implacáveis. Sinto os cobertores que forram o leito molhados sob o corpo. A condensação pinga do teto de cobre recoberto de azinhavre verde-claro.

O capitão está de pé ao meu lado, olhando para mim. Avaliando meu estado com o olho bom, ele diz:

— Seja bem-vindo, garoto. Pensamos que o tínhamos perdido.

— O que aconteceu? — pergunto, com voz rouca.

— Você foi passado por baixo da quilha do navio — explica ele. — Arrastado de seu alojamento na calada da noite, trazido para o convés, virado ao avesso e atirado ao mar.

Não me lembro de nada disso até o momento em que ele fala — como se suas palavras fossem a minha lembrança.

— Alguém se cansou de ouvir você gemendo por causa da dor de barriga, então resolveu purgar suas entranhas expondo-as ao mar e arrastando-o pela quilha coberta de cracas do navio, para içá-lo depois do outro lado. Seja lá o que causou seu mal-estar, já foi raspado do seu corpo.

Quando ele diz isso, sinto cada craca me arranhando. Os pulmões em fogo, lutando pelo oxigênio desaparecido. Os gritos sem som nas profundezas, a água mortal enchendo os pulmões, e finalmente o desmaio.

— Muitos marinheiros morrem disso, ou ficam com sequelas incuráveis para o resto da vida — conta o capitão. — Mas você parece ter suportado bem o tratamento.

— Ainda estou ao avesso? — pergunto num fio de voz.

— Não que eu perceba. A menos que suas entranhas sejam muito parecidas com a sua aparência externa.

— Isso foi feito por sua ordem? — pergunto.

Ele parece insultado.

— Se tivesse sido por minha ordem, meu rosto teria sido o último que você veria antes de afundar e o primeiro ao ser içado. Sempre assumo meus atos de crueldade. Agir de outra forma é covardia.

Ele ordena ao navegador, que nos observa do seu leito no beliche, que vá buscar água para mim. Quando Hal se ausenta, o capitão se ajoelha ao meu lado e sussurra:

— Preste muita atenção. Aqueles que parecem ser seus amigos não são. Aqueles que parecem ser uma coisa são outra. Um céu azul pode ser laranja, o alto pode se mascarar como o baixo, e há sempre alguém tentando envenenar sua refeição. Compreende o que quero dizer?

— Não.

— Ótimo. Está aprendendo. — Ele olha ao redor para se certificar de que não há ninguém nos observando. — Você já vem desconfiando disso tudo há muito tempo, não é?

Eu me pego balançando a cabeça, embora não queira reconhecer.

— Pois agora posso lhe dizer que seus medos não são infundados. É tudo verdade: mil forças o observam a cada minuto do dia, tramando contra você. Contra nós. — Ele segura meu braço. — Não confie em ninguém no navio. Não confie em ninguém fora do navio.

— E o senhor? Posso confiar no senhor?

— Qual parte de "não confie em ninguém" você não entendeu?

Nesse momento, o navegador volta à cabine com um copo d'água, e o capitão o despeja no chão, porque nem mesmo o navegador está acima de qualquer suspeita.

130 Continue Doente

O sofrimento intestinal finalmente passa, provando que não foi nada além da berinjela estragada. Poirot consideraria uma vitória o fato de eu ter compreendido que meus pais não pretenderam me envenenar, que essa ideia era pura paranoia.

— Quanto mais duvidar das coisas de que sua doença tenta convencê-lo, mais cedo estará em condições de voltar para casa.

O que ele não entende é que, embora uma parte de mim tenha começado a perceber quando uma ideia é delirante, há outra que não tem escolha a não ser acreditar no delírio. Neste momento, a hipótese de ter recebido uma berinjela envenenada me parece muito improvável. Mas, amanhã, poderei fazer um discurso sobre como meus pais estão tentando me matar, e vou acreditar nele tão plenamente como acredito que a Terra é redonda. E se de repente me passar pela cabeça que a Terra é plana, provavelmente vou acreditar nisso também.

Meu único ponto de estabilidade é Cali, mas ela está começando a me preocupar. Meu medo não é de que esteja piorando, e sim de que esteja melhorando. Ela já não passa mais tanto tempo diante da janela do Espaço Panorâmico. E essa ausência do comportamento obsessivo pode fazer com que Poirot se sinta tentado a mandá-la para casa.

À noite, faço uma oração terrível. Do tipo que poderia me condenar ao inferno, se eu acreditasse nessas coisas, e até sou capaz de acreditar mesmo. Ou não. Ainda não me decidi.

— Por favor, continue doente, Cali — rezo. — Por favor, continue doente por tanto tempo quanto eu estiver.

Sei que é egoísta, mas não me importo. Deixar de ver aquele sorriso é inimaginável. Deixar de aquecê-la em meus braços é inimaginável. Não importa o que eu tenha prometido a ela, continuar aqui sem ela é inimaginável.

131 Fortalezas de Papelão

Meus pais trazem Mackenzie para me visitar pela primeira vez. Sei muito bem por que não fizeram isso até agora: porque há momentos em que me comporto de um jeito assustador. Talvez de um jeito diferente de quando estava em casa, mas, ainda assim, assustador. E há também os outros internos. Mackenzie é durona, mas uma ala psiquiátrica para jovens não é lugar para uma jovem.

Eles já haviam avisado que iriam trazê-la, embora tivessem suas reservas.

— Ela está convencida de que as coisas são muito piores do que são na realidade — disse mamãe. — Você conhece a imaginação da sua irmã. E vai ser bom para vocês poderem se rever. O dr. Poirot concorda.

Assim, um belo dia, no horário de visitas, quando aqueles dentre nós que têm visitantes são acompanhados à sala de recreação pelos pastéis, eu me vejo sentado a uma mesa com meus pais.

Hesito quando a vejo, pois tinha me esquecido totalmente de que viria. É como se tivesse medo de me aproximar demais e quebrá-la. Não quero fazer isso, nem quero que ela me veja assim. Mas é o horário de visitas. E não se pode fugir do horário de visitas. Então me aproximo da minha família, cauteloso.

— Oi, Caden.

— Oi, Mackenzie.

— Você está muito bem. Menos pelo cabelo despenteado.

— Você também.

Papai se levanta e puxa a cadeira vaga.

— Por que não se senta, Caden?

Faço o que ele sugere. E me esforço para impedir que os joelhos fiquem pulando, mas só consigo quando me concentro ao máximo. Quando me concentro ao máximo, aí perco o fio da meada. Não quero perdê-lo. Quero brilhar para Mackenzie. Quero mandar uma vibração de que está tudo bem. Só que não acho que esteja conseguindo.

Os lábios de Mackenzie se movem e os olhos se emocionam. Escuto o fim do que está dizendo:

— ... e como as mães das alunas só faltavam arrancar os olhos umas das outras, mamãe, que não tem a menor paciência com esse tipo de gente, arranjou um curso de dança mais calmo, onde não há psicopatas. — Ela abaixa os olhos e cora um pouco. — Desculpe. Não tive intenção de dizer isso.

Não sou capaz de sentir praticamente nenhuma emoção no momento, mas, se pudesse me identificar com seu arrependimento, eu me identificaria, por isso digo:

— Bem, há psicopatas e *psicopatas*. Não existe medicação para a Síndrome da Mãe da Bailarina. Com exceção, talvez, de cianureto de potássio.

Mackenzie dá uma risadinha. Nossos pais não acham a menor graça.

— Não usamos essa palavra aqui, Mackenzie — diz mamãe. — Assim como não se diz o nome da doença que começa com C.

— Ciclopismo — digo. — Porque o médico só tem um olho.

Mackenzie dá outra risadinha.

— Você está inventando isso.

— Na verdade — diz papai, num tom estranhamente orgulhoso —, não está, não. O outro olho é de vidro.

— Mas as duas asas funcionam — digo a ela. — Só que ele não tem para onde voar.

— Por que não jogamos alguma coisa? — mamãe se apressa a sugerir.

O último jogo de que me lembro de ter participado foi Apples to Apples, quando Shelby veio me visitar. Ou teria sido Max? Acho que foi Shelby. Embora saiba como jogar, o conceito estava fora do meu alcance naquela ocasião. As regras são bem objetivas: você põe um adjetivo virado para baixo, digamos, "constrangido", e cada jogador tem que atirar o substantivo que casar melhor com ele. Jogar uma carta absurda na mesa só funciona se for por ironia, não por efeito da medicação. Da última vez, acho que as cartas que joguei deixaram todos profundamente tristes.

Mas, como todas as visitas estão jogando, Apples to Apples é o único jogo que restou na prateleira, e Mackenzie o pega, sem conhecer sua sórdida história.

— Tenho uma ideia — diz mamãe, quando Mackenzie se senta com a caixa. — Por que não usamos o jogo para construir um castelo de cartas? — Mackenzie começa a protestar, mas papai se vira para ela com olhos arregalados, como quem diz: "Não discuta, nós explicamos mais tarde."

Sorrio ao ouvir a ideia de mamãe, percebendo a ironia que escapa a ela e a papai. O papagaio diria que isso é um bom sinal. E sugeriria que eu tentasse jogar. E, por esse motivo, eu me recuso.

Papai começa com a concentração de um engenheiro colocando a fundação de uma ponte. Cada um de nós vai acrescentando cartas. Com menos de dez, o castelo já desaba. Quatro tentativas. Da quarta vez conseguimos ir um pouco mais longe, construindo um segundo andar antes que o troço se achate.

— Ah, paciência — diz mamãe.

— É difícil fazer isso, mesmo quando o mar está calmo — observo.

Na mesma hora mamãe e papai tentam mudar de assunto novamente, mas Mackenzie não deixa.

— Que mar? — pergunta.

— Que mar o quê?

— Você disse que o mar estava calmo.

— Disse?

— Mackenzie... — começa papai, mas mamãe põe a mão no seu ombro para interrompê-lo.

— Deixe que ele responda — diz ela.

De repente, sou tomado por um constrangimento extremo. Uma vergonha mortal. Como se tivesse sido flagrado por uma namorada com o dedo no nariz. Viro a cabeça e olho pela janela, onde vejo as montanhas onduladas com sua grama recém-cortada. E isso me prende. Pelo menos, neste momento. Ainda assim, o capitão deve estar em algum lugar, escutando cada palavra que pronuncio.

— Às vezes... é desse jeito — digo a Mackenzie. A única coisa que posso dizer que me impedirá de implodir.

E ela responde:

— Eu entendo.

E pousa a mão sobre a minha. Ainda não tenho coragem de olhar diretamente para ela, por isso olho para sua mão.

— Lembra quando a gente fazia fortalezas com as caixas de papelão no Natal? — pergunta ela.

Sorrio.

— Lembro. Era divertido.

— Aquelas fortalezas eram tão reais, mesmo sendo de mentira, não eram?

Por um momento, ninguém diz nada.

— É Natal? — pergunto.

Papai suspira.

— Ainda vamos entrar em junho, Caden.

— Ah.

Mamãe está com os olhos úmidos, e me pergunto o que fiz para deixá-la assim.

132 Sem Sussurrar

É de tardinha. Está quase anoitecendo. O sol, já baixo no horizonte, lança um reflexo hipnótico sobre o mar. Nossas velas se mantêm infladas por um vento constante, enquanto singramos incansavelmente rumo ao oeste. Se é que o sol ainda se põe no oeste.

Estou no convés com Carlyle. Ele me entrega o esfregão e me deixa fazer um pouco do trabalho sujo.

— Meu palpite é que o capitão não aprovaria — digo a ele. — Nem o papagaio.

Ele parece não ter nenhuma opinião formada sobre o capitão, mas sobre o papagaio diz:

— Aquele pássaro vê tudo. Já desisti de guardar segredos dele há muito tempo.

— Então... de que lado você está?

Carlyle sorri e despeja um pouco da água do balde no convés, para que eu o esfregue.

— Do seu.

Ele me observa por alguns momentos e então diz:

— Você me lembra de mim mesmo quando estava na sua situação.

— Você?

— Pois é. — Ele fecha o notebook para me dar toda a sua atenção. Há outros conosco na sala de recreação, mas estão quase todos assistindo tevê. Somos os únicos conversando. — Você tem sorte. Eu também estava com quinze anos quando tive meu primeiro episódio, mas não fui internado num lugar tão bom quanto este.

— Você? — repito.

— No começo, pensaram que fosse transtorno bipolar, mas, quando os delírios foram se tornando cada vez mais psicóticos e comecei a ter alucinações auditivas, eles trocaram o diagnóstico para um transtorno do espectro esquizoafetivo.

Ele pronuncia as palavras sem sussurrar. Sem a gravidade covarde que as pessoas de fora dão a elas. A ideia de que Carlyle seja um de nós me perturba; e se ele estiver mentindo? E se estiver inventando essa história só para eu pirar de vez? Não. Isso é pura paranoia. É o que Poirot diria, e estaria certo.

Carlyle explica que um transtorno do espectro esquizoafetivo é uma mistura entre o transtorno bipolar e a esquizofrenia.

— Deveria ser chamado de tripolar — diz ele. — Primeiro você fica maníaco, achando que é o rei do universo, depois sai totalmente de si, vendo e ouvindo coisas, *acreditando* em coisas que não existem. E, quando volta ao normal, cai em depressão por compreender onde esteve.

— E eles deixam você trabalhar aqui?

— Eu fico bem, desde que tome a medicação. Aprendi do jeito mais duro, mas aprendi. Não tenho um episódio há anos. E, de todo modo, não sou exatamente um funcionário, apenas um voluntário nas horas vagas. Pensei que, já que tinha o transtorno e era formado em psicologia, poderia usar isso.

É muita coisa para assimilar de uma só vez.

— E o que você faz quando não está limpando a nossa sujeira mental?

Ele aponta para o notebook.

— Trabalho para uma empresa de softwares. Desenvolvo games.

— Não brinca.

— Os remédios podem embotar a imaginação, mas não destruí-la.

Estou assombrado, quase eufórico. Quando me viro para dar uma olhada no convés, vejo que os outros tripulantes estão ocupados com as tarefas designadas pelo capitão, ou apenas transitando por ali. É um belo pôr do sol, exibindo milhares de cores.

Carlyle torce o esfregão e olha ao redor, satisfeito com a limpeza do convés.

— Enfim... — diz ele. — Só porque a viagem é longa, não significa que você deva participar dela para sempre.

E me deixa com esse pensamento enquanto se dirige ao porão. Só depois que ele se retira é que vejo o capitão. Está parado diante do leme, seu lugar favorito para observar o resto do navio, cravando em mim um olhar ácido com aquele olho singular que tem o poder de me dissolver em nada.

133 A Zona das Cristéguas

A natureza, seja ela natural ou não, liberta toda a sua fúria enquanto finalmente penetramos os ventos agitados da tempestade paralisada no horizonte. Num segundo, o céu passa de uma manhã implacável para um crepúsculo apocalíptico, enquanto o navio oscila e rola como uma rolha de cortiça. Relâmpagos brilham ao nosso redor, e as trovoadas ribombam menos de um segundo depois.

Parado no convés, sem saber o que fazer, vejo as velas se rasgarem e se recomporem, se rasgarem e se recomporem acima de mim, as cicatrizes na lona tão grossas como as cordas da enxárcia. Imagino quanto tempo conseguirão resistir antes de se romperem. O capitão dispara ordens para os marinheiros afobados, que saem em peso da escotilha principal como formigas abandonando um formigueiro inundado. Acho que deveriam ir na direção contrária. Seria melhor se ficassem lá embaixo do que no convés, onde podem ser arrebatados pelas ondas, mas talvez eles tenham mais medo da ira do capitão do que da ira do céu.

— Abaixem as velas! — ordena o capitão. — Prendam o cordame! — Ele chuta o traseiro de um tripulante. — Mais depressa! Querem que percamos um dos mastros?

A tempestade já nos ameaça há uma semana — tempo bastante para prepararmos o navio para o confronto, mas o capitão decidiu não fazer nada, baseando-se numa filosofia sui generis.

— A prevenção é inimiga da espontaneidade — sentencia. — Prefiro a glória do heroísmo em meio ao pânico.

Bem, pânico é o que não falta no navio. Resta saber se o heroísmo do capitão vai nos salvar.

O capitão vê que estou parado, não tendo recebido qualquer ordem em particular.

— Pegue o leme! — ordena, apontando para o convés superior. — Gire a roda! Leve-nos para o meio das ondas!

Estou chocado por ele ter tido a coragem de me mandar assumir o controle do navio.

— *Para o meio* das ondas? — pergunto, sem saber se ouvi direito.

— Faça o que digo! — berra o capitão. — Essas ondas devem ter uns dez metros de altura, no mínimo. Se nos atingirem de lado, o navio emborcará, e eu prefiro navegar no oceano de cabeça para cima!

Subo de três em três degraus até o leme, seguro a roda e começo a tentar girá-la. O papagaio passa voando por mim, gritando algo, mas não posso ouvi-lo por causa das trovoadas e do estrondo das ondas.

Finalmente consigo fazer com que o leme se mova, girando sua roda teimosa, mas não rápido o bastante. Uma onda nos atinge de lado, chocando-se com a proa a estibordo. A tripulação é arrastada pelo convés, e cada um se agarra ao que pode para se apoiar.

Finalmente, o navio muda de direção, desafiando as ondas. A proa despenca numa depressão, e uma delas nos acerta em cheio. Não posso deixar de pensar em Calíope e em como estará enfrentando tudo isso. Será que as ondas a estão atingindo tão violentamente como a nós? Se ela sente tudo, será que está sentindo a dor do navio, que luta por se manter inteiro?

Cataratas de espuma inundam o convés e então recuam, deixando, em seu rastro, marinheiros tossindo, ofegantes. Não sei se algum terá sido arrastado para o mar.

Sinto uma súbita dor no ombro. O papagaio voltou e pousou em mim, cravando as garras na minha carne para não ser levado pelo vento.

— Está na hora, está na hora — diz ele. — Você tem que eliminar o capitão.

— Como? Em plena tempestade?

— Mate-o — insiste o pássaro. — Atire-o no mar. Diremos que ele se afogou, e você ficará livre dele.

Mas ainda não tenho certeza de que lado estou, e, no momento, salvar a minha vida é mais importante do que acabar com a de outra pessoa.

— Não! Não posso!

— Ele é a causa da tempestade! — grita o pássaro. — Foi ele quem o arrancou da sua vida! Tudo isso começa e termina com ele! Você tem que matá-lo, tem que matá-lo! — Uma rajada de vento o derruba do meu ombro.

Não tenho tempo para refletir se está mentindo ou dizendo a verdade, pois outra onda nos atinge. Dessa vez, despenco do leme para o convés principal, e me torno um dos muitos que lutam para resistir à força do mar e se manter a bordo.

Quando levanto a cabeça, vejo o que o mar trouxe para o navio. Uma criatura que me encara do botaló da vela mestra. Tem um rosto equino e pontudo, com narinas dilatadas e ferozes olhos vermelhos. É um cavalo, mas sem a parte traseira. Não tem pernas, apenas uma cauda preênsil enrolada em volta do botaló. É um cavalo-marinho do tamanho de um homem, com o corpo coberto por espinhos duros como ossos.

— Uma cristégua! — grita alguém.

O capitão pula para o botaló e, com um único gesto, corta a garganta da criatura. Ela cai morta aos meus pés, os olhos escurecendo.

— Eu deveria ter imaginado — diz o capitão. — Estamos na Zona das Cristéguas. — Ele ordena que eu volte ao leme. — Um novo curso de ação. Vamos apontar a popa para as ondas.

— Recuar? — grita o navegador pela janela da sala dos mapas. — Meus mapas dizem que devemos passar por aqui.

— Não falei em recuar! Isto é um duelo, e um duelo começa com os adversários de costas um para o outro.

Mais uma vez atrás do leme, forço a roda para um lado, e as ondas se encarregam do resto. Giramos cento e oitenta graus com a maior facilidade.

Sei que deveria estar olhando para frente, mas não consigo deixar de olhar para a popa. Durante um longo relâmpago, vejo mais uma onda se aproximando do navio por trás, mais alta do que as outras — e, na sua crista, uma quantidade tal de olhos rubros de fogo, que é impossível contá-los. Pelo visto, as cristéguas não conhecem as regras de um duelo.

Olho para meu braço ao redor do leme quando a onda nos atinge. O estibordo desaparece debaixo da onda, o convés principal é inundado e a muralha de água atinge o leme, submergindo-me. Enquanto prendo a respiração por uma eternidade, contorcendo-me com a força da água, eu me seguro com força ao leme. Acho que fomos a pique e estamos a caminho do fundo, mas, quando a água se afasta, estou vivo e ofegante, cuspindo e aspirando ar salgado.

Quando meus olhos clareiam o bastante para enxergar, testemunho algo que nem o próprio inferno poderia ter concebido. Dezenas de cristéguas contornam o convés com as caudas que lhes dão a agilidade de macacos. Elas enrolam os corpos pontudos em volta dos marinheiros como serpentes. Uma das criaturas abre a boca e revela dentes de tubarão, que se fincam no pescoço da urrante vítima. Em seguida, ela arrasta o marinheiro moribundo até a amurada e para o fundo do mar.

Uma cristégua pula na minha direção e eu lhe dou um soco violento, derrubando-a, mas ela enrola a cauda no meu braço, gira o corpo e, num instante, está novamente respirando no meu rosto. Penso que vai arrancar a minha cabeça com uma dentada, mas, em vez disso, ela fala:

— *Não é você que queremos... mas, se for preciso, nós o destruiremos.*

Dá uma cabeçada na minha barriga, que me deixa estendido no convés, e se afasta, balançando-se.

É nesse momento que vejo o capitão. Ele está sendo atacado por três cristéguas — uma enrolada em cada perna, e a terceira em volta do peito. Essa ele mantém segura pelo pescoço, enquanto ela tenta morder o seu rosto.

Ele luta por cortá-la com o punhal, mas ela consegue derrubar a arma, que cai com um tinido no convés.

Você deve eliminar o capitão, disse o papagaio — mas talvez eu não precise fazer isso. Talvez as cristéguas resolvam o problema para mim. Mas, se o matarem e o arrastarem para o mar, que será feito de Calíope? Sem a chave que está com ele, ela jamais poderá ser livre.

Antes que outra onda tenha chance de atingir o convés, corro até o punhal do capitão e o afundo na cabeça da cristégua que tenta mordê-lo. Quando ela cai morta, parto para cima das que se enrolam às suas pernas. Mais uma pula em cima de nós, mas eu a derrubo e esmago sua cabeça com o calcanhar.

Liberto das cristéguas, o capitão está desorientado, ofegante, tentando recuperar o fôlego. Se já houve algum momento em que ele esteve fraco demais para lutar comigo, é este. Pego uma ripa de madeira de um caixote quebrado e acerto sua cabeça por trás com tanta força que o caroço de pêssego sai voando de trás do tapa-olho e a chavinha de prata cai no convés. O capitão desaba. Sem saber o que o atingiu.

Outra onda nos ameaça pela popa, a crista repleta de olhos vermelhos como a barra de um jorro de lava. As cristéguas podem pegar o capitão agora; não me importo mais. Já tenho o que quero.

Antes que a onda nos atinja, corro até o alçapão trancado do castelo da proa e tento enfiar a chave no cadeado com dedos trêmulos.

Sinto mais do que escuto a onda quebrar sobre o estibordo do navio. O turbilhão de água avança pelo convés, mas não me viro para olhar. Finalmente, o cadeado se abre. Eu o arranco, levanto o ferrolho e entro no instante em que a onda chega à proa, arrastando-me para o castelo.

Consigo me levantar. A água me chega até a cintura; o castelo está meio submerso. Há cordas de ancoragem enroladas de ambos os lados. Então, bem diante de mim, escuro mas perfeitamente visível, vejo um par de pernas se projetando do ponto que marca a extremidade da proa. Calíope estava certa! Ela é mais do que uma parte do navio, tem pernas próprias, mas estão muito corroídas depois de tanto tempo passado neste lugar úmido. Agora entendo por que ela não pode se libertar: um parafuso na região lombar a mantém presa à proa. Mas eu posso libertá-la!

— Calíope! Está me ouvindo? — grito. Em resposta, ela move um dos pés de cobre. Tento arrancar o parafuso, mas as minhas mãos não são fortes o bastante, e maldigo o construtor do navio por tê-la posto nessa situação.

De repente, ouço uma voz atrás de mim:

— Leve isto aqui.

Quando dou meia-volta, vejo Carlyle estendendo uma chave de fenda, como se houvesse estado ali o tempo todo, à minha espera.

Pego a ferramenta. É do tamanho certo — e tenho certeza de que vou ter bastante base para afrouxar o parafuso... mas hesito.

Se eu fizer isso, o que vai acontecer? Arrancá-la do navio pode conde-ná-la à morte no mar. Ela é feita de cobre, o que significa que afundaria como uma moeda num poço. Mas, e se não afundar? Se eu a libertar do navio agora, será que me levará com ela? Será que posso continuar a viagem sem ela?

— Depressa, Caden — diz Carlyle. — Antes que chegue tarde demais.

Com o som das cristéguas acima e do mar enfurecido abaixo, levo a chave de fenda ao parafuso, lutando para libertar Calíope. Jogo todo o peso do corpo em cima dele, até começar a girar. Puxo-o com mais força e ele se solta, então vou destorcendo-o até cair.

Assim que ele afunda nas águas escuras do inundado castelo da proa, Calíope começa a se contorcer dentro do buraco estreito, ao mesmo tempo em que projeta o torso para frente. Posso imaginá-la contraindo os músculos dos braços, empurrando o navio como se desse à luz a si mesma da proa. Ela consegue libertar os quadris, em seguida as pernas, e num instante está livre, deixando apenas uma abertura do diâmetro de uma escotilha no lugar que até então havia ocupado.

Olho pelo buraco e vejo que ela não afundou — mas também não está nadando. Calíope está correndo, o espírito mais leve do que o ar, mais leve do que o cobre da sua pele, mais voluntarioso do que a gravidade. Ela corre sobre a superfície das ondas! Um único raio de sol penetra as nuvens como se um refletor a seguisse, e o metal corroído e oxidado começa a se descascar, revelando um cobre cintilante da cabeça aos pés. Quero gritar de alegria, mas um vulto escuro despenca da parte de cima do navio entre as ondas, e depois outro, e mais outro. As cristéguas! Num instante, o mar está infestado, os monstros galopando como uma cavalaria prestes a atacar a luminosa e solitária figura a distância.

Não é você que queremos... mas, se for preciso, nós o destruiremos.

Elas não estavam atrás do capitão, e sim de Calíope! E ele devia saber! Foi por isso que manteve o rosto dela virado na direção oposta à das criaturas.

— Corra! — grito, embora saiba que ela não pode me ouvir. — Corra sem parar nem por um instante!

Num segundo, ela é como uma pequena chama no horizonte perseguida pela manada de cristéguas, até que não posso mais vê-la, e rezo para que tenha forças para correr pelo tempo que for preciso.

Quando saio do castelo da proa, a tempestade já passou, como se um interruptor tivesse sido desligado. As ondas se abaixam; as nuvens começam a se dissipar. O capitão está no centro do navio, os braços cruzados e o olho fixo em mim. A órbita do globo perdido está vazia e escura, mas é como se também me observasse.

— Vou ser passado por baixo da quilha? — pergunto. — Ou coisa ainda pior?

— Você teve a petulância de roubar algo que era meu — diz ele.

Ao seu redor, a tripulação começa a ficar tensa diante da perspectiva do que ele fará.

— Teve a petulância de roubar algo que era meu, e, ao fazê-lo, salvou as nossas vidas. — Ele bate no meu ombro. — O heroísmo em meio ao pânico.

O navegador se aproxima com o caroço de pêssego.

— Encontrei isto aqui. Também faz de mim um herói? — O capitão pega o caroço sem responder. Coloca-o de volta no lugar, mas, em algum momento da tempestade, o tapa-olho se perdeu. Não há nada para esconder a feiura do olho tapado pelo caroço de pêssego.

— Mude de direção — ordena o capitão. — Para o oeste novamente, Mestre Caden.

— Mestre?

— Acabo de promovê-lo ao cargo de Mestre do Leme. O vento não nos guia mais — decreta ele. — Agora, quem nos guia é você.

134 Do Outro Lado da Vidraça

Fico sabendo por Céu que Cali vai ter alta.

— Ela está no nosso quarto, fazendo as malas neste exato momento — conta Céu, enquanto trabalha no mesmo quebra-cabeça que vem montando desde sempre. Pergunto-me se ela se lembra de ter me dado uma peça e se algum dia a pedirá de volta. — Você nunca mais vai ver Cali. Coitadinho. — Céu parece extrair um misto de prazer e tristeza do fato. — Mas a vida é feita de sofrimento. Paciência.

Não me digno a lhe dar uma resposta. Em vez disso, vou até o quarto de Cali. No caminho esbarro em Carlyle, e percebo por sua expressão solidária que é verdade: Cali vai embora.

— Leve isto aqui — diz ele, estendendo a mão para o posto de enfermagem, tira uma rosa de um arranjo de flores e me entrega. — Depressa, Caden. Antes que chegue tarde demais.

Cali está no quarto com os pais, guardando na mala os poucos pertences que trouxe. Nunca fui apresentado a eles. Nos dias em que vieram no horário das visitas, os três se refugiaram num canto do Espaço Panorâmico e ficaram conversando em voz baixa, sem permitir que ninguém entrasse no seu círculo.

Quando Cali me vê, não sorri. Na verdade, parece estar quase sofrendo.

— Mãe, pai, esse é o Caden — diz ela. Será que pretendia ir embora sem se despedir? Ou está achando a partida tão dolorosa que nem quis pensar nisso?

De repente, a rosa na minha mão parece tão ridícula, que a coloco na sua cama em vez de oferecê-la.

— Olá, Caden — cumprimenta o pai dela, com um sotaque muito mais forte que o da filha.

— Oi — respondo, e me viro para Cali. — Então, é verdade... você vai embora.

Quem responde é o pai:

— Os papéis da alta já foram assinados. Nossa filha volta para casa hoje.

Apesar da tentativa de falar por ela, dirijo as palavras a Cali:

— Você poderia ter me dito.

— Não tive certeza até hoje de manhã. Tudo aconteceu tão depressa...

As palavras de Céu ainda ecoam na minha cabeça. *Você nunca mais vai ver Cali*. Estou determinado a provar que ela está errada. Pego um pedaço de papel amassado na cesta de lixo e peço uma caneta aos pais de Cali, porque sei que não vou encontrar nenhuma dando sopa por ali.

A mãe tira uma caneta da bolsa e me entrega, e eu escrevo no papel com a letra mais legível que consigo fazer.

— Esse é o meu e-mail, para você poder me escrever — digo. Não temos permissão para trocar e-mails no hospital, mas a minha caixa de entrada ainda vai estar lá quando eu sair daqui... se chegar a sair.

Ela pega o papel e o aperta com força no punho, apreciando-o. Vejo lágrimas nos seus olhos.

— Obrigada, Caden.

— Você também poderia me dar o seu...

Cali hesita e olha para os pais. Ela é muito diferente na presença deles, tão apagada que nem sei o que pensar.

Os pais se entreolham como se eu tivesse pedido algo inconcebível.

E é então que compreendo que não posso ter o e-mail dela. Não por causa dos pais, mas por causa dela mesma. Porque prometi que a libertaria.

— Esquece — digo, como se não fosse nada, embora seja tudo. — Você pode me escrever primeiro, e aí eu respondo.

Cali faz que sim, e me dá um sorriso triste mas sincero.

— Obrigada, Caden.

O pai tenta lhe tomar o pedaço de papel, mas ela o leva ao peito, como se ainda estivesse me abraçando.

Penso em como Cali era quando a conheci. Agora, ela está muito mais lúcida. Isso transparece na postura, no modo como fala. No olhar. Ela está do outro lado da vidraça. Tornou-se parte do mundo exterior que tanta necessidade sentia de observar.

Sinto vontade de abraçá-la, mas sei que não posso fazer isso na presença dos seus pais. Os limites impostos pela cerimônia dos dois formam uma zona quilométrica que é proibido invadir. Então, apenas aperto a mão de Cali e ela olha para mim, surpresa com o gesto, talvez até decepcionada, mas compreendendo a falta de opção. É estranho, mas apertar sua mão parece muito mais constrangedor do que aquecê-la na minha cama.

Nosso aperto de mão deve ser longo demais, porque o pai finalmente diz:

— Despeça-se do rapaz, Cali.

Mas, num sutil desafio, ela não faz isso, e sim diz:

— Vou sentir muitas, muitas saudades de você, Caden.

— Sempre vou estar no horizonte — respondo.

Com uma tristeza infinita, ela diz:

— Acredito. Mas, infelizmente, não estou mais olhando por aquela janela.

135 O que É Mais Horripilante?

— Quero ir embora — digo a Poirot durante a avaliação seguinte.

— Você vai, você vai. Garanto que vai.

Mas suas garantias não significam nada para mim.

— O que tenho que fazer para sair daqui?

Em vez de responder, ele retira da gaveta uma das minhas obras de arte recentes. Tem o hábito de usá-las contra mim como balas na cabeça.

— Por que todos esses olhos? — pergunta. — É fascinante, mas por que todos esses olhos?

— Eu desenho o que sinto.

— E é isso o que sente?

— Não tenho que te contar nada.

— Estou preocupado com você, Caden. Profundamente preocupado. — Ele balança a cabeça, pensativo. — Talvez precisemos ajustar a sua medicação.

— Ajustar a minha medicação, ajustar a minha medicação, é só o que o senhor sempre quer, ajustar a minha medicação!

Ele mantém a compostura enquanto me observa. Vejo seus olhos, tanto o vivo quanto o morto, nos números do relógio que tiquetaqueia, nos pôsteres motivacionais nas paredes. Em toda parte. Não tenho para onde fugir.

— A medicação é assim mesmo, Caden. É como ela funciona. Sei que não é tão rápida quanto você gostaria, mas, se lhe der tempo, ela o levará aonde você precisa chegar. Aonde *quer* chegar. — Ele começa a fazer uma nova receita. — Gostaria que experimentasse o Geodon.

Bato com os punhos nos braços da cadeira.

— Estou com raiva! Por que não me deixa sentir raiva? Por que tem que medicar tudo que eu sinto sem pensar duas vezes?

Ele nem se digna a me olhar.

— A raiva não é uma emoção produtiva no momento.

— Mas é real, não é? É *normal*, não é? Olha onde eu estou e o que aconteceu comigo! Tenho todo o direito de sentir raiva!

Ele para de escrever e finalmente olha para mim com o olho bom, e eu me pergunto: como esse homem pode me ver em perspectiva, quando não tem percepção de profundidade? Já estou até esperando que chame Braços Brutos da Morte para me conter, ou que mande me darem uma injeção de Haldol para me despachar para a Cozinha de Plástico Branco. Mas ele não faz nem uma coisa nem a outra. Tampa a caneta. Reflete. Então diz:

— É um argumento razoável. Um sinal de que você está melhorando. — Afasta o receituário. — Vamos manter a medicação por mais uma semana, e então fazer uma nova avaliação.

Sou acompanhado de volta ao quarto, me sentindo pior do que estava antes da avaliação. Não sei o que é mais horripilante: a ideia de passar mais uma semana aqui, ou a possibilidade de que a medicação que tanto desprezo esteja fazendo efeito.

136 Transformando-se numa Constelação

O navegador está aprontando alguma. Anda mais ensimesmado e absorto nos mapas do que nunca. Até se recusa a olhar meus desenhos, e, agora que minha barriga ficou quieta, também não quer mais se orientar por ela. Está de mau humor, mas é mais do que isso. Sua pele está mais pálida, e surgiu um eczema nos braços que já começa a descascar.

— Me acompanhe ao cesto da gávea — diz ele durante num dos seus raros momentos de sociabilidade. — Estou precisando dar uma olhada na vista.

Subimos até o pequeno cilindro no alto do mastro central. Como sempre, o espaço que parece ter apenas um metro de diâmetro exibe as dimensões de um salão quando entramos. É uma hora morta. Somente alguns marinheiros sentam-se sozinhos, observando os saltadores ou as azeitonas que piscam para eles no fundo dos copos. O navegador recebe seu coquetel do bartender. Ainda não está na hora do meu; vou ter que voltar mais tarde.

Sua bebida é uma salmoura laranja nublada que gira com fagulhas azuis.

— Já estou embotado demais — diz ele. Em seguida, despeja lentamente o coquetel no chão. O líquido radioativo empoça numa depressão da madeira acobreada, mas, diante dos meus olhos, é sugado pelo piche negro que preenche as frestas entre as pranchas metálicas. O piche parece se contorcer e se debater, mas sei que deve ser apenas uma ilusão causada pela luz. O bartender está na ponta do balcão, servindo outra pessoa, e não vê o que o navegador fez.

— Isso fica entre nós — diz ele. — Se devo guiar a viagem até o ponto do mergulho, preciso manter a genialidade intacta, para calcular a rota sem qualquer interferência externa. Interferência, persistência, perseguição, evolução. Estou evoluindo, é isso; sou um deus transformando-se numa constelação.

— Mas a maioria das constelações é dedicada aos semideuses — observo. — E eles só se transformavam em constelações depois que morriam.

Ele ri ao ouvir isso e diz:

— A morte é um pequeno sacrifício para se atingir a imortalidade.

137 Horizonte Perdido

Sem Calíope na proa, sinto uma profunda solidão que nada consegue dissipar.

— Viva um dia de cada vez — aconselha Carlyle —, e se sentirá um pouco melhor todas as manhãs.

Mas não me sinto. O capitão age como se Calíope nunca tivesse existido. Para ele não há história, nem passado, nem lembrança. Viva para o momento e para o momento seguinte, disse uma vez. Nunca para o momento anterior. É uma crença que o define.

Calíope era os nossos olhos no horizonte, e sem ela é como se o horizonte houvesse desaparecido. O mar é desfeito numa bruma que se mistura ao céu. É impossível saber onde termina um e começa o outro. Agora, o céu é imprevisível e o mar, instável. No alto, nuvens surgem do nada e se inflam em monstruosidades turvas, prenhes de intenções malignas, e o céu claro e azul intensifica o sol inclemente como uma lupa. Quanto ao mar, as ondas perderam o ritmo; o temperamento do oceano perdeu a razão. O mar pode estar liso e tranquilo como um lago de montanha num momento, e no seguinte ser agitado por mil vagalhões.

— Já cruzamos o ponto de retorno — diz o capitão, enquanto luto com a roda do leme para manter o navio ziguezagueando como um cargueiro em tempo de guerra. A esta altura, navegar em linha reta seria suicida. O melhor modo de evitar e confundir os monstros que jazem nas profundezas é dar ao navio um curso tão imprevisível quanto o mar e o céu.

Minhas mãos estão ásperas e calejadas de manejar o leme, as palmas ligeiramente esverdeadas, pois, como tudo mais no navio, a madeira da roda se transformou em cobre e se esverdeou de azinhavre por ação da maresia.

— Alguma vez houve um ponto de retorno? — penso em voz alta.

— Perdão?

— O senhor disse que cruzamos o ponto de retorno. Isso quer dizer que houve um momento em que poderíamos ter retornado?

O capitão abre um sorriso pouco simpático.

— Bem, agora nunca saberemos, não é?

Desconfio que a possibilidade de voltar nunca tenha existido. Eu já estava predestinado para essa viagem muito antes de pisar no convés. Predestinado desde que nasci.

O navegador sobe correndo ao convés, agitando nas mãos uma carta de navegação que acaba de criar. Seus nós de linhas rabiscados são medidos em léguas e graus de bússola nos menores detalhes. O capitão dá uma olhada, faz que sim e me entrega o mapa. Meus ziguezagues nada têm de aleatórios. Ou, pelo menos, não é a minha aleatoriedade que estamos seguindo, e sim a do navegador.

O capitão bate nas costas dele com orgulho.

— Isso certamente fará com que alcancemos o nosso destino.

O navegador sorri de orelha a orelha com o elogio do capitão.

— Agora estou ligado na tomada, vivendo uma profunda conexão com as profundezas   diz o navegador. — Conexão, infecção, ingestão, digestão: posso sentir nosso destino nas próprias entranhas. É a única nutrição de que preciso!

O capitão sabe que o navegador não tem tomado o coquetel. Talvez seja parte da razão por que está tão orgulhoso dele. O capitão se vira para mim.

— Deveria seguir o exemplo dele, Mestre Caden. A visão do nosso navegador é clara. E a sua?

Mas há outras coisas que vêm com essa "clareza de visão", como o capitão a chama. As cartas do navegador estão mais labirínticas do que nunca, mas ele se mantém irredutível ao afirmar que são a chave para alcançarmos o nosso destino. E o mais apavorante de tudo é que eu acredito nele.

— Se evitar o cesto da gávea, sua lucidez será mais agradável do que a intoxicação que eles lhe oferecem — diz o capitão. — Olhe só para o navegador!

Mas tenho medo de que a lucidez do navegador seja tão perigosa como um fogo de artifício nas mãos de uma criança. Se ele está sintonizado com as profundezas, o que elas estarão lhe dizendo? Porque é certo que não nos desejam bem. Agora, quando o navegador caminha, noto que o piche pegajoso que preenche as frestas do navio se gruda nos seus calcanhares. Quando ele toca uma parede, a gosma fica mais grossa, atraída por sua mão, como se ele tivesse se tornado um campo de gravidade para as trevas — e então me ocorre que a escuridão deve ser apaixonada pela luz. E, mesmo assim, uma sempre deve aniquilar a outra.

138 O Atirador no Campo das Cores

Num certo momento, quando o mar está calmo e o céu claro, o capitão saca uma pistola. Um modelo antiquado. Acho que é o que chamam de "garrucha". O tipo de arma que o vice-presidente Aaron Burr usou para matar o ex-secretário do tesouro Alexander Hamilton no seu infame duelo em 1804.

— Ouvi dizer que você tem excelente pontaria — diz o capitão. O que me parece estranho, já que nunca disparei uma arma na vida.

— Quem disse isso? — pergunto, com medo de negar.

— Essas coisas correm — diz ele. — É público e notório que você já eliminou muitos adversários nos campos da cor.

— Ah. Quando joguei paintball.

— Um atirador é um atirador em qualquer meio, e a hora de agirmos se aproxima. — Ele põe a arma na minha mão, me entrega um saquinho de pólvora e uma única bala de chumbo. — Você só precisará de um tiro para dar cabo do pássaro.

Olho para a arma, tentando aparentar menos medo do que sinto. Ela é muito mais pesada do que parece. Dou uma olhada nas velas, mas não vejo o papagaio. Ele se afastou depois que revelou a intenção de matar o capitão. Agora fica empoleirado no alto da enxárcia e nas vigas dos mastros. A hora de agirmos se aproxima, mas continuo ambivalente em relação ao rumo que devo seguir. Mas é bom estar no comando do leme e nas boas graças do capitão.

— Não seria mais satisfatório para o senhor se encarregar disso? — pergunto.

O capitão nega com a cabeça.

— Mesmo com um olho, aquela serpente emplumada é astuta demais para ser pega desprevenida. O ato deve ser realizado por alguém em quem o papagaio confie e em quem eu confie que o realizará. — Ele aperta meu ombro, movido por um sentimento que parece ser de orgulho. — Atraia-o para um encontro secreto. Deixe a arma escondida até o último momento.

Enfio a garrucha no cinto e a cubro com a camisa. O capitão balança a cabeça, aprovando.

— Quando nos livrarmos do pássaro, seremos verdadeiramente livres.

Percebo que minhas escolhas são impossíveis, e não tenho a menor ideia do que fazer.

139 O Resto É o Silêncio

Se quiser conversar com alguém sobre panes mentais, Raoul tem a solução: fale com Shakespeare.

Minha cabeça dá um nó quando tento ler Shakespeare, mas o professor de inglês não aceitou a desculpa arcaica de que "o mastim manducou o alfarrábio" como justificativa para não ler *Hamlet*. O estranho é que, depois de ler por um tempo, comecei a entender tudinho.

O amaldiçoado príncipe da Dinamarca é um rapaz que enfrenta uma decisão impossível: o fantasma de seu pai ordena que vingue seu assassinato e mate seu tio. Pelo resto da peça, Hamlet fica numa dúvida mortal. Devo matar tio Cláudio? Ou ignorar o fantasma? Aliás, será que o fantasma é real? Será que enlouqueci? Se não, devo fingir que sim? Devo pôr um ponto final nessa dúvida entre duas escolhas impossíveis e me suicidar? E, se fizer isso, ainda vou sonhar? E esses sonhos serão melhores do que o pesadelo do meu pai morto mandando que eu mate meu tio, que, por sinal, está casado com a minha mãe? Ele se tortura, ele pondera, ele fala sozinho até ser apunhalado por uma lâmina envenenada, e toda essa autoanálise atormentada dá lugar ao silêncio eterno.

Shakespeare era fascinado pela morte. E por venenos. E pela insanidade. Ofélia, a amada de Hamlet, acaba enlouquecendo e se afoga. O Rei Lear perde a razão em consequência do que hoje chamaríamos de Mal de Alzheimer. Macbeth é totalmente delirante, tem alucinações de fantasmas e um desagradável punhal flutuante. É tudo tão preciso, que até me pergunto se Shakespeare estava escrevendo por experiência própria.

Seja lá como for, tenho certeza de que muita gente também deve tê-lo acusado de estar "usando alguma coisa".

140 O Tempo das Palavras Acabou

Ainda tenho que executar a ordem dada pelo capitão de matar o papagaio. Também tenho que aceitar a terrível exortação do papagaio para matar o capitão. Continuo paralisado pela incapacidade de me decidir por uma coisa ou pela outra.

Mas tudo muda no dia em que enfrentamos mais uma ameaça das profundezas.

Começa com uma perturbação a bombordo, uma zona cheia de bolhas de espuma assinalando a presença de algo abaixo da superfície.

O capitão ordena silêncio a todos no convés, mas é difícil dar uma ordem dessas quando se é obrigado a sussurrar, por isso ele manda Carlyle dizer a cada um dos marinheiros para calarem a boca e quaisquer outras partes da anatomia que estejam fazendo barulho.

— Vire vinte graus a estibordo — sussurra o capitão para mim.

Giro a roda do leme. Estamos navegando com um vento de cauda ligeiro, e o navio vira para estibordo rapidamente, afastando-nos da perturbação.

— O que *era* aquilo? — pergunto.

— Shhh — faz o capitão. — Vai ficar tudo bem se não ouvirem a nossa passagem.

De repente, a estibordo, vejo outra zona de borbulhas, ainda mais perto do navio do que a primeira. O capitão respira fundo e sussurra:

— Tudo a bombordo.

Obedeço, mas giro a roda muito depressa, e o leme solta um rangido. Sinto a vibração se amplificar no arcabouço do navio, como o tom ameaçador de um violoncelo. O capitão faz um esgar de desagrado.

O navio se desvia do estranho trecho de mar, e por um momento penso que estamos fora de perigo, mas então, bem à minha frente, a água começa a borbulhar e, em meio à espuma agitada, vislumbro algo que preferiria não ter visto: uma criatura coberta de cracas e pálida como um cadáver, e o tentáculo escuro e oleoso de uma segunda criatura agarrada à primeira. Os monstros mergulham, e a água se acalma.

— Eles eram... o que eu penso que eram? — pergunto ao capitão.

— Sim — responde ele. — Estamos entrando no reino dos *Antagonistas*.

Navegamos em silêncio, esperando... esperando... De repente, a baleia, envolta pelo corpo colante do calamar, dá um salto para fora d'água, menos de cinquenta metros a estibordo. As criaturas são gigantescas. Juntas, têm o dobro do tamanho do navio. A baleia se contorce, a cauda golpeando o ar violentamente enquanto sai da água, revelando estar completamente coberta pelos tentáculos do calamar, que a apertam com força mortal. Os dois tornam a mergulhar, criando uma onda enorme que atinge o costado do navio e o abaixa tão violentamente que ficamos a um triz de emborcar.

Enquanto deslizamos pelo convés adernado, o capitão consegue manter o equilíbrio. Ele me segura enquanto o navio se endireita e me põe novamente atrás do leme.

— Leve-nos para longe desses monstros — ordena. — Sinta a presença deles e leve-nos para longe.

Embora eu possa sentir uma grande malignidade abaixo de nós, a intuição não aponta em qualquer direção. É como se elas estivessem em toda parte, e não tenho como saber para que lado virar.

— Eles estão concentrados demais um no outro para notarem nossa presença — diz o capitão. — Somente se nos ouvirem a sua atenção será despertada. Navegue com sabedoria, e sairemos incólumes.

Relembro a história dos *Antagonistos* que o capitão contou.

— Mas, se a briga é entre eles, por que *nos* atacariam? — pergunto.

O capitão sussurra ao meu ouvido:

— A baleia abomina o caos; o calamar detesta a ordem. Por acaso este navio não é o filho bastardo dos dois?

Essas palavras me dão um lampejo de compreensão. Embora os *Antagonistos* possam se sentir vagamente refletidos no navio, enxergam somente aquilo que odeiam. O que nos torna inimigos mortais de dois inimigos mortais.

— Podemos suportar as ondas causadas por um salto próximo — diz o capitão. — Mas, se eles nos ouvirem, estaremos perdidos.

O salto seguinte ocorre a bombordo da proa. Dessa vez, a baleia só sai parcialmente da água, de modo que as ondas são menos violentas do que as anteriores. Como disse o capitão, a baleia não nos vê. Seus olhos estão revirados até em cima, totalmente cegos. Ela se debate de um lado para o outro, mordendo um tentáculo do diâmetro de uma sequoia. O calamar solta um urro ensurdecedor. Giro a roda o mais depressa possível para nos afastar dos dois, mas, dessa vez, devagar, para que o leme não solte nenhum rangido.

Nesse instante, escuto um grito vindo de cima, quase tão alto quanto o do calamar.

— Aqui! — berra o papagaio. — Aqui! Estamos aqui!

No instante em que a baleia está prestes a afundar sob a superfície, o branco dos olhos revirados dá lugar a duas íris negras e brilhantes, e juro por Deus que o monstro as crava em mim.

Ao ver nosso sigilo destruído, o capitão se enfurece com o papagaio.

— Aquele demônio emplumado prefere afundar o navio a me ver vitorioso! Acabe com ele agora, Caden! — ordena. — Antes que ele acabe conosco!

Tateio o cinto e vejo que a garrucha ainda está lá, mas silenciar o papagaio não vai adiantar nada. É tarde demais — as criaturas sabem que estamos aqui. Quando o capitão vê que não faço qualquer gesto para abater o papagaio, ele me empurra do leme em direção ao convés principal.

— Cumpra com o seu dever, garoto! A menos que queira ir parar na barriga de uma dessas feras!

O papagaio se empoleira no topo do mastro principal, gritando a um volume alto demais para uma ave tão pequena. Subo pela enxárcia em sua direção. Ele sorri ao me ver. Pelo menos, acho que é um sorriso. É difícil ter certeza.

— Venha ver! Venha ver! — chama ele. — A vista é melhor daqui de cima!

Ele não sabe que estou aqui para matá-lo. Nem eu sei se sou capaz de fazer isso.

— Perspectiva! Perspectiva! — exclama o papagaio. — Agora entende?

Quando olho para baixo, vejo a situação com uma clareza muito maior. Daqui de cima, posso ver que os dois monstros se separaram e estão circundando o navio em direções opostas — por ora, os dois inimigos estão unidos num mesmo propósito.

— Os *Antagonistos* vão pôr um fim à viagem. O capitão afundará junto com o navio — profetiza o papagaio. — Como deve ser. Como deve ser.

Nesse momento, o calamar projeta um tentáculo para fora d'água e se agarra à proa. O navio leva um tranco. Tento me segurar às cordas para me salvar. O monstro negro enrola um segundo tentáculo em volta do gurupés com uma força titânica e o arranca da proa. Se Calíope ainda estivesse ali, teria se partido ao meio.

Um solavanco violento quase me derruba das cordas. Olho para baixo e vejo que a baleia investiu contra o lado de estibordo, por pouco não o abalroando. O capitão ordena ao mestre de armas que dispare o canhão, mas a baleia submerge depressa demais para ser abatida por um tiro. O calamar agora saiu completamente da água e subiu na proa, seus tentáculos se enrolando ao redor da metade inferior do mastro principal como vinhas negras. A proa se abaixa muito por causa do peso, e os marinheiros gritam e correm atabalhoadamente. Subo ainda mais para fugir da ponta tateante do tentáculo mais alto.

No convés, Carlyle cutuca o calamar usando o cabo afiado do esfregão como um arpão, mas o couro da criatura é grosso demais para que consiga fazer maiores estragos.

— Segure-se às minhas garras — ordena o papagaio. — Vamos para longe daqui.

— Mas e os outros?

— O destino deles não é o seu!

— Estamos muito longe da terra!

— Minhas asas são fortes!

Sua voz é quase convincente, mas ainda não posso acreditar nele. É um pássaro pequeno, parece indefeso comparado com o capitão.

— Confie em mim — insiste o papagaio. — Você tem que confiar em mim!

Mas não posso. E ponto final.

É quando vejo o navegador. Ele vem de baixo, correndo até o capitão, alheio à batalha que se desenrola ao redor. Mesmo a distância, posso ver que está muito pior do que antes. Sua pele pálida se escama ao vento, soltando-se em camadas semelhantes a folhas que flutuam atrás dele no convés e são devoradas pelo piche faminto. Ele pega uma das folhas soltas e a mostra ao capitão — uma nova carta de navegação —, mas o capitão o empurra para o lado, pois a navegação é a última coisa em que está interessado no momento.

A baleia torna a arremeter contra nós, e o navegador finalmente olha ao redor e se dá conta da situação. A expressão no seu rosto me gela o sangue. Um olhar de férrea determinação — e eu penso em *testamento, julgamento, sacramento, sacrifício*. Sei o que ele pretende fazer no instante em que começa a subir no mastro principal. Ele vai para o cesto da gávea. E vai saltar.

— Mau sinal — diz o papagaio, vendo o mesmo que eu. — Mau sinal, mau sinal!

— Se quer salvar alguém, que seja ele!

— Tarde demais — diz o papagaio. — Nossa ciência não é exata, mas fazemos o que podemos.

Não aceito isso. O navegador já chegou à metade do mastro. Um tentáculo tenta derrubá-lo, mas erra, agarra uma das folhas soltas e a estraçalha.

Nem por um segundo o navegador tira os olhos do cesto que está bem acima dele. Tenho que salvá-lo!

A distância entre o mastro da proa e o mastro principal é grande demais para ser coberta com um salto, e, se eu descer, vou cair na bocarra escancarada do calamar. Mas talvez haja um modo de atravessar essa distância em segurança. Digo ao papagaio:

— Me leve até o navegador!

O papagaio nega com a cabeça.

— Melhor não.

Embora não saiba exatamente em que conta ele me tem, acrescento no tom de voz mais autoritário possível:

— Isto é uma ordem!

O papagaio suspira, crava as unhas dolorosamente nos meus ombros e bate as asas, me transportando da enxárcia até o mastro da proa. Ele disse a verdade; mesmo com asas tão pequenas, tem bastante força para carregar meu peso. Voamos acima da batalha, e ele me solta no cesto da gávea, momentos antes de o navegador chegar.

Meus olhos demoram um segundo para se acostumar às dimensões enganosas do cesto: pequeno visto de fora, imenso do lado de dentro. Olho ao redor. Nem um único tripulante. Nada além de vidro quebrado em volta do bar deserto. Finalmente avisto o navegador do outro lado do salão, subindo na borda dos saltadores. Mal o reconheço, de tanto que a sua pele se escamou.

— Não! — grito. — Pare! Você não precisa fazer isso! — Tento chegar até ele, mas os cacos de vidro sob os pés diminuem meus passos.

A expressão determinada no seu rosto se dissolveu num vago sorriso de resignação.

— Você tem o seu destino, eu tenho o meu — diz ele. Até sua voz adquiriu um som de papel folheado. — Destinação, destruição, violação... solução. — E, antes que eu possa alcançá-lo, ele se atira ao vento.

— Não! — Minhas mãos tentam segurá-lo, mas é tarde demais. Ele despenca em direção ao mar, camadas de pergaminho desprendendo-se durante a queda, folha após folha, até não restar mais nada dele. Totalmente desfeito antes de chegar à água. Tudo o que resta é um milhar de folhas esvoaçando ao vento como confete, indo cair uma por uma no mar.

Observo a festa de pergaminhos, sem poder acreditar que ele tenha partido. O papagaio tenta cobrir meus olhos com a asa.

— Não olhe, não olhe. — Mas eu o empurro, enojado.

Lá embaixo, a paixão do calamar por destruição se aplaca subitamente. Seus tentáculos soltam o navio e ele torna a deslizar para a água. A baleia, que avançava em nossa direção para arremeter contra o costado, mergulha sob o navio. Momentos depois, as criaturas saltam da água, ao longe, a bombordo da proa, mais uma vez entrelaçadas no seu eterno abraço de ódio, esquecendo-se completamente de nós. Os *Antagonistas* ganharam seu sacrifício. O navio está salvo.

— Inesperado — diz o papagaio. — Muito inesperado.

Olho para ele, em fúria.

— Você poderia tê-lo impedido! — grito. — Poderia tê-lo salvo!

O papagaio abaixa a cabeça, fingindo reverência, e solta um assovio baixo.

— Fazemos o que podemos.

O que estou sentindo não pode ser expresso em palavras. Mais uma vez, minhas emoções adquiriram o dom bíblico de falar em idiomas desconhecidos. Mas não tem problema — porque a hora de falar acabou. É hora de agir. E eu dou voz à minha tumultuosa fúria tirando a garrucha do cinto. Já está carregada. Não me lembro de tê-la carregado, mas sei que está. Encosto o cano no peito do papagaio. Puxo o gatilho. O tiro ecoa tão alto como uma salva de canhão, dilacerando o peito do pássaro. Seu único olho se crava no meu com a expressão chocada dos traídos, e ele me oferece seu testemunho final.

— *Você já viu o capitão antes* — diz ele, a voz mais fraca a cada palavra. — *Você já o viu antes. Ele não é... o que você pensa... que é.* — O papagaio exala um último suspiro, e seu corpo tomba. A hora de falar acabou para nós dois. Seguro o corpo inerte do papagaio e o atiro do cesto da gávea, vendo-o cruzar o céu como uma bola de fogo e penas, até ser acolhido pelo mar.

141 Como Se Ele Nunca Tivesse Existido

Meus pais ficam fora de si ao saberem do que aconteceu com Hal. Preferia que não tivessem lhes contado. Conversar com eles sobre o ocorrido é o mesmo que revivê-lo, e, ao contrário de Alexa, não sinto a menor necessidade de reviver pesadelos, se puder evitar.

Sento no Espaço Panorâmico e fico olhando pela janela, como Cali fazia, sem querer estar do lado de cá da vidraça, mas sem querer estar do lado de lá tampouco. Estou embotado. Não consigo pensar com clareza. Em parte, é por causa dos medicamentos; em parte, por outros motivos.

— Isso é terrível — diz mamãe.

— O que eu quero saber é como uma coisa dessas pode ter acontecido — diz papai. Estou sentado no meio dos dois enquanto tentam me confortar, mas já estou encapsulado numa bolha protetora invisível. Conforto não é a questão.

— Ele pegou o meu apontador de plástico — conto a eles. — Arrancou a laminazinha de metal e cortou os pulsos.

— Eu sei o que aconteceu — diz papai, levantando-se e começando a andar de um lado para o outro, como sempre faço. — Mas não deveria ter acontecido. Há câmeras por toda parte, não? E um monte de enfermeiras. Que diabos elas estavam fazendo? Pintando as unhas?

A comoção já passou, mas as ondas ainda não baixaram. O mar vai demorar algum tempo para se acalmar.

— Você precisa saber, Caden, que a culpa não foi sua — diz papai. Não sei como, mas as únicas palavras que se destacam para mim são *culpa* e *sua*. — Se ele não tivesse usado aquele apontador, teria encontrado alguma outra coisa.

— É, talvez — respondo. Sei que o argumento de papai é razoável, mas acho que a parte lógica do meu cérebro ainda está se esgueirando pelos cantos no porão do navio.

Mamãe balança a cabeça, triste, e aperta os lábios.

— Quando penso naquele pobre rapaz...

Então não pense, tenho vontade de dizer, mas fico quieto.

— Eu entendo que a mãe dela esteja pensando em processar o hospital.

— A mãe dele? Pois se em parte ele fez isso por causa dela! O hospital é que deveria processar *aquela mulher*!

Como meus pais não têm base para essa discussão, não fazem comentários.

— Bem — diz papai —, de um jeito ou de outro, cabeças vão rolar, isso é certo. Alguém tem que ser responsabilizado.

Então, mamãe tenta amenizar o clima falando do recital de balé da minha irmã, e consegue preencher o tempo com assuntos nada mórbidos até a horário de visitas acabar.

Não fui eu quem encontrou Hal. Foi Braços Brutos da Morte. Mas dei uma espiada no banheiro quando o levaram. Parecia que alguém tinha assassinado um elefante ali dentro.

Então, voltamos à programação normal. É melhor não perturbar os pacientes. Fingir que isso não aconteceu. Como se ele nunca tivesse existido.

Só Carlyle é humano o bastante para tocar no assunto durante a sessão.

— Pelo menos, aconteceu dentro de um hospital e puderam levá-lo direto para a Emergência — diz ele.

— Hal morreu? — pergunta Céu.

— Ele perdeu muito sangue. Está no CTI.

— Você nos contaria se ele tivesse morrido? — desafio-o.

Carlyle não responde imediatamente.

— Não me caberia fazer isso — responde, por fim.

De repente, Alexa tateia a cicatriz no pescoço e compara o que aconteceu à sua tentativa de suicídio, como sempre querendo ficar sob os refletores.

142 Você Anda Tendo ou Já Teve?

Meus pais já se perguntaram se ando tendo ou já tive fantasias suicidas. Os médicos também. Idem os questionários do plano de saúde. Não que eu não tenha pensado nisso uma vez ou outra — principalmente nas ocasiões em que a depressão cravou fundo as garras em mim, mas será que cheguei ao ponto de levar a hipótese a sério? Acho que não. Sempre que esse tipo de ideia me passa pela cabeça, é a minha irmã que me segura. Mackenzie ficaria traumatizada pelo resto da vida se tivesse um irmão que se matasse. É verdade que a minha existência prolongada poderia tornar a vida dela muito infeliz, mas a infelicidade é dos males o menor. É mais fácil lidar com um irmão que é problemático do que com um que *foi* problemático.

Ainda não decidi se o suicídio é um ato de coragem ou de covardia. Se é um sinal de egoísmo, ou de altruísmo. Será a forma mais radical de autolibertação, ou um gesto barato de autodomínio? Dizem alguns que uma tentativa frustrada é um grito de socorro. Acho que é verdade, se o objetivo da pessoa era mesmo esse. Mas, para mim, a maioria das tentativas frustradas não é totalmente sincera, porque, vamos combinar, se você está mesmo a fim de bater as botas, existem mil maneiras de conseguir isso.

Ainda assim, se você precisa ficar a um triz de perder a vida só para gritar por socorro, há alguma coisa errada. Ou você não estava gritando alto o bastante, ou as pessoas na sua vida são cegas, surdas e mudas. O que me leva a pensar que não é só um grito de socorro — é mais um grito para ser levado a sério. Um grito que diz: "Estou sofrendo tanto que o mundo precisa, pela primeira vez, parar e me dar atenção."

A questão é o que fazer em seguida. O mundo para, olha para você estendido numa cama de hospital depois de enfaixarem seus cortes, ou te fazerem uma lavagem estomacal, e diz: "Tá, sou todo ouvidos." A maioria das pessoas não sabe o que fazer quando esse momento chega. Razão por que não vale a pena pagar o preço para que chegue. Principalmente porque a tentativa que era para ser frustrada pode dar certo sem querer.

143 Falha Nossa

A afiação de lápis do Hal acontece no sábado. O dr. Poirot vem me ver logo cedo na manhã de segunda. Teria vindo antes, mas estava fora da cidade cuidando dos negócios numa conferência, enquanto Hal cuidava dos próprios negócios.

Estou sozinho no quarto quando Poirot chega. A cama de Hal está sem os lençóis, e os pastéis levaram todos os seus pertences. O vazio do seu lado do quarto parece um vácuo vivo. À noite, cheguei a ouvi-lo respirando.

— Lamento muito pelo que aconteceu. Lamento muitíssimo — diz Poirot. A camisa havaiana estampada em cores berrantes parece rir da atmosfera depressiva do dia. Deitado de costas na cama, faço o possível para não encará-lo, nem dar qualquer sinal de reconhecimento da sua presença.

— Sei que você desenvolveu uma amizade com Hal. Deve ser bastante doloroso.

Ainda não digo uma palavra.

— Uma coisa assim... nunca deveria ter acontecido.

Mesmo não querendo, tenho que responder a uma acusação dessas.

— Está me culpando?

— Eu não disse isso.

— Ah, não?

Poirot suspira, puxa uma cadeira e se senta.

— Você vai ter um novo companheiro de quarto ainda hoje.

— Não quero.

— Não há escolha. O número de leitos é limitado. Vai chegar outro rapaz, e esse é o único disponível.

Nem assim olho para ele.

— Era SEU dever cuidar de Hal, protegê-lo de tudo, inclusive de si mesmo!

— Eu sei. Nós falhamos. Lamento. — Poirot olha para o vácuo do outro lado do quarto. — Se eu estivesse aqui quando aconteceu...

— Faria o quê? Teria entrado voando para impedi-lo?

— Gostaria de pensar que teria sentido o nível de desespero de Harold. Mas talvez não. Talvez tivesse acontecido do mesmo jeito.

Finalmente olho para Poirot.

— Ele morreu?

Poirot mantém uma expressão de estudada neutralidade.

— Os ferimentos foram extensos. Ele está recebendo os melhores cuidados possíveis.

— O senhor me contaria, se ele tivesse morrido?

— Contaria. Se achasse que você seria capaz de suportar.

— E se achasse que eu não seria?

Ele hesita, e juro por Deus que não consigo detectar se está ou não encobrindo uma mentira.

— Você vai ter que confiar em mim — diz finalmente.

Mas não confio. Nem conto que Hal parou de tomar a medicação. Hal me fez jurar segredo. Esteja morto ou vivo, não vou trair sua confiança. Claro, se eu o tivesse dedurado, sei que talvez ele estivesse dopado demais para fazer o que fez. O que empurra o dedo da culpa ainda mais na minha direção. E me deixa ainda mais decidido a empurrá-lo em outra.

— O senhor é quem deveria tê-lo salvo — digo a Poirot. — Tem toda razão em dizer que falhou.

Poirot recebe essas palavras como uma bofetada, mas oferece a outra face.

— Dia cheio, dia cheio. Tenho outros pacientes para ver. — Ele se levanta para ir embora. — Prometo vir vê-lo mais tarde, está bem?

Não respondo, e resolvo nunca mais falar com ele. Desse momento em diante, Poirot está morto para mim.

144 Outros Lugares

— Caden, andamos pensando — diz mamãe no dia seguinte. Ela dá uma olhada em papai para ter certeza de que ele sabe do que ela está falando. — Depois do que aconteceu aqui, talvez você prefira ir para outro lugar.

— Posso ir para casa?

Papai segura meu braço com firmeza para me tranquilizar.

— Ainda não. Mas em breve. Nesse ínterim, há outros lugares.

Demoro um momento para compreender o que ele está sugerindo.

— Outro hospital?

— Onde esse tipo de coisa não aconteça — acrescenta mamãe.

Isso me faz soltar uma gargalhada. Porque "esse tipo de coisa" pode acontecer em qualquer lugar. Mesmo que tivessem contratado um guarda-costas particular para Hal, o cara não teria conseguido protegê-lo de si mesmo. Sei que há outras "instituições" como esta. Os internos contam mil histórias dos hospitais onde estiveram. E todos parecem piores do que o nosso. Por mais que eu odeie admitir, meus pais escolheram este lugar porque era o melhor das redondezas. Então, talvez seja mesmo.

— Não, vou ficar — respondo.

— Tem certeza, Caden? — Papai tenta me sondar com um olhar que me faz abaixar o rosto.

— Tenho, eu gosto daqui.

Isso surpreende os dois. E a mim também.

— Gosta?

— Gosto. Não. Mas sim.

— Bem, por que não pensa no assunto? — sugere mamãe, talvez decepcionada com a minha decisão, mas não quero pensar no assunto, assim como não quero pensar em Hal. Este lugar é um inferno com o qual estou familiarizado. E o diabo que a gente conhece é melhor do que o que não conhece.

— Não, tenho certeza — afirmo.

Eles aceitam minha decisão, mas é como se sentissem uma espécie de anseio que continua insatisfeito.

— Bem, só queríamos lhe dar uma opção — diz papai. Em seguida, eles falam sobre Mackenzie, dizem que ela está com saudades de mim, que talvez a tragam de novo para me visitar, mas parecem ir ficando cada vez mais distantes. E, de repente, me dou conta de uma coisa terrível em relação aos meus pais. Eles não são envenenadores. Eles não são o inimigo...

... mas são impotentes.

Querem *fazer* alguma coisa — qualquer coisa — para me ajudar. Qualquer coisa para mudar a minha situação. Mas são tão impotentes quanto eu. Estão juntos num barco salva-vidas, mas totalmente sozinhos. A quilômetros da costa, a quilômetros de mim. O barco está fazendo água, e eles precisam esvaziá-lo com baldes em movimentos coordenados para não afundarem. Deve ser exaustivo.

Essa terrível verdade sobre a impotência dos dois é quase demais para suportar. Gostaria de trazê-los para o navio, mas, mesmo que pudessem nos alcançar, o capitão jamais permitiria a presença deles.

No momento, ser eu está sendo uma merda — mas, até agora, nunca tinha me ocorrido que ser eles também está.

145 A Alma da Nossa Missão

Tenho um novo companheiro de cabine que não conheço, nem quero conhecer. É só mais um membro sem rosto da tripulação. Agora, *eu* sou o veterano, o que entende do riscado, como era o navegador quando cheguei. Por mais que deteste ser o recém-chegado, também não gosto de ser o mais experiente.

O capitão vem me visitar algumas noites depois de o navegador se desfazer no mar. Ele se senta na beira da minha cama e me observa com o olho que enxerga. Acho que seu peso deveria afundar o leito frágil, mas isso não acontece. É como se ele fosse desprovido de peso. Insubstancial como um fantasma.

— Vou lhe dizer uma coisa, garoto — começa o capitão, com brandura —, mas depois negarei tudo à luz do dia. — Ele se cala para se certificar de que estou prestando toda a atenção. — Você é o tripulante mais importante a bordo desta embarcação. Você é a alma da nossa missão, e, se tiver sucesso, como sei que terá, sua glória será duradoura. Prevejo muitas viagens juntos, você e eu. Até que um dia você se tornará um capitão.

Não posso negar que a perspectiva delineada por ele é tentadora. Ter um propósito é muito desejável. Quanto a futuras viagens, já me acostumei à natureza do navio e destas águas. Talvez passar mais tempo neste convés não esteja fora de cogitação.

— Um único membro da tripulação fará o mergulho — anuncia o capitão —, e escolhi você. Somente você alcançará Challenger Deep e descobrirá as riquezas que lá se ocultam.

Meus sentimentos em relação a isso são tão profundos e obscuros quanto a própria fossa.

— Sem um veículo adequado, vou ser esmagado pela pressão, senhor, e...

Ele ergue a mão para me silenciar.

— Sei no que você acredita, mas as coisas são diferentes aqui. Você já sabe disso; já viu com seus próprios olhos. O mergulho é perigoso, não vou negar, mas não do modo como você pensa.

Ele segura meu ombro.

— Tenha confiança em si mesmo, Caden, como eu tenho.

Não é a primeira vez que ouço isso.

— O papagaio também tinha confiança em mim — respondo.

A menção ao pássaro o deixa irritado.

— Está arrependido de ter nos livrado daquele traidor?

— Não...

— O papagaio não teria permitido que você chegasse ao fim da viagem. — Levanta-se e começa a caminhar pelo espaço exíguo. — Ele teria posto um fim nas nossas aventuras para todo o sempre! — Aponta um dedo torto para mim. — E o que você prefere, ser um aleijão neste mundo, ou uma estrela no meu?

Sai da cabine a passos furiosos, sem esperar pela resposta — e, um momento depois que se afasta, sinto uma pontada na memória. *Você já viu o capitão antes*, disse o papagaio. Pela primeira vez, percebo que ele estava certo... mas a pontada me escapa e é sugada para o piche fétido que une as partes do navio.

146 Efeito Antiterapêutico

Sinto a presença da Serpente Abissal mais perto a cada dia que passa. Ela está seguindo o navio — seguindo a *mim*. Acompanhando a nossa velocidade. Não ataca como as cristéguas ou os *Antagonistos*. Apenas ronda. O que é ainda pior.

— Ela nunca o deixará em paz, garoto — diz o capitão, enquanto olhamos para o mar na popa. Não vejo a serpente, mas sei que ela está lá, nadando à profundidade necessária para se esconder dos meus olhos, mas não da minha alma. — Não resta dúvida de que a serpente tem planos para você, planos que envolvem secreções digestivas, embora eu creia que ela goste de sentir fome. Aprecia a perseguição tanto quanto a alimentação. É a sua fraqueza.

Quando o capitão se retira para tomar o chá da tarde, ou seja lá o que faz um homem como ele no seu tempo livre, subo ao cesto da gávea para me afastar o máximo possível da Serpente Abissal.

Aprendi a desprezar o cesto da gávea tanto quanto o capitão. Nunca me surpreendo com as coisas estranhas que vejo aqui em cima. Hoje, há cabeças rolando como bolas de futebol ao sabor do balanço do mar; uma chega a esbarrar em mim ao passar.

— Desculpe — diz a cabeça. — Não deu para evitar. — Acho que reconheço o rosto, mas sua trajetória a leva para baixo de uma cadeira, onde fica temporariamente presa, por isso não dá para ter certeza.

Há uma nova bartender hoje. Ninguém está sentado diante do bar, porque sua atitude é simplesmente gélida: ela emite ondas de antipatia como um campo de força. Mesmo assim me aproximo, ainda que por puro despeito.

— Onde está Dolly? — pergunto.

A nova bartender aponta para as cabeças que rolam. Reconheço Dolly imediatamente.

— Olá, Caden — diz a cabeça dela, despencando na esteira de um súbito vagalhão. — Eu acenaria, se pudesse.

— É uma pena — diz a nova bartender —, mas a ruína do navegador deixou claro que mudanças precisavam ser feitas.

E mais uma vítima cranial passa quicando por mim. Essa tem cabelos ruivos e curtos. Corro para pegá-la. Ao fazê-lo, vejo um par de olhos familiares.

— Carlyle?

— Lamento por dizer isto, Caden, mas não vou mais dirigir as sessões de terapia em grupo.

Isso me deixa sem palavras. Incapaz de assimilar a notícia.

— Mas... mas...

— Não se preocupe — diz ele. — Virá outra pessoa hoje à tarde.

— Mas nós não queremos outra pessoa!

Não há mais ninguém no corredor. Estou entre ele e a saída. Já sabia que algumas pessoas seriam repreendidas pelo que aconteceu com Hal, talvez até despedidas, mas por que Carlyle?

— Você não teve nada a ver com isso! — digo a ele. — Nem estava aqui naquele dia! — A nova enfermeira gélida me observa do posto de enfermagem central, imaginando se o meu tom de voz é um problema.

— Acharam que o meu estilo de conduzir as sessões teve... um efeito antiterapêutico. Pelo menos, sobre o Hal.

— Você acredita nisso?

— Não importa no que eu acredito. O hospital tem que punir alguém, e eu era um alvo fácil. É assim que as coisas funcionam.

Ele olha em volta, um pouco nervoso, como se ser flagrado conversando comigo fosse piorar a sua situação.

— Não se preocupe comigo — diz ele. — Tenho outras ocupações. Eu estava trabalhando como voluntário aqui, lembra? — Ele passa por mim e se dirige à porta.

— Mas... mas... quem vai expulsar os cérebros ferais com o esfregão?

Ele ri baixinho.

— Isso já é feito o tempo todo sem mim — responde. — Cuide-se, Caden. — E leva o cartão de segurança ao leitor óptico. A porta interna se abre e o admite a uma pequena câmara, projetada para impedir que os pacientes fujam. Assim que a porta interna se fecha, a externa se abre para o mundo, e Carlyle vai embora.

Não sei o que fazer. Não sei com quem gritar. A bartender não suportaria isso, e, embora Braços Brutos da Morte esteja por perto, ele e suas caveiras parecem muito satisfeitos por não estarem rolando no chão junto com Dolly e os outros.

Desço do cesto da gávea e esbarro no capitão. Desabafo minhas queixas, contando a ele que o corpo decapitado de Carlyle acaba de caminhar pela prancha — mas o capitão se mostra imperturbável.

— Os faxineiros vêm e vão — diz ele, com uma cabeça debaixo de cada braço. — Vou descer para jogar uma partida de boliche. Gostaria de me acompanhar?

147 GLaDOS

— Bom dia! Meu nome é Gladys, a nova facilitadora das sessões da manhã.

O clima na sala é tão hostil quanto o de uma turma do ensino médio numa escola alternativa. E hoje temos uma professora substituta.

— O primeiro passo é nos conhecermos melhor.

Gladys não tem cara de Gladys. Embora eu não faça a menor ideia de como seja a cara de uma Gladys, com exceção daquelas que aparecem nos antigos seriados em preto e branco da tevê. Ela está na casa dos trinta, tem cabelos louros com permanente e um ligeiro desvio na simetria facial, que se torna mais aparente quando sorri.

— Por que não começamos dizendo nossos nomes?

— Nós sabemos os nossos nomes — responde alguém.

— Bem, mas eu também gostaria de saber.

— Gostaria mesmo — diz outra pessoa. — Vi você lendo as nossas fichas antes de entrar.

Ela dá um sorriso levemente assimétrico.

— Sim, mas seria bom poder grampear os nomes aos rostos.

— Isso iria doer — me intrometo. Recebo risadinhas cúmplices de Céu e de mais dois outros, mas risadinhas cúmplices não bastam para manter o clima de sarcasmo. Para acabar com isso logo de uma vez, digo: — Sou Caden Bosch.

Os outros vão se apresentando, em sentido anti-horário. Para minha surpresa, ninguém inventa nomes como "Thomas Noku" ou "Jen Italia". Acho que estraguei a possibilidade ao dar meu nome verdadeiro.

Meu novo companheiro de quarto entrou para o grupo, junto com uma garota qualquer. Outros dois de quem já nem me lembro tiveram alta há dias. Os rostos mudam, mas a produção permanece a mesma, como um show da Broadway.

Quase ninguém parece disposto a falar hoje. Eu, pelo menos, não estou nem um pouco a fim de compartilhar qualquer coisa com Gladys. Nem hoje, nem nunca. De repente, alguém começa a chamá-la sutilmente de GLaDOs, que é o nome de um computador maligno nos clássicos games *Portal* — e a sessão vira uma palhaçada completa, se é que já não era antes. Um monte de gente se reveza fazendo referências ao game que ela nem percebe — como o garoto que pergunta se vamos comer bolo quando a sessão acabar.

— Não — responde Gladys, assimetricamente perplexa —, não que eu saiba.

— Então — arremata o garoto —, está me dizendo que *o bolo é uma mentira?*

Até os que não fazem a menor ideia do que ele está falando riem baixinho, porque não importa que não entendam, e sim que GLaDOS fique boiando.

Talvez eu até sentisse pena dela em circunstâncias normais, mas não tenho mais uma ideia clara do que sejam circunstâncias normais, e, de todo modo, não quero lhe dar uma gota da minha simpatia. Sei que não teve culpa pela demissão de Carlyle, mas agora ela é o Judas do grupo e eu não me importo de malhá-la junto com os outros.

148 Como um Esquilo

Deito na cama e espero que o mundo acabe.

Mais cedo ou mais tarde, isso deve acontecer, porque não consigo imaginar que as coisas continuem como estão. Mais cedo ou mais tarde, essa procissão de dias cinzentos numa névoa mental deverá chegar ao fim.

Não tive mais notícias de Cali. Não espero que ela tente se comunicar comigo aqui; não temos permissão para usar celulares ou acessar computadores, nem espero que ela me escreva uma carta. Cheguei ao ponto de pedir a meus pais que checassem meus e-mails. Dei a eles todas as minhas senhas, porque a privacidade já não faz mais muito sentido. Não me importo que leiam o spam, que, a esta altura, deve ser só o que ando recebendo, além de algum e-mail de Cali. Mas ela não escreveu. Ou é o que eles dizem. Será que me contariam, se ela tivesse escrito? Confio na resposta deles tanto quanto em qualquer um que me diga que Hal ainda está vivo. Se todos se convenceram de que é razoável mentir para o meu próprio bem, como posso acreditar no que dizem?

Será que estão mentindo quando dizem que estou aqui há um mês e meio? Provavelmente, não. Mas parecem seis meses. O torpor e a monotonia tornam quase impossível medir o tempo que passa. Mas eles não chamam isso de monotonia, e sim de rotina. E a rotina é para ser confortante. Temos uma predisposição genética para a mesmice que remonta aos primeiros vertebrados. Repetição é segurança.

Menos quando decidem fazer mudanças.

Como me impingir um novo companheiro de quarto com quem me recuso a falar. Ou despedir a única pessoa que me deu uma tênue centelha de esperança.

Em silêncio, maldigo todos eles por essas coisas, embora no fundo saiba que é a mim que deveria estar maldizendo, porque nada disso teria acontecido se eu tivesse quebrado a minha promessa e dedurado Hal.

— Se continuar a fazer progresso — disse uma das enfermeiras horas atrás —, não vejo por que não deva ir para casa daqui a duas semanas. — Para logo acrescentar: — Mas não diga que eu falei isso. — Todo mundo fica em cima do muro entre os muros de uma instituição...

Não sinto esse progresso que os outros veem. Estou tão encapsulado no momento, que nem me lembro de como eu era quando cheguei. E penso: se *isto* é melhor do que *aquilo*, então é *isto* o que posso esperar quando voltar para casa? O mesmo de sempre?

Uma enfermeira chega ao meu quarto com a medicação da noite. Primeiro ela se ocupa do meu companheiro, depois de mim. Dou uma olhada no copinho plástico sorridente. O coquetel atual, embora viva mudando, é composto por três medicamentos: um comprimido verde oblongo, uma cápsula azul e branca, e um tablete amarelo que se dissolve na boca como uma bala sem sabor. Engulo um de cada vez com um copo d'água que ela me dá, um pouco maior do que o outro que contém os medicamentos. Então, como já conheço a rotina, abro a boca e afasto as bochechas com os dedos, como se fizesse uma careta, mostrando que foram realmente engolidos.

Depois que ela sai, vou até o banheiro e tiro a cápsula azul e branca do fundo da boca, que escondi como um esquilo, no alto da gengiva. Ela nunca a teria encontrado sem passar os dedos por cada centímetro da minha boca. Que é o que as enfermeiras costumam fazer, quando a pessoa é pega escondendo os remédios desse jeito. Mas sempre fui um bom menino. Até hoje.

Sei que não posso fazer nada em relação ao tablete solúvel, mas talvez, com a prática, consiga malocar tanto a cápsula quanto o comprimido verde. O que quer que Hal estivesse sentindo quando fez aquilo, pelo menos estava *sentindo*. No momento, até o desespero me pareceria uma vitória. Por isso, jogo o comprimido no vaso e urino em cima, por via das dúvidas, depois dou descarga, feliz por medicar as criaturas imundas que vivem nos esgotos.

Em seguida, volto para a cama, me deito e espero que o mundo acabe.

149 Meia-Vida

Sei mais sobre psicotrópicos do que é seguro para qualquer ser humano. Como um traficante de drogas que já usou de tudo e tem autoridade para falar sobre todos os tipos de high.

Quase todos os ansiolíticos fazem efeito depressa, cumprem o que prometem e são pegos pelo fígado — a polícia do corpo —, que os elimina em menos de um dia. O efeito tranquilizante do Ativan pode ser instantâneo se for injetado, demorar menos de uma hora se for ingerido, mas passa horas depois.

Por outro lado, o Geodon, o Risperdal, o Seroquel e todos os antipsicóticos peso-pesado têm uma meia-vida muito mais longa e conseguem driblar o fígado por um bom tempo. Ainda por cima, o "efeito terapêutico", como é chamado, aumenta com o tempo. Você tem que tomar esses troços por dias, até semanas, para eles começarem a fazer o que são pagos para fazer.

Claro que a maioria dos efeitos colaterais dessas drogas é imediata, fazendo com que em menos de uma hora você tenha a impressão de não pertencer mais à espécie humana. Quando para de tomá-los bruscamente, se não tiver convulsões e morrer, esses efeitos passam em um dia ou dois. O efeito terapêutico em si leva mais tempo para desaparecer, assim como demorou mais tempo para começar.

Em outras palavras, por alguns dias dourados, você se lembra de como é ser normal, antes de mergulhar de cabeça no poço sem fundo.

150 O Último a Ficar de Pé

A neblina da manhã se dissolve, deixando uma infinidade de alvas nuvens de algodão de ponta a ponta do horizonte. Elas passam depressa pelo céu, enquanto o dia oscila entre o sol e a sombra. Abaixo desse panorama dramático, o mar é de vidro — uma superfície perfeitamente reflexiva, espelhando o céu. Nuvens acima, nuvens abaixo. Parece não haver diferença entre os céus e as profundezas.

Nem mesmo o ímpeto incessante do nosso navio — agora empurrado por um vento constante — tem o poder de agitar estas águas. É como se patinássemos sobre o mar em vez de navegarmos por ele. Sei que a Serpente Abissal nos segue de algum ponto abaixo da superfície vítrea da água, mas, como o navio, ela viaja no mais completo sigilo, sem deixar qualquer vestígio de sua passagem.

Nem a cabeça de Carlyle, nem as de outros tripulantes rolam mais pelo cesto da gávea. Na verdade, o lugar perdeu totalmente a magia. Não há mais bar, nem cadeiras, nem clientes embriagados e absortos em coquetéis de néon. Agora, o cesto é do lado de dentro, exatamente como aparenta ser do de fora: um tonel de um metro de largura, do tamanho exato para um vigia de pé esquadrinhar o horizonte.

— Como qualquer outro apêndice — diz o capitão —, ele se atrofiou por falta de uso.

Sem o coquetel para me acalmar, meus sentidos adquirem uma clareza tão aguda como uma faca de açougueiro que fende carne e ossos, revelando zonas internas que jamais deveriam ser expostas à luz do dia. Isso me purifica, limpando o interior e o exterior.

Agora, somos só eu e o capitão. O resto da tripulação se foi. Talvez tenham nos abandonado de madrugada. Ou talvez criaturas das profundezas os tenham arrastado. Ou talvez tenham sido tragados entre as placas de cobre e digeridos pelo piche vivo que une as partes do navio. Não sinto falta deles. Num certo sentido, é como se nunca tivessem chegado a estar a bordo.

O capitão fica atrás de mim enquanto manipulo o leme, pontificando para sua congregação de um homem só.

— O inferno existe tanto no dia como na noite — diz ele. — Já me sentei no calor escaldante do dia sob o sol inclemente e os olhares pétreos da humanidade desinteressada. — Ele passa um dedo pela amurada de cobre, como se procurasse pó. — Você anseia pelo mais leve cobre, mas o odeia quando ele chega. Está me acompanhando?

— Sim.

Ele me dá um tapa violento na nuca.

— Jamais acompanhe! Sempre conduza.

Esfrego o couro cabeludo dolorido.

— Mas como, se não restou ninguém?

O capitão olha ao redor, parecendo só agora notar que não há ninguém a bordo.

— Entendido. Nesse caso, você deve se rejubilar por ser o último a ficar de pé.

— Pelo quê estamos procurando, senhor? — pergunto, observando as nuvens tanto acima como abaixo, no horizonte. — Como saberemos quando chegarmos?

— Nós saberemos. — É tudo que ele tem a dizer sobre o assunto.

Mantenho minha posição ao leme. Sem cartas de navegação, giro a roda ao sabor dos impulsos e caprichos. O capitão não desaprova nenhuma das minhas escolhas.

De repente, avistamos algo adiante. No começo é apenas um ponto, mas, à medida que nos aproximamos, vemos que se trata de uma estaca projetando-se da água. Manobro o navio em sua direção, e, quando chegamos perto, percebo que é mais do que uma estaca. Há uma barra transversal, e uma figura inerte pregada a ela.

Um espantalho.

Os braços estão estendidos, os olhos voltados para o céu salpicado de nuvens numa súplica eterna — e então me ocorre que todos os espantalhos parecem ter sido crucificados. Talvez seja isso que afugenta os corvos.

Mas não há corvos para afugentar em alto-mar. Nem gaivotas ou albatrozes, nenhum pássaro, nem mesmo um papagaio. Como muitas das coisas no mundo do capitão, o espantalho é dedicado a uma tarefa inútil.

— O espantalho é o último sinal — diz o capitão, com voz solene. Uma pontinha de medo num homem que jamais demonstra esse sentimento. — Diretamente abaixo dele se situa o lugar mais profundo da Terra.

151 Rei de Todos os Destinos

À medida que nos aproximamos do espantalho, o vento, que se mantivera tão regular que eu até me esquecera dele, de repente diminui e desaparece, deixando um silêncio tão completo, que chego a ouvir o coração batendo nos vasos sanguíneos dos ouvidos. Acima de nós, as velas perdem a convexidade estufada e pendem frouxas e sem vida. Chegamos um pouco mais perto, até que o capitão joga a âncora, a corrente tilintando até ficar rija. A profundidade que ela alcança não é nada em comparação com a da trincheira abaixo do navio, mas o mistério das âncoras é que não precisam chegar ao fundo, nem mesmo perto dele, para manterem o maior dos navios no lugar.

O espantalho ainda está uns cem metros adiante, cento e vinte graus a bombordo.

— É o mais perto que me atrevo a chegar, garoto — diz o capitão. — O restante da viagem é seu, e somente seu.

Só que ainda não há um batiscafo ou sino de mergulho. Nada para me transportar ao fundo.

— Mas como...

O capitão levanta a mão, já sabendo o que estou prestes a dizer.

— Você jamais teria chegado tão longe se não estivesse predestinado a isso. Há de aparecer um método.

Sorrio com ar irônico.

— Um método na loucura?

Em vez de retribuir o sorriso, ele me repreende.

— O papagaio falou em loucura, mas, para homens como você e eu, isto é ciência.

— Ciência, senhor?

Ele assente.

— Sim, a singular alquimia de transmutar aquilo que não pode ser naquilo que é. "Loucura", como o papagaio a chamou, mas, para mim, qualquer coisa aquém dela é mediocridade. — Então, ele olha para mim com um toque de desespero que tenta esconder. — Eu o invejo — admite. — Passei a vida inteira sonhando com a recompensa que jaz à espera aqui embaixo, e que se manteve fora de meu alcance até hoje. Mas você alcançará este tesouro e encherá o nosso porão até a borda com um butim além da imaginação da alma humana.

Fico me perguntando como posso trazer do fundo do mar um tesouro dessas dimensões, mas sei que a resposta será a mesma que ele deu em relação à natureza de minha descida: o método na loucura ficará claro.

Então, o capitão pergunta:

— Acredita em mim, Caden?

Percebo que ele não está perguntando por perguntar, nem é pelo meu bem. Ele *precisa* que eu acredite, como se sua própria vida dependesse disso. E é nesse momento que me dou conta de que tudo mudou. Ele não está mais me conduzindo, e sim eu a ele. E não apenas a ele, mas a tudo que há no seu mundo. Posso até sentir a Serpente Abissal esperando ansiosamente meu próximo movimento. A perspectiva de ser rei de todos os destinos é ao mesmo tempo deslumbrante e aterradora.

— Acredita em mim, Caden? — torna a perguntar o capitão.

— Sim, acredito.

— Renuncia ao papagaio e a todas as suas mentiras?

— Renuncio.

Finalmente, ele sorri.

— Então, chegou a hora de ser batizado pelas profundezas.

152 Espantalho

Subo no escaler, um bote de cobre tão pequeno que nem parece capaz de manter o próprio peso à tona, que dirá o meu. O capitão começa a abaixá-lo, e, no instante em que chega ao mar, não provoca a menor ondulação na água. Dou uma olhada dos lados e não vejo nada além da minha própria sombra na superfície espelhada. Sei que esse rosto é o meu, mas, ainda assim, não me reconheço.

Cada vez que dou uma olhada no mar, é com a vaga expectativa de que a Serpente Abissal se lance de dentro da água, abocanhe minha cabeça e me leve para o fundo. E me pergunto o que ela estará esperando.

— Boa sorte com a sua recompensa — diz o capitão. Solto o escaler das roldanas e vou sozinho para o mar.

Remo num compasso regular em direção ao espantalho, ouvindo os rangidos ritmados dos buracos dos remos que gemem a cada golpe. Mantenho-me de frente para o navio o tempo todo, pois sempre se deve ficar de costas para o próprio destino. O navio parece encolher rapidamente enquanto me afasto. A embarcação metálica verde, que parecia tão imensa quando eu estava a bordo, agora parece pouco maior do que um barquinho de brinquedo. Não posso mais ver o capitão.

Finalmente, chego ao lado do espantalho. Esperava encontrá-lo montado sobre uma boia, mas a estaca é, na verdade, uma viga de madeira que desaparece nas profundezas, presumivelmente até o fundo, a quase onze quilômetros. Nenhuma árvore jamais atingiu uma altura que permitisse a construção de uma estaca dessas. Está coberta de mexilhões e cracas, que crescem um palmo acima da superfície, aproximando-se das botinas do espantalho quase o bastante para tocá-las. Seu jeans e camisa de flanela xadrez parecem deslocados num ambiente tropical como este, mas, o que estou pensando? Tudo nele parece deslocado aqui.

Ele usa o chapéu de palha branco de papai. O nariz é o salto vermelho quebrado do sapato de mamãe. Seus olhos são os botões azuis do casaco de pele amarelo de Mackenzie. Será que se ele fosse libertado dessa estaca seria capaz de andar sobre as águas, como Calíope? Será que seus membros são feitos de mais do que tecido e enchimento? Só existe um jeito de descobrir.

— Você pode falar, ou é só um espantalho? — pergunto. Espero, mas, como ele não responde, começo a achar que talvez tenha sido uma cilada do destino. Talvez eu esteja condenado a ficar no escaler à sombra dessa figura estendida até o anoitecer, e além. De repente, com um leve som da pele de lona, ele vira a cabeça para mim, e seus olhos de botão giram um pouco, como binóculos ajustando o foco.

— Então, você está aqui — diz o espantalho, como se já me conhecesse e estivesse aguardando a minha chegada. Sua voz é abafada mas alta, feita de muitos tons, como a voz de um coro sussurrante.

Digo ao coração que pare com essa súbita palpitação.

— Estou aqui. E agora?

— Você pretende alcançar o fundo — diz ele. — Há muitas maneiras de realizar essa proeza. Por exemplo, você pode amarrar a âncora à perna e deixar que ela o leve.

— Isso me mataria — observo.

O espantalho dá de ombros, até onde o gesto é possível para um espantalho.

— Sim, mas você *chegaria* ao fundo.

— Gostaria de chegar lá vivo.

— Ah — exclama ele. — Nesse caso, são outros quinhentos.

E silencia, olhando para lugar algum, do mesmo modo como quando o encontrei. O silêncio se torna desconfortável. Fico imaginando se ele já perdeu o interesse e me dispensou — mas então compreendo que espera que eu faça alguma coisa, embora não saiba o quê. Como tenho consciência de que devo fazer algo, manobro o escaler até o mais perto possível e amarro a corda em volta da estaca, atracando-o, para deixar claro que não pretendo ir embora. Observo um pequeno caranguejo rastejar de dentro do bolso da sua camisa. O bicho me dá uma espiada e torna a se esconder.

O espantalho vira um pouco a cabeça. A expressão no seu rosto de lona é pensativa.

— Vem um tornado por aí — anuncia.

Olho para o céu. As nuvens rechonchudas se movem num ritmo constante, mas não há nada que sugira qualquer tipo de tormenta.

— Tem certeza?

— Absoluta — diz ele.

E é nesse momento que o mar, até então imóvel como vidro, começa a se mexer.

Percebo uma pequena agitação à direita e sigo sua trilha. Algo chegou à superfície, mas só tenho vislumbres do que seja. Escamas metálicas pontudas. Um corpo vermicular ondulante. Conheço essa fera intimamente. A Serpente Abissal nos circunda, e fico apavorado. Enquanto ela aumenta a velocidade, o mar parece reverberar com o movimento, passando a girar num lento redemoinho, mas rapidamente ganhando velocidade. As águas começam a torvelinhar em volta da estaca do espantalho, e a corda que mantém o escaler no lugar se estica. Por baixo das águas rodopiantes, vejo o único olho vermelho e brilhante da aterradora serpente. É tão dominador como o olho do capitão. Tão invasivo como o do papagaio. É a culminância de cada olho que já testemunhou a minha vida e me julgou.

— Vem um tornado por aí — repete o espantalho. — É melhor procurar abrigo.

Mas não há nenhum lugar onde eu possa me abrigar, e ele sabe muito bem disso. A serpente nada em círculos mais velozes. A água rodopiante é mais funda no centro, revelando mais camadas de vida marinha do que a estaca do espantalho, que se tornou um verdadeiro recife vertical. Enquanto o escaler redemoinha na corrente cada vez mais forte, vejo a corda que o prende à estaca começar a se esgarçar pelo atrito com uma áspera penca de conchas de mexilhão.

Salto do escaler no instante em que é arrancado da estaca, e me agarro às pernas do espantalho. O desafortunado bote gira ao redor da estaca no redemoinho crescente, e o piche que une suas pranchas de cobre o abandona, derramando-se na água como uma mancha de petróleo. O escaler é despedaçado. Também vejo outras coisas girando na água. Pedaços de pergaminhos encharcados e plumas coloridas girando junto com o maligno piche negro. Elas redemoinham e redemoinham como os ingredientes de um novo coquetel.

Enquanto me agarro com força às pernas do espantalho, olho para baixo e sinto uma vertigem violenta. O redemoinho se aprofunda a uma velocidade alarmante, e a água espiralada se afasta de nós, até que estou olhando para um túnel sem fundo visível. O redemoinho ruge nos meus ouvidos como um trem de carga. O gosto da bruma salgada quase me faz vomitar.

Então, o espantalho diz:

— Se pretende ir, está na hora.

Até aquele momento, eu só consegui pensar em me manter seguro.

— Espere aí, você quer dizer que...

— A menos que você ache que a âncora é uma ideia melhor.

A ideia de me atirar no centro de um redemoinho só faz com que eu me agarre com mais força e suba mais alto, até os ombros do espantalho.

Se eu der esse mergulho, não vou poder voltar atrás. Não há nenhum cabo de segurança para diminuir a velocidade da descida, nenhuma câmera para documentar a queda. Ninguém para me segurar no fundo e me despachar de volta. Ainda assim, sei que devo ir em frente e me abandonar à gravidade. É para isso que estou aqui. Assim, procuro me imbuir de todos os pensamentos que me impeliram até este momento. Penso nos meus pais e no horror de sua impotência. Penso no navegador e na sua decisão de se sacrificar. Penso na minha irmã, que entende que fortalezas de papelão podem se tornar muito reais, e penso no capitão, que me atormentou, mas também me preparou para este momento. Eu *vou* ser batizado pelas profundezas. Tenho certeza de que o papagaio chamaria a isto de "o maior dos fracassos". Mas, se esta é a culminância de todos os fracassos, então devo transformá-la num glorioso sucesso.

— Cuidado com a estaca durante a descida — adverte o espantalho.
— Adeus.

Então me solto e mergulho no túnel, finalmente pronto para conhecer as profundezas incognoscíveis de Challenger Deep.

153 O Nunca Esmagador

Há livros que nunca vou terminar de ler, games que nunca vou terminar de jogar, filmes que comecei a assistir, mas de que nunca vou ver o final. Nunca.

Às vezes, há momentos em que enfrentamos o nunca objetivamente, e ele nos esmaga.

Certa vez, tentei desafiar o nunca esmagador, ao me dar conta de que há músicas na minha biblioteca de áudio que provavelmente nunca vou tornar a ouvir. Fui para o computador e criei uma playlist com cada canção. Há 3.628 canções que levariam 223,6 horas para serem tocadas. E me ocupei disso durante dias, até começar a perder o interesse.

Por isso, agora eu me lamento. Eu me lamento por todas as músicas que nunca mais chegarão aos meus ouvidos. Pelas palavras e histórias que dormem em folhas eternamente intactas. E me lamento pelo meu décimo quinto ano de vida. E por saber que nunca, desde agora até o final dos tempos, vou poder completá-lo como deveria. Voltar no tempo e vivê-lo de novo, dessa vez sem o capitão, o papagaio, os comprimidos e as entranhas sem cadarços da Cozinha de Plástico Branco. As estrelas vão escurecer e o universo vai acabar antes que eu consiga recuperar esse ano.

Essa é a bola de chumbo presa ao meu tornozelo, e é muito mais pesada do que qualquer âncora. Esse é o nunca esmagador que devo enfrentar. E ainda não sei se vou desaparecer dentro dele, ou encontrar um jeito de seguir adiante.

154 Challenger Deep

Estou caindo no olho do redemoinho de quase onze quilômetros de profundidade. Abro os braços como um paraquedista, me rendendo a ele. O oceano gira ao meu redor, a força centrípeta da água mantendo um túnel de ar vertical como um buraco de minhoca.

Por entre as paredes furiosas do redemoinho, posso ver a Serpente Abissal girando comigo rumo ao fundo, acompanhando o ritmo da minha descida, do mesmo modo como acompanhei o ritmo do navio. Espero que ela salte através da água e me devore, mas ela ainda não faz isso. Com o sol e o céu apenas pontinhos acima, a luz ao redor adquire um tom azulado cada vez mais escuro. Será que o azul vai se tornar negro, me deixando na mais total escuridão?

A queda até a fossa deveria levar três minutos e meio, mas a minha está durando muito mais do que isso. Os minutos se estendem até parecerem horas. Não há jeito de calcular a duração da descida, a não ser pelo estalo nos ouvidos à medida que a pressão aumenta. O peso de quantas atmosferas estará em cima de mim agora? Nenhum barômetro no mundo seria capaz de medi-lo.

Os que afirmam ter visto o fundo estão mentindo, disse o capitão. Agora, sei que estava dizendo a verdade.

De repente, abaixo de mim, tenho uma visão precária, e sei que devo estar me aproximando do fundo. Destroços irregulares de navios naufragados se projetam das paredes do redemoinho. Esbarro na ponta de um mastro e ele se parte. Tropeço por entre os farrapos de uma vela antiquíssima, e depois de outra, e mais outra, cada uma se estendendo para me pegar, sem sucesso, até que por fim mergulho no limo acinzentado que cobre o leito do mundo. Cinza, não preto. É aqui que o piche negro vem morrer.

Sinto o corpo dolorido, mas não tenho fraturas. As velas não conseguiram me apanhar, mas reduziram consideravelmente a velocidade da queda. Procuro me levantar, forçando os joelhos bambos a sustentarem o peso do corpo.

Consegui! Estou aqui!

O redemoinho ainda gira furiosamente, mas no interior de seu olho há uma líquida paisagem lunar há uns cinquenta metros. E, para meu espanto, vejo que essa paisagem lunar está pontuada por milhares de pilhas de joias e pepitas de ouro. Todos os tesouros buscam o ponto mais baixo da Terra. Aqui se encontram as riquezas de Challenger Deep.

Ofegante e atordoado, começo a vagar pelo tesouro, me esforçando para caminhar em meio ao limo que preenche o espaço entre as pilhas do tesouro.

Diante de um monturo de moedas, eu me viro e vejo outra criatura comigo. Mas essa é pequena. Ela tenta chegar ao alto do monturo em passos desajeitados. É mais ou menos do tamanho de um cachorrinho, mas caminha sobre duas pernas. Sua pele é de um tom doentio de cor-de-rosa. Ela tem braços desengonçados, mas sem mãos. Não a reconheço até ouvi-la dizer:

— Justo a recompensa que você procurava, justo a recompensa que você procurava. Mas não há nada de justo nela.

É o papagaio, ou pelo menos o seu fantasma, ou talvez seu cadáver redivivo, como um zumbi; não sei ao certo. Sem as penas, ele parece desnutrido e franzino, como aqueles galetos quase sem carne que se vendem no supermercado. Algo escorre do ferimento da bala, mas não é sangue. Demoro alguns momentos para perceber que é gelatina de laranja. Do tipo que vem com pedacinhos de abacaxi.

Dirijo-me até ele, louco para me vangloriar. O capitão estava certo, e ele errado. Escolhi com sabedoria. Agora, vou tripudiar dele. Mas ele crava em mim o olho descoberto e pesaroso, como se eu é que fosse digno de pena.

— Sabia que isto aconteceria — diz. — Pode-se levar um cavalo à água, até mesmo obrigá-lo a beber. Mas mantê-lo bebendo, bem, isso depende do cavalo, do cavalo, é claro, é claro.

Por um momento, ele bica a estaca do espantalho que se ergue do centro do olho do redemoinho, desalojando uma minúscula lesma-do-mar fosforescente. Essas lesmas, que agora posso ver, estão por toda parte, dando à atmosfera um brilho fantasmagórico. Sua luz dança sobre as joias e pilhas de ouro, tornando o tesouro ainda mais tentador.

— Eu me apropriei da fossa e conquistei Challenger Deep — digo ao papagaio. — Portanto, pode voltar para o inferno dos papagaios, ou de onde quer que tenha vindo.

— Sim, você alcançou o fundo — admite ele. — Mas o fundo se torna ainda mais profundo a cada viagem; você sabe disso, não sabe?

Estou me sentindo mal. Será que sofri uma concussão durante a queda?

— Então, pegue o seu tesouro — prossegue o pássaro. — Pegue-o, pegue-o. Tenho certeza de que ele o seguirá aonde você quiser ir.

Estendo a mão para a pilha à frente e retiro uma única moeda, um dobrão espanhol. É mais leve do que eu esperava. Insubstancial demais para uma peça de ouro. O mal-estar começa a se espalhar pelo resto do corpo. Agora, sinto-o estender-se até as pontas dos dedos que seguram a moeda. Estou prestes a me conscientizar de algo. Mas não quero. Luto para continuar na minha feliz ignorância, mas não posso. Reviro o dobrão entre os dedos. Então, passo o polegar da outra mão pela sua borda e, com a unha, começo a descascar o papel laminado que o cobre, revelando o interior castanho-escuro.

— É de chocolate...

O papagaio me brinda com seu eterno sorriso.

— Um estoque para durar a vida inteira.

Quando olho ao redor, dessa vez prestando atenção, vejo que todas as joias estão presas a pequenas embalagens de plástico. Não são joias coisíssima nenhuma, são Ring Pops, a bala predileta de Mackenzie, que imita um anel de brilhante. E já estão começando a se dissolver no limo.

— Caiu no Primeiro de Abril! — exclama o papagaio. — Como nos outros dias do ano também!

O mal-estar começa a me subir pela espinha, vértebra por vértebra, até chegar ao pescoço, tomando conta das faces e dos olhos. Tento erguer uma muralha mental para impedir que entre no cérebro, mas sei que a muralha não vai se sustentar.

— Dá uma olhada de perto no dobrão — diz o papagaio. — Quero ver, quero ver!

Olho de novo para o papel laminado da moeda de chocolate, e então eu vejo. O rosto impresso na moeda é o do capitão, mas não como o conheço. É um rosto muito mais terrível. Muito mais real. Ouço o papagaio dar um gritinho, mas ele vai ficando cada vez mais distante. Estou caindo novamente. Embora já me encontre no fundo da Terra, estou caindo.

Dobrão para festão. Festão para festival. Festival para vegetal. Vegetal para...

155 Vestíbulo

O vestíbulo de um prédio arruinado.

Estamos passando as férias em Nova York. Tenho dez anos. As ruas estão engarrafadas por causa de um festival, por isso, mais uma vez, tomamos o metrô. E, mais uma vez, meus pais, Mackenzie e eu saímos das entranhas da cidade no lugar errado. Um lugar barra-pesada. Um lugar onde sei que provavelmente não deveríamos estar.

Nosso hotel fica no Queens. E isto não é o Queens. Pode ser o Bronx. É o que mamãe acha. Não digo nada, mas tenho comigo que talvez estejamos num bairro que não existe em nenhum mapa. Estou nervoso, e um pouco nauseado. Ainda há pouco estivemos em Times Square e visitamos a megastore da Hershey's, onde acabamos comprando mais suvenires comestíveis do que deveríamos. Mackenzie e eu nos empanturramos durante a nossa viagem subterrânea de suspense.

Nossos pais começam a discutir, ele insistindo que o metrô ainda é o melhor meio de irmos aonde precisamos, mamãe fazendo questão de que tomemos um táxi.

Dou uma olhada ao redor. Estamos numa esquina, perto de uma mercearia, mas ela está com as portas e janelas abaixadas, o metal todo pichado. No meio-fio, caixotes de papelão abarrotados de legumes, à espera do caminhão de lixo, que pode demorar dias para aparecer. Repolho, batatas, cenouras e brócolis. O fedor de podridão vegetal é tão forte que faz mal ao meu estômago *Hershificado*.

É então que me viro e vejo um homem sentado na entrada em arco do velho edifício ao lado. O vestíbulo. Uma palavra que papai me ensinou quando passamos pela Grand Central Station.

— Quando um prédio é grandioso assim — disse ele —, a entrada pede um nome especial. — Repeti a palavra várias vezes, porque achei gostosa de pronunciar.

O vestíbulo é um arco que leva a um prédio escuro com todos os indícios de estar abandonado. As roupas do homem estão esfarrapadas e tão sujas que é impossível identificar a cor original. A barba cheia está toda desgrenhada.

Ele se senta num ponto onde o sol bate em cheio. Se chegasse um palmo para o lado, ficaria na sombra, mas parece justamente evitar a sombra como se fosse tóxica. Mesmo assim, tem algo que o protege do sol.

Uma caixa do cereal Cap'n Crunch na cabeça. Com o seu conhecido desenho do capitão de navio que lhe dá nome.

Mackenzie solta uma risada ao ver isso.

— Será que está cheia, ou ele comeu tudo antes de colocá-la na cabeça?

Não acho a menor graça. Não sei o que penso, mas *não acho* nem um pouco engraçado.

Dou uma olhada e vejo que papai cedeu: parado no meio-fio, ele tenta pegar um táxi, enquanto mamãe o orienta a ser mais agressivo.

Estou morto de medo do homem na portaria com a caixa de cereal na cabeça, mas também há algo de fascinante nele que sinto que preciso ver mais de perto.

Estou a alguns passos quando ele me vê. Ele fecha um dos olhos ao sol, e então percebo que não o está franzindo: o olho está roxo e inchado. Fico imaginando como isso terá acontecido. Se alguém que não gostou de vê-lo acampado no vestíbulo lhe deu uma surra. Ele olha para mim com o olho bom, tão assustado comigo quanto eu com ele. O olho é brilhante e alerta. Mais do que alerta, parece enxergar além do que os olhos normalmente enxergam. Sei que isso significa que ele está "fora do ar". Talvez até pior do que "fora do ar". Mas não posso deixar de notar que a cor do olho não é muito diferente da minha.

— Então é verdade? — pergunta ele.

— O quê? — Minha voz sai trêmula e fraca.

— Que os pássaros não têm coração. Nem os ratos. Você sabe disso, não sabe?

Como não respondo, ele ergue a mão.

— Tem um trocado?

Enfio a mão no bolso para pegar uma coisa. Só tenho as moedas de chocolate da Hershey's, já meio moles por estarem no bolso. Coloco todas na palma da sua mão.

Ele dá uma olhada e começa a rir.

Nesse instante, meu braço quase é arrancado do ombro por mamãe.

— Caden! O que está fazendo?

Gaguejo por um momento, porque não tenho uma explicação razoável.

— Deixe o garoto em paz! — ordena o capitão. — Ele é um bom menino, não é, meu filho?

Mamãe me puxa para trás de si, mas então observa o homem adornado com a caixa de cereal, constrangida. E então, minha mãe — logo ela, que afirma que os vagabundos nas ruas só usam o dinheiro para se embebedar, que acredita que dar esmolas a mendigos incentiva a mendicância e que só doa com cartão de crédito — tira a carteira da bolsa e dá um dólar a ele. É óbvio que algo nesse homem em particular a motivou a abrir a carteira, como aconteceu comigo.

Papai, que finalmente conseguiu arranjar um táxi, nos chama do meio-fio e fica um tanto surpreso ao ver a família inteira dando atenção a um sem-teto.

— É bom que cês tome um táxi em vez de ir de metrô — diz o capitão para nós, mas é em mim que seu olho está fixo. — O metrô é uma porcaria a essa hora. Lá embaixo é a eternidade.

156 Não Há Milagres por Aqui

Vestíbulo, vegetal, festival, festão, dobrão.

Aperto o dobrão com tanta força que ele começa a se derreter entre meus dedos.

— A resposta estava bem aí, no seu bolso — diz o papagaio. — Engraçado como essas coisas funcionam.

Então olha para trás de mim, e sigo seu olhar. O espaço ao nosso redor está rapidamente encolhendo. Pilhas de falsas riquezas são arrebatadas pelas águas furiosas. O redemoinho está desmoronando.

O papagaio solta um assovio.

— Que coisa, que coisa. Epifanias nunca são convenientes e costumam chegar tarde. — Seu tom é menos de vaidade do que de resignação.

— Espera aí! Você precisa me ajudar!

Ele dá de ombros.

— Preciso. E vou. Mas não há milagres por aqui. Apenas impulso. E só nos resta esperar que seja para cima.

Ele se vira e sai saltitando de uma pilha de ouro falso para outra, até mergulhar na muralha turbilhonante de água e desaparecer, me deixando sozinho no fundo da Terra.

À medida que o espaço ao redor diminui, as pilhas do "tesouro" vão sendo arrebatadas, tornando-se detritos que giram no círculo de água cada vez mais estreito. Não há ninguém para chamar, ninguém para me ajudar. A única presença que sinto atrás de mim é a da serpente, cuja expectativa cresce a um paroxismo febril. As águas vão se fechar ao meu redor, ela finalmente vai me pegar, e ninguém, nem mesmo o maldito capitão, jamais me encontrará.

Então me agarro à estaca do espantalho no centro do círculo que se contrai e tento subir nela, mas está coberta por algas tão escorregadias que não consigo nem mesmo segurá-la.

Se consegui chegar a este lugar, deve haver algum modo de sair dele, mas qual? O que está me escapando?

A única resposta que recebo vem da serpente. Ela fala comigo. Não em palavras, pois não conhece nenhum idioma. Ela se comunica por sentimentos e projeta em mim um desespero de um peso tão imenso que seria capaz de esmagar o próprio espírito de Deus.

Seu destino é inescapável, diz esse desespero. *Você estava predestinado desde o instante em que decidiu dar esse mergulho. Vou abrir a boca e engoli-lo, mas não para devorá-lo; isso seria fácil demais. Vou mastigá-lo como um chiclete, até não restar o menor vestígio de Caden Bosch e você não passar de piche preto entre os meus dentes, onde permanecerá preso na bocarra da loucura por toda a eternidade.*

Entregar os pontos seria muito fácil. Com quase onze quilômetros de oceano prestes a desabar em cima da minha cabeça e um demônio apocalíptico a alguns passos de distância, por que não pular na sua boca logo de uma vez? Pelo menos, Davi tinha um estilingue para lutar com Golias. E eu, o que tenho?

O que *tenho*?

Nesses momentos finais, em que o olho do vórtice se contrai de todos os lados na minha direção, as palavras do papagaio me voltam. *A resposta estava bem aí, no seu bolso.*

Olho para o dobrão que ainda aperto na mão direita. Tinha pensado que ele se referia às moedas de chocolate da lembrança — mas o papagaio não fazia parte dela. Ele sabe muitas coisas, mas essa é uma que não poderia saber!

Enfio a mão no bolso. No começo, penso que não há nada lá, mas então encontro um objeto. Tem um formato estranho, e não consigo identificar o que é até retirá-lo.

É uma peça azul de quebra-cabeça.

Uma peça do exato tom de azul do pontinho de céu a quilômetros da minha cabeça.

De repente, sinto a serpente tremer.

Porque tudo que falta completar no céu é essa única peça...

... e o céu quer ser completado ainda mais do que a serpente quer me devorar.

Olho para a mão direita que segura a moeda e para a esquerda que segura a promessa do céu. Sei que fui vítima de muitas coisas além do meu controle — mas, neste momento, neste lugar, há uma que tenho o poder de escolher. *Não há milagres por aqui*, disse o papagaio; mas também não há desespero, apesar do que a serpente quer que eu acredite. Nada é inevitável.

Com o redemoinho a um metro de mim e cada vez mais próximo, solto o dobrão, aperto com força a peça do quebra-cabeça e levanto o punho, oferecendo a completude ao céu distante.

E, de repente, sou erguido.

Como se uma mão me segurasse pelo pulso, sou puxado para cima em alta velocidade, enquanto o redemoinho desmorona ao redor.

Um caos de água branca se agita aos meus pés. Ouço o uivo furioso da serpente. Sinto a ardência do seu olho de fogo. Ela tenta morder meus calcanhares, mas nunca chega a mais do que centímetros.

Chego a ter a sensação de que o meu braço vai ser arrancado. Sinto a aceleração em cada junta do corpo, muito mais rápida do que durante a queda. Mais rápida do que a débil força da gravidade. Mais rápida do que a serpente, que ainda tenta envenenar meu sangue com o réquiem do desespero.

O círculo azul do céu vai crescendo acima cada vez mais, até que passo pelo espantalho e finalmente deixo as profundezas para trás.

Não vejo mais nada além do azul enquanto sou tragado para o abraço do céu.

157 Parecido com uma Religião

Há muitas coisas que não entendo, mas de uma tenho certeza absoluta: não existe um diagnóstico "correto", somente sintomas e nomes para conjuntos de sintomas.

Esquizofrenia, espectro esquizoafetivo, bipolar I, bipolar II, depressão grave, depressão psicótica, transtorno obsessivo-compulsivo, e assim por diante. Os rótulos não significam nada, porque não existem dois casos idênticos. Cada pessoa tem uma evolução e responde ao tratamento de um jeito, de modo que nenhum prognóstico pode ser infalível.

No entanto, a raça humana adora compartimentos. Queremos tudo na vida arrumado em caixinhas que podemos etiquetar. Mas o fato de termos a capacidade de etiquetá-las não significa que saibamos o que está dentro delas.

É parecido com uma religião. Achamos confortável acreditar que definimos uma coisa que é, por natureza, indefinível. Mas, quanto a termos ou não acertado, aí já é pura questão de fé.

158 Idiotas em Altas Posições

A viagem ao céu me leva a muitos lugares que não lembro, durante dias que não conto, antes de voltar ao ponto de partida: uma sala branca iluminada por lâmpadas fluorescentes e encapsulada numa gelatina invisível. Sinto o corpo tremer, mas não estou com frio. Sei que é por efeito dos medicamentos — os que me deram, ou os que parei de tomar.

Uma persona pastel me observa. Faz perguntas em cirquês, e eu respondo em Klingon. Fecho os olhos por um momento, a noite vira dia, e de repente é o dr. Poirot que vejo na minha frente. Não estou mais tremendo, e ele fala em inglês, embora a voz não esteja bem sincronizada ao movimento dos lábios.

— Você sabe onde está? — pergunta ele.

Sim, tenho vontade de responder, *na Cozinha de Plástico Branco* — mas sei que não é a resposta que ele quer ouvir. E, principalmente, não é a resposta em que eu quero acreditar.

— Seaview Memorial Hospital — respondo. — Unidade Psiquiátrica Juvenil. — Ouvir as palavras saindo da boca me deixa mais perto de acreditar que expressam a verdade.

— Você teve um pequeno mal-estar — explica Poirot.

— Não me diga.

— Pois é, mas já passou. Fico feliz de dizer que nos últimos dias não vi outra coisa senão impulso para cima. Sua consciência de onde está é um bom sinal, um ótimo sinal.

Ele aponta uma luzinha para os meus olhos e checa o prontuário. Espero que vá embora, ou que volte a se transformar numa das enfermeiras, mas, para minha surpresa, ele puxa uma cadeira e se senta.

— Seus exames de sangue mostraram uma súbita queda nos níveis da sua medicação há aproximadamente uma semana. Faz alguma ideia de qual seja a razão?

Chego a pensar em bancar o burro, mas de que adiantaria?

— Eu andei escondendo os comprimidos na bochecha.

Ele faz um ar meio presunçoso, e diz uma coisa que eu não esperaria nem em mil anos:

— Ótimo.

Olho para ele por um momento, tentando determinar se disse isso mesmo ou se eu só ouvi na minha cabeça.

— Como pode ser ótimo?

— Bem, não foi ótimo na ocasião, muito pelo contrário, mas agora é. Porque você pode ver o resultado. Causa e efeito, causa e efeito. Agora, você sabe.

Quero ficar furioso com ele, no mínimo irritado, mas não consigo. Talvez porque, pela primeira vez, não me importe que ele tenha razão. Ou talvez por causa dos medicamentos.

E há outro detalhe estranho em Poirot. Estava no limiar da consciência, mas agora se aproximou o bastante para eu perceber o que é. Ele não está mais usando uma camisa espalhafatosa, e sim uma camisa social bege e uma gravata igualmente desinteressante.

— Aposentou as camisas havaianas? — pergunto.

Ele suspira.

— Pois é, a direção do hospital achou que não transmitiam muito profissionalismo.

— Que idiotas — resmungo.

Meu comentário faz com que ele solte uma alta gargalhada.

— Você ainda vai descobrir, Caden, que, na vida, muitas decisões são tomadas por idiotas em altas posições.

— Eu já fui um idiota numa alta posição — digo. — E acho que me viro melhor no chão mesmo.

Ele sorri para mim. De um jeito um pouco diferente do sorriso terapeuticamente fixo. Mais afetuoso.

— Seus pais estão na sala de espera. Não estamos no horário de visitas, mas dei a eles permissão especial para virem. Isto é, se você quiser vê-los.

Reflito sobre a perspectiva.

— Bom... Meu pai está usando um chapéu de palha e minha mãe um sapato de salto quebrado?

Poirot vira um pouco a cabeça para me observar melhor com o olho bom.

— Não, acho que não.

— Tá, isso quer dizer que são reais, então quero vê-los, sim.

Qualquer um teria me dado um olhar de estranheza ao ouvir isso, mas não Poirot: para ele, o fato de eu estar desenvolvendo "critérios de realidade" é um bom sinal. Ele se levanta.

— Vou mandar que entrem. — Então, hesita, me observa por mais um momento e diz: — Bem-vindo à realidade, Caden.

258   O FUNDO É APENAS O COMEÇO

No instante em que sai, tomo uma decisão: se algum dia tiver alta daqui, vou comprar para ele uma gravata cara, de seda, estampada com mil pássaros coloridos.

159 10:03

Quero devolver a Céu a peça do quebra-cabeça, mas não consigo encontrá--la. O quebra-cabeça já está pronto, mas falta aquela última peça. Ninguém tem permissão de tocar nele, sob o risco de enfrentar a ira de Céu. Então, um belo dia, ela recebe alta, os pastéis desmontam tudo e põem as peças na caixa para outros pacientes. Acho que é de uma crueldade extrema manter um quebra-cabeça sabendo que falta uma única peça.

Hal não volta mais, e ninguém me diz de modo convincente se ele está vivo ou morto. Mas recebo uma carta, coberta de linhas, rabiscos e símbolos indecifráveis. Pode ter vindo dele, ou ser uma brincadeira de algum dos pacientes mais sacanas que já foram para casa, ou mesmo vir de alguém que gosta de mim e está tentando me tranquilizar — como meus pais quando escreviam respostas para as cartas que eu mandava para Papai Noel em criança. Em relação a isso, avalio todas as possibilidades igualmente.

Nunca mais recebo notícias de Cali. Nem esperava recebê-las. Espero que a vida a leve para longe de tudo que lhe lembre este lugar, e, se tiver que ser longe de mim, aceito de coração. Ela poderia ter se afogado, mas andou sobre as águas. Isso é o bastante para mim.

Então, um belo dia, finalmente decidem que mais uma vez estou no mundo real — ou, pelo menos, bem perto dele —, e sou despachado para os braços abertos da minha família.

No último dia do meu "gesso mental", espero no quarto, minhas coisas já embaladas em sacolas amarelas de plástico grosso, fornecidas pelo hospital. Decidi deixar o material de desenho para outros pacientes. Os lápis de cor foram confiscados um dia desses pela equipe quando eu não estava olhando, e só restaram os marcadores e os lápis de cera — nada que precise apontar.

Meus pais chegam às 10:03, e até trazem Mackenzie. Eles são obrigados a assinar tantos formulários como no dia em que fui internado, e, de repente, está tudo acabado.

Peço alguns minutos para me despedir, mas não demora tanto quanto pensei. As enfermeiras e vários pastéis me desejam tudo de bom. Braços Brutos da Morte me dá um cumprimento com o punho e me diz para "não sair da real", um comentário com camadas de ironia que nem eu nem as caveiras entendemos. GLaDOS está dirigindo uma sessão, e, embora eu enfie a cabeça pela porta para me despedir, o constrangimento é geral. Agora sei como Cali se sentiu no dia em que foi embora. A gente já está do outro lado da vidraça mesmo antes de sair.

Papai pousa a mão no meu ombro e dá uma conferida em mim antes de nos dirigirmos às "portas-comportas".

— Você está bem, Caden? — Agora, ele me observa de um jeito como nunca tinha observado. Parece Sherlock Holmes com uma lupa.

— Sim, estou ótimo — respondo.

Ele sorri.

— Então, vamos cair fora daqui.

Mamãe anuncia que passaremos pela minha sorveteria favorita durante a volta. Vai ser legal tomar sorvete sem ser com uma pazinha de madeira.

— Espero que não tenham organizado nenhuma festança lá em casa, com balões e faixas dizendo "bem-vindo ao lar".

O silêncio constrangido me diz que há, sim, uma festança à minha espera.

— É só um balão — diz mamãe.

Mackenzie abaixa a cabeça.

— Eu comprei um balão pra você. Que mal tem?

Agora, estou me sentindo péssimo.

— Mas... é daqueles grandões, parecendo ter se extraviado da Parada do Dia de Ação de Graças? — pergunto.

— Não, até que não.

— Ah, então tenho certeza de que é legal.

Paramos diante da saída. A porta interna se abre, e vamos para a câmara de segurança. Mamãe passa o braço pelo meu ombro, e percebo que fez isso tanto por ela própria como por mim. Ela precisa do conforto de finalmente poder me confortar, uma coisa que há muito tempo não pode fazer.

Minha doença nos arrastou por mil fossas, e, embora a minha tenha sido a das Marianas, não vou minimizar a provação por que a minha família passou. Nunca vou esquecer que meus pais vieram ao hospital todo santo dia, mesmo quando era óbvio que eu estava em outros lugares. Nunca vou esquecer que minha irmã caçula segurou minha mão e tentou compreender como era estar em outros lugares.

Atrás de nós, as portas internas se fecham. Prendo a respiração. Em seguida, as externas se abrem, e mais uma vez sou um orgulhoso membro do mundo racional.

Chegamos uma hora mais tarde, depois de uma orgia de sorvete pra ninguém botar defeito, e dou de cara com o balão de Mackenzie ao entrarmos na rua. Está amarrado à caixa de correio no jardim, oscilando ao sabor da brisa. Solto uma risada ao ver o que é.

— Mas onde você foi arranjar um balão em forma de cérebro?

— Na internet. Tem até fígados e rins...

Dou um abraço nela.

— O melhor balão que já ganhei.

Saímos do carro, e, com a permissão de Mackenzie, desamarro o balão cheio de hélio e fico vendo-o subir cada vez mais, até desaparecer.

160 É Assim que Funciona

Nove semanas. Foi o tempo que fiquei hospitalizado. Dou uma olhada no calendário pendurado na cozinha para confirmar, porque tenho a sensação de que muito mais tempo se passou.

As férias de verão já começaram, mas, mesmo que não fosse o caso, não estou em condições de ficar sentado e me concentrar numa sala de aula. Em matéria de atenção e motivação, estou no mesmo nível de um pepino-do-mar. Em parte por causa da doença; em parte, da medicação.

Disseram que aos poucos isso vai melhorar. Faço um esforço para acreditar. *Tudo nesta vida é passageiro.*

O que vai acontecer quando as aulas recomeçarem é uma incógnita. Posso não voltar até janeiro, e aí repetir a segunda metade do segundo ano. Ou ir para uma nova escola e recomeçar do zero. Talvez tenha aulas particulares em casa até conseguir pôr a matéria em dia. Ou ir para o terceiro ano em setembro, como se nada tivesse acontecido, e compensar o que perdi na recuperação do ano que vem. A trigonometria tem menos variáveis do que a minha vida acadêmica.

O médico diz que eu não devo me preocupar. O *novo* médico — não Poirot. Quando a gente sai do hospital, tem que arranjar outro. É assim que funciona. E até que ele é um cara legal, me dedica mais tempo do que pensei que dedicaria. E receita a medicação. Que eu tomo. Detestando, mas tomo. Ainda me sinto embotado, mas não tanto como antes. Agora, a gelatina parece ser do tipo cremoso.

O nome do novo médico é dr. Peixe, que é bastante apropriado, porque ele tem cara de truta. Vamos ver no que vai dar.

161 Lugares Exóticos

Tenho um sonho. Estou caminhando por um amplo calçadão em algum lugar com a minha família. Talvez Atlantic City, ou Santa Monica. Mackenzie arrasta nossos pais para o parque de diversões no píer — montanhas russas, carrinhos de batida — e eu tento ir com eles, mas não consigo alcançá-los e acabo ficando para trás. Em pouco tempo, perco-os de vista no meio da multidão. E é então que escuto uma voz.

— Você aí! Estava esperando por você!

Dou meia-volta e vejo um iate. Mas não um iate comum, e sim um daqueles gigantescos, como os dos vilões dos filmes de 007. De ouro reluzente, com umas janelas pretas feito piche. Tem uma Jacuzzi, espreguiçadeiras, e uma equipe que parece ser exclusivamente composta por lindas garotas com fio dental. Parado no passadiço, está uma figura familiar. A barba é aparada num cavanhaque, e o uniforme consiste num terno de paletó branco tipo jaquetão com debruns dourados. Mesmo assim, sei quem ele é.

— Não podemos navegar sem um primeiro oficial. E o cargo é seu.

Já estou na metade do passadiço, a apenas alguns passos do iate. Não me lembro de ter caminhado até aqui.

— Será um prazer tê-lo a bordo — diz o capitão.

— Qual é a missão? — pergunto, muito mais curioso do que quero me sentir.

— Um atol no Caribe — responde ele. — Jamais devassado por olhos humanos. Você teve aulas de mergulho, não teve?

— Não.

— Bem, nesse caso, vou ter que ser seu professor, não é?

E sorri para mim. O olho bom me encara com uma intensidade familiar que é quase confortável. Quase como um lar. O outro é coberto por um tapa-olho, e o caroço de pêssego foi substituído por um diamante que cintila ao sol do meio-dia.

— Todos a bordo! — ordena ele.

Continuo parado.

E continuo.

E por mais um tempo.

Por fim, respondo:

— Acho que não.

Ele não tenta me convencer. Apenas sorri e faz que sim. Então, acrescenta num tom baixo que soa misteriosamente mais alto do que o vozerio da multidão no píer às minhas costas:

— Mais cedo ou mais tarde, você descerá até ele. Sabe disso, não sabe? A serpente e eu não aceitaremos que seja de outro modo.

Reflito sobre essas palavras, e, embora a ideia me apavore, não posso negar que a possibilidade é muito real.

— Talvez — digo ao capitão. — Provavelmente — admito. — Mas não hoje.

Dou as costas e atravesso o passadiço em direção ao píer. Ele é estreito e precário, mas já enfrentei muitas coisas precárias antes, portanto não é nenhuma novidade. Quando me vejo mais uma vez na segurança do píer, olho para trás, pensando que talvez o iate tenha sumido, como costuma acontecer com essas aparições — mas não, ele ainda está lá, e o capitão à espera, com o olho fixo em mim.

E é então que compreendo que ele sempre vai estar à espera. Que nunca irá embora. Com o passar do tempo, posso acabar me tornando o primeiro oficial, queira ou não, viajando a lugares exóticos para poder dar outro mergulho, e mais outro, e mais outro. E talvez um dia mergulhe tão fundo, que a Serpente Abissal me pegará, e nunca mais retornarei. Não faz sentido negar que coisas assim acontecem.

Mas não vão acontecer hoje — e esse fato me proporciona um profundo conforto. Profundo o bastante para me levar até o dia de amanhã.

Nota do Autor

O fundo é apenas o começo não é exatamente uma obra de ficção. Tudo que acontece com Caden é real. Uma em cada três famílias nos Estados Unidos é afetada pelo espectro da doença mental — um dado de que tenho conhecimento porque a minha é uma delas. Enfrentamos muitas das provações que Caden e sua família enfrentaram. Vi um filho amado viajar até as profundezas da mente, sem nada poder fazer para impedir a sua descida.

Com a ajuda de meu filho, tentei capturar as diversas facetas dessa descida. As impressões do hospital, o medo, a paranoia, a mania e a depressão são reais, bem como a sensação da "gelatina" e o torpor que a medicação pode provocar (algo que experimentei em primeira mão ao tomar dois comprimidos de Seroquel, confundindo o medicamento com Excedrin). No entanto, a melhora também é real. Uma doença mental não desaparece totalmente, mas pode, num certo sentido, entrar em remissão. Como diz o dr. Poirot, não é uma ciência exata, mas é tudo que temos — e avança a cada dia, à medida que aprendemos mais sobre o cérebro e a mente, e desenvolvemos medicamentos melhores e mais específicos.

Há vinte anos, meu melhor amigo, que era esquizofrênico, se suicidou. Meu filho, por outro lado, encontrou seu pedacinho de céu e escapou gloriosamente das profundezas, tornando-se, com o tempo, mais parecido com Carlyle do que com Caden. Os desenhos que ilustram o livro são dele, todos feitos nas profundezas. Para mim, não há arte mais magnífica no mundo. De resto, algumas das observações de Hal são extraídas de poemas dele.

Nossa esperança é de que *O fundo é apenas o começo* conforte aqueles que passaram por isso e lhes mostre que não estão sozinhos. Também esperamos que ajude outros a sentirem empatia e a compreenderem como é navegar pelas águas obscuras e imprevisíveis dos transtornos mentais.

Por fim, esperamos que, quando o abismo olhar para você — como sempre acontece —, você seja capaz de retribuir o olhar corajosamente.

Neal Shusterman

Caso precise de ajuda para lidar com um transtorno mental ou conheça alguém que precise, eis algumas fontes nos **Estados Unidos**:

A *National Alliance on Mental Illness* (www.nami.org) disponibiliza as últimas informações sobre transtornos mentais, medicamentos, tratamentos e recursos para apoio e defesa. A helpline da NAMI é (800) 950-NAMI (6264).

A *Strength of Us* (http://strenghtofus.org) é uma comunidade online para adolescentes e jovens adultos vivendo com transtornos mentais.

American Psychiatric Association (www.psychiatry.org/mental-health/people/teens)

Ok2Talk (http://ok2talk.org) mostra posts do Tumblr de adolescentes reais vivendo com transtornos mentais.

A *American Academy of Child and Adolescent Psychiatry* (www.aacap.org) oferece abrangentes descrições de transtornos mentais, bem como recursos para a família e um mecanismo de busca de psiquiatras.

Bring Change 2 Mind (http://bringchange2mind.org) é uma ONG que procura mudar o estigma que cerca os transtornos mentais. Oferece depoimentos pessoais e modos de se envolver. Também dispõe de uma helpline: (800) 273-TALK (8255).

Active Minds (http://activeminds.org) é um grupo voltado para questões de saúde mental em campi universitários.

Mental Health America (www.mentalhealthamerica.net) é uma network dedicada a reunir afiliados a fim de promover mudanças positivas no campo da saúde mental em nosso país.

O *Child Mind Institute* (www.childmind.org) oferece acompanhamento clínico e pesquisas na área da saúde mental infantil.

A *Anxiety and Depression Association of America* (www.adaa.org) oferece recursos para os que vivem com transtornos de ansiedade, TOC, TEPT e depressão.

O blog *Healthy Minds. Healthy Lives* (http://apahealthyminds.blogspot.com) publica artigos para adolescentes oferecendo recursos e informações sobre saúde mental.

A *National Federation for Families for Children's Mental Health* (www.ffcmh. org) oferece apoio a famílias que vivem com problemas de saúde mental.

Teen Mental Health (http://teenmentalhealth.org) disponibiliza recursos para adolescentes.

Teens Health (http://teenshealth.org/teen/your_mind/) contém artigos sobre como lidar com transtornos mentais.

Cope. Care. Deal.(www.copecaredeal.org) disponibiliza uma coleção de pesquisas sobre o tratamento e a prevenção de transtornos mentais em adolescentes.

Families for Depression Awareness (www.familyaware.org)

World Health Organization (www.who.int/mental_health/resources/child/en)

A *Jack.org* (www.jack.org) é uma organização canadense para adolescentes e pais.

Papel: Polen soft 70g
Tipo: Bembo
www.editoravalentina.com.br